우에스기 겐신

요시카와 에이지 지음
박현석 옮김

玄 人

작품 속 단위 환산

1치 = 약3.3㎝

1자(척) = 약30㎝

1장 = 약 3m

1간 = 약1.8m

1정 = 약109m

1리 = 약400m

일다경 = 차를 마시는 동안이라는 뜻으로 매우 짧은 동안

한식경 = 밥을 먹는 동안이라는 뜻으로 잠깐 동안

1각 = 약15분

1시진 = 2시간

1관 = 약180리터

우에스기 겐신
(上杉謙信)

요시카와 에이지(吉川英治)

◎ 옮긴이의 말

일본의 전국시대(1467~1573)는 혼돈의 시대였다. 수많은 호걸들이 각지에서 세력을 키워나간 군웅할거의 시대였다. 그들의 세력확장은 당연히 상호간의 무력충돌로 이어졌고 따라서 약육강식의 세상이 되었다.

1세기가 넘는 기간 동안 이어진 군웅할거, 약육강식의 시대에서 눈에 띄는 인물을 꼽으라면 거의 대부분의 사람들이 다케다 신겐, 우에스기 겐신, 오다 노부나가, 도요토미 히데요시, 도쿠가와 이에야스를 늘어놓으리라. 그 가운데서 오다 노부나가와 도요토미 히데요시, 그리고 도쿠가와 이에야스는 우리나라에도 비교적 잘 알려져 있으나 다케다 신겐과 우에스기 겐신은 그 이름만 조금 알려졌을 뿐, 그들의 삶이나 정신에 대해서는 널리 알려지지 않은 듯한 느낌이 든다. 이에 그들을 알리기 위한 작은 기회를 만들기 위해서 와시오 우코의 『다케다 신겐』(원제 『고에쓰군키』)과 요시카와 에이지의 『우에스기 겐신』을 번역하여 출간하기로 했다.

개인적으로는 『젊은 날의 도쿠가와 이에야스』와 『아케치 미쓰히데』에 이어 일본의 전국시대를 다룬 작품 중 세 번째, 네 번째 번역물이다. 이 전국시대를 다룬 작품을 번역할 때면 늘 몇 가지 고민에 빠지게 되는데 그에 대해서는 전작인 『젊은 날의 도쿠가와 이에야스』와 『아케치 미쓰히데』에서 이야기했으니 여기서는 생략하기로 하겠다.

단, 이 책 및 『다케다 신겐』을 읽는 데 도움이 될 만한 말을 몇 가지 해보기로 하겠다.

가장 먼저 일본 성의 구조. 일본의 성에는 몇 가지 종류가 있지만 가장 일반적인 성의 구조로 말하자면 가운데 성의 중심건물인 혼마루(천수각)가 있다. 그리고 그 혼마루를 둘러싸고 니노마루라 불리는 성벽이 있으며, 그 니노마루를 둘러싸고 다시 산노마루가 있다.

이러한 성 안에 일반 백성은 거의 살지 않았다. 그들은 성을 중심으로 성벽 바깥에 마을을 이루고 살았다. 작품 곳곳에 '성 아래 마을'이라는 말이 등장하는 이유다.

그리고 성명의 구조. 당시 일본인의 이름은 '성 + 관직명(혹은 아명, 통칭) + 이름'의 구조로 되어 있다. 따라서 이 작품에 위의 형태로 등장하는 '시바타 이나바노카미 하루나가'를 예로 들자면 '시바타'가 성, '이나바노카미'가 관직명, '하루나가'가 이름이 되는 셈이다. 작품 속에서는 '성 + 이름', '성 + 관직명', '성', '이름', '관직명' 등 여러 가지 형태로 한 사람을 부르고 있기에 조금 복잡하게 느껴질지도 모르겠으나 기본 구조인 '성 + 관직명 + 이름'을 기억해둔다면 혼동을 조금은 피할 수 있을지도 모르겠다.

다음은 지명. 지명에 산(山), 천(川), 상(峠), 원(原) 등의 한자가 매우 빈번하게 등장하는데, 이를 우리말로 '산, 강, 고개, 벌판'으로 번역할까도 했으나 거기에는 약간의 무리가 따르기에 포기하기로 했다. 단, 산(山)은 '야마, 산, 잔'으로 읽히는 경우가 많으며, 천(川)은 '가와, 카와'로 읽히는 경우가 많고, 상(峠)는 '토우게', 원(原)은 '하라, 바라' 등으로 읽히는 경우가 많으니 본문을 읽을 때 참고하시기 바란다.

마지막으로 이야기하고 싶은 것은 국(国)라는 한자. 이는 우리가 쓰는 국(國)의 약자인데, 한자 자체가 가지고 있는 의미인 독립된 나라를 나타내는 것이 아니라 옛 일본의 행정구역 단위였다. 당시 일본의 행정구역은 5기 7도라 하여, 교토 부근의 수도권에 5개의 구니(国)가 있었으며, 일본 전국이 7개 도(道)로 나뉘어 있었고 거기에 다시 각 구니가 속해 있었다. 따라서 전국시대를 다룬 글에서 '국내의 정세'라고 하면 '구니 안의 정세'를 의미하며, '국외'라고 하면 자신이 속한 구니 외의 구니를 의미한다. 시대를 현대로 돌려 가와바타 야스나리의 대표작 『설국』의 유명한 첫 구절인 '국경의 긴 터널을 빠져나오면 설국이었다.'에서, 국경은 구니와 구니의 경계를 의미하는 것이며, 설국은 눈의 고장을 의미하는 것이라고 이해하면 된다. 이 작품에서도 '북국' 등의 표현을 볼 수 있는데 이 역시도 '북쪽 지방', '북부 지방'으로 이해하면 된다. 일본의 옛 행정구역과 전국시대의 세력도를 책 뒤에 실었으니 참고하시기 바란다.

그리고 구니를 표기함에 있어서 예를 들어 '에치고노쿠니'처럼 구니(国)가 어중에 오는 경우는 '쿠니'로, 어두에 오는 경우는 '구니'로 표기했다. 이 역시 혼돈의 재료가 될지 모르겠으나 우리말 표기법이 그러니 어쩔 수 없는 일이다. 본문 중 '적국', '일국', '귀국' 등은 한자를 우리말로 그대로 읽어 표기했음을 밝혀둔다.

전국시대의 두 영웅인 우에스기 겐신과 다케다 신겐이 벌인 가와나카지마 전투는 일본 전투사 중에서도 가장 치열한 전투 가운데 하나로 꼽힌다. 1553년부터 1564년까지 햇수로 12년에 걸쳐서 펼쳐진 다섯 차례의 전투를 전부 가와나카지마 전투라고 부르지만, 일반적으로 가와나카지마 전투라고 하면 우에스기 겐신이 이끈 에치고 군과 다케다 신겐이 이끈 가이 군, 두 구니의 군이 가장 치열하게 맞붙었던 제4차 전투를 일컫는 경우가 많다. 제4차 가와나카지마 전투의 결과 에치고노쿠니 쪽에서는 3천여 명의 사상자가 나왔으며, 가이노쿠니 쪽에서는 약 4천 명의 사상자가 나왔다고 일컬어질 만큼 전투는 치열했고, 전투가 치열했던 만큼 양 군의 수장인 우에스기 겐신과 다케다 신겐의 이름이 더욱 널리 알려지게 되었다. 제1차에서 제5차에 걸친 전투의 장소와 제4차 전투의 대략적인 모습 역시 책 뒤에 지도화하여 실었으니 참고하시기 바란다.

앞서 말한 것처럼 전국시대의 두 명장인 우에스기 겐신과 다케다 신겐을 다룬 두 작품을 동시에 출간하게 되었다. 그런데 두 작품 모두 소설이기에 실제 역사적 사실과는 다른 부분이 곳곳에 산재해 있다는 점을 감안해서 읽어주시기 바란다. 특히 와시오 우코의 『다케다 신겐』은 작가 자신이 「권두의 말」에서 밝힌 것처럼 『에혼고에쓰군키』라는 군담소설을 저본으로 삼고 있기에 역사적 사실과 맞지 않는 부분이 상당히 존재한다. 그리고 두 책에서 사용한 고유명사가 일치하지 않는 경우도 있다. 예를 들자면 겐신의 말을 『다케다 신겐』에서는 '호쇼쓰키게'라고 표기했으나, 『우에스기 겐신』에서는 '호조쓰키게'라고 표기했다. 이는 시대에 따른 변화이기도 하고, 또 고유명사를 한자로 쓰고 그 읽는 법이 조금은 달라도 그것을 그대로 인정해주는 일본인의 특성 때문이라고도 할 수 있겠다. 말의 이름뿐만 아니라 인명, 지명, 관직명 등에도 각각의 상이함이 존재하니 역시 감안해서 읽어주시기 바란다.

와시오 우코의 『다케다 신겐』은 우에스기 겐신과 다케다 신겐의 가와나카지마 전투(제4차) 이전까지의 모습에 중점을 두었으며, 요시카와 에이지의 『우에스기 겐신』은 가와나카지마 전투(제4차)의 모습과 그 이후의 삶에 중점을 두었으니, 두 책을 동시에 읽는다면 두 인물은 물론 당시의 시대상을 이해하는 데 커다란 도움이 되리라 여겨진다.

역사적 사실에 기초를 둔 전국시대의 인물에 관한 내용은 다른 시리즈를 기획하고 있으니 그때까지 조금만 기다려주시기 바라며, 이번에는 이 두 권의 책을 통해서 두 인물에 대한 이해도를 높이셨으면 한다.

우에스기 24장

목 차

단기로 다케다 신겐의 본진까지 뛰어들어 칼을 휘두르는 우에스기 겐신

우에스기 겐신이 휘두른 칼을 지휘용 부채로 간신히 막아내는 다케다 신겐

귀신잡는 고지마 야타로

살아 있다는 증거

이번 정월을 맞아 겐신은 올해로 서른세 살이 되었다.

아직 젊은 나이라고 해도 좋았다. 그런데도 복색과 몸의 치장 전부가 매우 수수했다. 소매가 긴 하오리[1]도 무늬가 없는 녹갈색 야마마유오리[2]였다. 깃이 넓은 하카마[3]만이 어딘가 특수한 직물인 듯 보였다. 또 언제나 두건을 즐겨 썼는데, 새해를 맞아 화려하게 차려입은 여러 신하들 사이에서 싱글싱글 웃으며 말없이 무리를 둘러보았다. ─아무리 봐도 임제종(臨濟宗)의 젊은 스님이 하나 그 자리에 섞여 있는 것처럼 보였다.

"어떻습니까? 흥겹지 않습니까? 이렇기에 저희 부하들이 어여뻐서 견딜 수가 없습니다."

오른쪽 옆자리에 나란히 앉은 사람에게 겐신이 이렇게 말했다.

간토칸레이[4]인 우에스기 노리마사[5]는,

"그렇습니다."

라고 끄덕인 뒤 다시 그 오른쪽 옆자리에 있는 귀인을 향해서,

---

1) 羽織. 기모노 위에 입는 짧은 겉옷. 하카마와 함께 예복으로 갖춰 입는다.
2) 山繭織. 야잠사와 다른 명주실 또는 무명실의 교직.
3) 袴. 기모노 위에 입는 주름 잡힌 하의. 하오리와 함께 예복으로 갖춰 입는다.
4) 関東管領. 무로마치 막부에서 설치한 가마쿠라후(鎌倉府)의 장관인 가마쿠라 쿠보(鎌倉公方)를 보좌하기 위해 설치된 직. 가마쿠라쿠보의 하부조직이나 임면권 등은 쇼군(将軍)에게 있었다. 우에스기 가에서 세습했다.
5) 上杉憲政(1523~1579). 1531년에 간토칸레이가 되었으며, 1561년에 가게토라를 양자로 들여 간토칸레이 직을 계승케 했다.

"에치고(越後) 사람들의 넘치는 의용(義勇)과 강한 인내심은 오래 전부터 사린에 널리 알려져 있었으나, 이처럼 순수하고 예능에 능한 무사가 많은 줄은 오늘에야 처음 알았습니다."

라며 미소를 지어 보였다.

귀인이란, 자리에 있는 사람 가운데 유일하게 교토(京都)의 조정에 속한 사람이었다. 구마노(熊野) 나리라는 가명으로 불렸으나 사실은 간파쿠[6] 집안의 적자인 고노에 사키쓰구[7]였다. 올해로 에이로쿠 4년(1561)을 맞은 천하 대란의 시기에 아무리 정월이라고는 하나 이처럼 거친 무사들만 모인 자리에 태연히 앉아 함께 술을 마시고 함께 즐기는 이 조정의 신하는, 이른바 화조풍월(花鳥風月) 밖에 알지 못하는 당상의 사람들과는 어딘가 다른 부류인 듯 보였다. 또한 거기에는 이러한 무인들의 한 무리에게 무엇인가 바라는 커다란 뜻을 품고 있으리라는 점도 대충은 짐작할 수 있었다.

게다가 이곳은 조슈(上州) 우마야바시(厩橋)의 성 안이었다. 교토에서 보자면 아직은 지방적인 야성만을 상상하기 쉬운 반도[8] 평야의 일각이었다. 적어도 당시의 귀현(貴顯)이 이런 곳까지 여행하기에는 상당한 각오와 목적이 있지 않으면 안 되었다.

정월 7일은 위에서 내려준 술로 잔치가 벌어지는 날이다. 당시의 시대에 맞게 가사를 바꾼 긴 속요를, 사투리를 섞어가며 부르던 에치고 군의 젊은 무사들이 결국에는 모두 자리에서 일어나 손뼉에

---

6) 関白. 임금을 보좌하여 정무를 총리하던 중직. 우리에게는 '관백'으로 널리 알려져 있으니 이후부터는 관백이라고 하겠다.

7) 近衛前嗣(1536~1612). 1554년에 관백, 사다이진(左大臣)이 되었다. 1560년에 에치고로 내려가 우에스기 겐신과 함께 간토를 침공하는 등, 당시 유약했던 조정의 신하답지 않은 행적이 많았다.

8) 板東. 예전에 간토 지방을 일컫던 말.

맞춰서 이 성루의 가장 넓은 방조차 좁게 느껴질 정도로 둥글게 원을 그리며 춤을 추어 오늘의 생명을 마음껏 즐기고 있었다.

신겐의 그림자

"매해, 신년은 원정길에서 맞이하는 것이 요즘의 예가 되어버린 듯합니다. 작년에는 엣추(越中)의 진중이었는데, 내년에는 과연 어디가 될지."

겐신이 마음속 이야기를 하다가 문득 옆자리에 술을 청하자, 우에스기 노리마사가 참으로 미안하게 됐다는 듯한 얼굴로,

"간토의 지휘를 통괄해야 할 간레이인 제게 그럴 힘이 없어서 사린이 시끄러운 가운데, 멀리까지 원군을 보내주셔서 감사하기 그지없습니다."

라고 말했다.

그의 심사를 살핀 겐신이,

"귀하께 그런 말씀을 듣기 위해 드린 말씀이 아닙니다. 너무 나쁘게 듣지 마십시오."

라고 위로했다.

오랜 숙적인 가이(甲斐)의 신겐(信玄)과는 3년 전인 에이로쿠 원년(1558)에 일단 화의가 성립되어,

'앞으로는 좋은 이웃으로.'

라고 친목의 약정을 서로 맺었다.

그랬기에 표면적으로 에치고 군에게 있어서 그 방면의 근심은 없는 것처럼 보였으나, 결과적으로는 오히려 창칼을 맞대고 있을 때보다 신겐의 적대감이 음성화 되어 겐신에게 있어서는 처치하기 곤란한 상태가 되어버렸다.

신겐의 정치적 수완은, 그 좁은 산골의 구니에 있으면서도 각 구니의 내부에까지 참으로 용케도 파고들어가 있었다. 특히 먼 앞날을 내다보고 꾀하는 외교적 수완과 지혜에 대해서는, 젊은 겐신 따위가 도저히 그 산전수전 다 겪은 붉은 옷의 승장(僧將)의 머리를 따라갈 방도가 없었다.

작년에 엣추로 출정한 것도 도야마(富山) 성의 진보(神保) 일족이 성가시게도 구니의 경계를 침범하기에 단번에 짓밟아버리기 위해서 출마한 것이었는데, 평정한 후에 그 잔당들을 묶어놓고 보니 신슈(信州) 사투리를 쓰는 자가 병사들 가운데 여럿 있기도 하고, 신겐이 영향력을 행사하고 있는 종파의 승병(僧兵)들이 섞여 있기도 하고, 또 평소 주고받았던 기밀문서 따위가 헤아릴 수도 없이 발견되는 등, 결국은 이것도 신겐이 조정하고 있던 그림자—였다는 사실이 명백해졌다.

그러나 이 그림자라는 것은 처치가 곤란하다. 한쪽을 쓸어버리고 나면, 다시 다른 쪽에서 춤을 추기 시작한다. 세상에서 흔히들,

'신겐에게는 7명의 그림자무사9)가 있어서 누가 신겐인지 알 수 없도록 해놓았다.'

고 수군거리는 것도, 그의 이러한 모략적 성격의 빠른 변화와 진퇴를 가리켜 하는 말일지도 몰랐다.

---

9) 影武者. 대장이나 주요 인물처럼 가장해놓은 무사.

그런데 작년에 엣추로 출마해서 변경의 난을 토벌한 겐신은, 자신의 성인 가스가야마(春山)로 돌아오자마자 갑옷을 벗을 새도 없이 조슈 우마야바시에 있는 간레이 우에스기 집안으로부터,

'원병을 이끌고 간토로 와주실 것을 급히 청합니다.'

라는 출병 요청을 받았다.

적은 오다와라(小田原)의 호조 우지야스[10]였다. 호조의 위세가 부근의 사토미(里見), 사타케(佐竹) 등의 작은 구니를 위협하여 지금은 그 압박에 견딜 수 없는 상태가 되었는데, 간레이인 우에스기 노리마사에게 호소해도 그것을 억제할 실력을 이미 잃은 상태였고, 그렇다고 방치해두면 마침내 난이 조슈 일원에까지 미쳐 간레이 집안의 자립조차 위험해질 것이라 여겨지기 시작했기에 올린 비명이었다.

승낙, 겐신은 바로 가스가야마를 기세 좋게 출발하여 조슈로 남하했다. 그것이 작년 8월. 이곳 우마야바시 성을 본거지로 보소의 작은 구니들을 규합했으며, 그의 오다와라 공략이라는 커다란 계획은 지금 실행 중에 있었는데, 해가 바뀌어 에이로쿠 4년(1561)의 신춘을 이 성 안에서 맞이하게 된 것이었다.

원정을 나온 지도 벌써 4개월, 전쟁이 끝날 날은 아직 기약할 수가 없었다. 전쟁이 이렇게 길어지면 사기를 잃지 않게 하는 것이 무엇보다 중요하다. ―따라서 때로는 오늘처럼 마음껏 마시고 커다란 소리로 시를 읊고 목청껏 노래하게 하여 기분을 풀어주는 것도 의미 있는 일이었다. 그렇게 바라보며 겐신은 만족스러운 듯했다.

---

10) 北条氏康(1515~1571). 오다와라 호조 씨의 제3대. 우에스기 겐신과 다케다 신겐의 침공을 물리치고 고즈케(上野)의 남부까지 세력을 확장했다.

손님인 고노에 사키쓰구도 즐거운 듯 보였다. 우에스기 노리마사만은 홀로,

'이래도 괜찮은 걸까?'

하고 남몰래 근심스러운 듯, 언제까지고 취기가 돌지 않는 낯빛이었다.

그러나 이 흥겨운 잔치도 난잡함에까지 이르지는 않았다. 각자가 지켜야 할 선을 알고 있었던 것이다. 우선 누구보다 분방하게 춤을 추고 노래하던 자들이 가장 먼저,

"적당히 해두세."

"이쯤 해두기로 하지."

라며 술잔을 거두고, 음식을 나르는 자들에게 식사를 가져오라고 하더니 각자 커다란 밥그릇을 끌어안고 진지하게 밥을 먹기 시작했다.

─그때 네다섯 명의 동료들과 함께 춥다는 듯 코끝을 붉게 물들인 채 밖에서 돌아온 자가 있었다. 자리의 끝자락에서 멀리 떨어져 앉아 있는 주군과 손님을 향해 절을 하고, 그 한 무리는 여러 사람들 사이로 들어가 바로 젓가락과 밥그릇을 쥐려했다.

겐신이 멀리서 바라보며,

"시모쓰케(下野) 아닌가?"

라고 말했다.

야단을 맞을 것이라 생각한 것인지 그 가운데 한 명인 사이토 시모쓰케노카미(齋藤下野守)가 허둥지둥 자세를 바로하고,

"지금 막 돌아왔습니다."

라며 다시 머리를 숙였다.

"바로 밥을 먹어서야 쓰겠는가. 자네는 아직 술을 마시지 않은 듯하군. 이리로 오게."

라며 겐신이 술잔을 들어 그를 불렀다.

사이토 시모쓰케

사이토 시모쓰케는 머뭇머뭇 주군과 귀빈 앞으로 나아갔다. 고노에 사키쓰구는 눈을 떼지 않고 그 모습을 바라보았다. 뭔가 놀랐다는 듯한 얼굴이었다. 에치고에도 이런 사무라이가 있었나 하는 눈치였다. 이 사이토 시모쓰케는 한마디로 말하자면 볼품없는 작은 사내라고밖에 할 수 없었는데, 거기에 왼쪽 눈은 못 쓰게 되었으며 다리까지 절었다.

그러나 겐신에게는 사랑스러운 부하임에 변함이 없는 듯 시모쓰케가 귀빈에 대해서 매우 조심스러운 태도를 보이며 자리에 앉자,

"더 가까이 오게."

라며 손수 술잔을 건네준 뒤 말하기를, "자네는 술을 아주 좋아하지 않는가. 간만에 찾아온 오늘의 기회를 놓친 채 아침부터 어디에 갔었는가? 평소의 큰소리만큼도 못한 자로군."—이라고 겐신은 웃으며 야단치는 시늉을 했다.

시모쓰케는 받아든 술잔에 절을 하고 잔을 비운 뒤,

"실은 조상님의 무덤에 인사를 드리고 왔습니다. 새벽에 나서서 주연이 시작되기 전까지는 올 생각이었으나, 옛 흔적은 풀에 묻히

고 논으로 변해서 좀처럼 찾아볼 수 없었기에 결국은 늦어지고 말았습니다."

라고 대답했다.

"아, 그런가?"

겐신은 갑자기 엄숙한 표정으로 눈썹에 힘을 주었다. 생각이 떠올랐기 때문이었다. 이 사이토 시모쓰케의 조상은 에치고 사람이 아니었다. 이 우마야바시 성에서 수십 리 동쪽에 있는 이쿠시나고(生品鄕) 출신이었다. 조모11)의 평야지대인 이쿠시나고는 겐무(建武) 2년(1335), 당시 조정의 적이었던 아시카가 다카우지(足利尊氏)를 가마쿠라(鎌倉)에서 치기 위해 닛타 요시사다(新田義貞)와 그 일족이 임금의 군대로 충성을 다하겠다고 맹세하고 기치를 올린 땅으로 모르는 사람이 없는 곳이었다.

특히 겐신은 이 조슈로 출마한 이후, 2번이나 그 지역으로 가서 요시사다의 영을 위로했다. 그는 겐무의 충신이 분노하여 재야에서 어떻게 떨쳐 일어났는지, 원수를 향해서는 쥐지 않았던 무기를 얼마나 굳게 쥐었는지, 그리고 마침내 나라를 위해서 어떻게 순직했는지—를 원정에 나선 밤의 꿈결에서조차 생각하지 않을 수 없었다. 그리고 수풀이 무성한 이쿠시나 주변을 돌아다니며 수많은 영웅의 혼을 위해 진심으로 피눈물을 흘리고 돌아왔다. 2번째 찾아갔을 때는 그 주변에 임시이기는 하나 사당을 지었을 정도였다.

---

11) 上毛. 지금의 군마 현.

이 사람이야 말로

원래 겐신은 감정이 풍부한 성격이었다. 쉽게 격해졌으며, 감수
성도 풍부했다. 스무 살 무렵까지는 계집애처럼 우는 일도 종종
있었다. 그 전후에는 다감할 뿐만 아니라 다정한 면도 그의 성격에
서 볼 수 있었으나, 갑자기 불문에 들어 마음의 단련에 뜻을 둔
이후부터는 사람이 완전히 변한 듯 보였다. 그렇다 해도 다정다감
한 성격은 애초부터 타고난 것, 참선으로 그것이 핏속에서 사라질
리는 없지만, 강인함으로 장래의 커다란 뜻 속에 가두어둔 것이었
다. 대의(大義)에는 눈물을 흘리나, 소의(小義)에는 눈물을 흘리지
않았다. 구니의 커다란 일, 무문의 명예를 위해서만 화를 냈으며,
평소에는 지극히 과묵했다. 웬만한 일에는 길고 가느다란 눈매로
웃음을 지어 보였다. 장년을 맞은 사람에게는 조금 어울리지 않으
나, 그런 풍격으로 변해 있었다.

그러나 이상으로 삼은 일에 대해서는 홀로 나아가며 묵묵히 매
진, 차근차근 발걸음을 옮겨나가는 커다란 발자취를 엿볼 수 있었
다. 그 가운데서도 가장 훌륭한 점은, 교토의 조정으로 찾아가 신하
의 예를 갖추는 일에 소홀함이 없었다는 점이다.

교토에서 에치고까지의 거리는 오다와라의 호조보다도, 가이의
신겐보다도, 또 슨푸(駿府)의 이마가와(今川) 집안보다도, 그 어디
보다도 멀었다. 그러나 신겐도 요시모토(義元)도 우지야스도, 각자
자신의 구니에 대한 공방과 일신에만 마음을 빼앗겨 아직 그 움직
임조차 없을 때, 겐신은 덴분(天文) 22년(1553)에 아직 젊은 나이
로 누구보다 먼저 상경하여 당시의 쇼군12)이었던 요시테루(義輝)

의 알선으로 조정에 절하여 술잔을 하사받고 여러 가지 헌상물을 바치는 등, 신 겐신이 쥐는 무기의 의의를 세상에 분명히 밝혔다.

그리고 재작년인 에이로쿠 2년(1559)에도 교토로 올라갔었다. 거듭되는 그의 충성에 조정도 매우 기뻐했다는 것은 말할 필요도 없는 사실이었으나, 관백인 고노에 사키쓰구 등은 남몰래 그의 일이 걱정되어,

"먼 길을 오시느라 이렇게 성을 비우시면 영지에서도 틀림없이 불안해 할 것입니다. 영지의 수비는 괜찮으신 건지요?"

라고 물은 적이 있었다.

그러자 겐신은,

"다른 일 때문에 교토로 올라온 것도 아닙니다. 영토 따위는 그냥 내버려두어도 상관없습니다."

라고 대답했다.

지금 할거하는 각 구니의 군웅들에게 있어서 피투성이가 된 채 혈안이 되어 있는 가장 커다란 관심사는 자신들의 영토였다. 한 줌의 흙, 한 치의 땅을 위해서도 격전을 벌이기에 여념이 없을 때였다. 그러한 때였기에 겐신의 이 말을 들은 관백 사키쓰구는,

'이 사람이야말로.'

라며 그의 진심을 인정했다. 기대를 걸었던 것이다. 오닌[13] 이후 문란해진 도의와, 조정과 신하의 도리조차 소홀히 여기는 국풍의 퇴폐를 한탄하던 차였기에 겐신의 한마디가 사키쓰구의 가슴을 크

---

12) 将軍. 세이이타이쇼군(征夷大将軍)의 줄임말. 가마쿠라 시대 이후 무력과 정권을 쥔 막부의 최고 직위가 되었다.

13) 応仁. 오닌 원년(1467)부터 약 11년 동안 계속되었던 내란인 오닌의 난을 말한다. 무로마치 막부에서 전국시대로 넘어가는 원인이 되었다.

게 때렸다. 이러한 무장이라면 무슨 일을 털어놓아도, 또 어떤 대의를 맡겨도—라며, 이후 두 사람은 서약서를 서로 교환하고 조정을 위하여 굳은 맹세를 하기까지에 이르렀다.

이번 정월을 맞이하여 사키쓰구가 이 먼 지방까지 내려온 것은 표면상의 이유보다 예전에 두 사람의 가슴에 그러한 굳은 약속이 있었기 때문이었다.

"오호…… 그렇다면 그대의 조상님들은 이 땅의 닛타 일족이신가?"

겐신과 시모쓰케의 이야기 속으로 사키쓰구가 불쑥 끼어들어 말했다.

조상의 은혜

직접 질문을 받기는 했으나 대답해도 괜찮은 건지, 시모쓰케가 황송해 하는 모습을 보고 겐신이,

"답을 해드리게."

라고 말했다.

시모쓰케는 한쪽 눈으로 귀빈을 힐끗 보고는,

"하문을 하시다니 황공합니다. 조상이신 사이토 구란도(斎藤蔵人)는 이름도 없는 자였으나 요시사다 공께서 기치를 올리셨을 때부터 그 일족인 와키야(脇屋) 나리의 수하로 들어가 가마쿠라 공략에 참가했으며, 후에 부바이가와라(分倍河原) 전투에서 전사하셨

습니다. ―목을 묻은 무덤이 고향인 다쿠시(宅址)에 있다고 들었기에 그 지역 출신 대여섯 명을 데리고 여기저기 찾아보았으나 찾을 수 없었습니다. ……넓고 아득한 땅 곳곳이 논과 수풀로 변하여 그곳의 농부들조차 누구도 알지 못했습니다."

"그렇다면 에치고로 옮긴 지도 벌써 여러 대가 지났겠군."

"4대째입니다."

"아아, 그래서야……. 에치고에는 닛타 일족의 다른 후예들도 여럿 계십니까?"

이는 겐신에게 직접 물은 것이었다. 겐신은 생각할 것도 없다는 듯,

"여기에만 해도 시모쓰케를 비롯하여 대여섯 명이나 있을 정도이니 가스가야마 성에는 수십 집안이나, 같은 피를 물려받은 자들이 있을 것입니다."

라고 바로 대답했다.

사키쓰구는 크게 끄덕인 뒤,

"그래, 그래."

라고 되풀이하고는,

"명예로운 집안의 후손인 줄도 모르고 경솔하게 군 점 용서하기 바라오. 술을 받으시오. 시모쓰케라고 하셨지?"

라며 움직일 것 없다고 말하기라도 하듯 자신이 몸을 움직여 손을 내밀었다.

시모쓰케는 더욱 황공하여 몸을 움츠렸다. 사오십 명의 일개 소대를 맡고 있는 낮은 신분의 사무라이에 불과한 자신을 돌아보아, 어찌할 바를 모르고 있는 것처럼 보였다.

"받게."

주군의 허락이 있었기에 퍼뜩 얼굴을 들더니 시모쓰케는 이렇게 말했다.

"아무런 공도 없는데 분에 넘치게도 술을 내리시는 것은, 필시 조상님의 공을 생각하셨기 때문이라 여겨집니다. 저 혼자서만 받는 다는 것은 과분한 일입니다. 이 술잔을 내리신다면 다른 대여섯 명의 무리들과도 함께 나누고, 구니에 돌아간 후에는 가스가야마 성에 있는 다른 무리들에게도 술잔을 받게 하고 싶습니다. ……바라건대, 모쪼록 이 술잔을 이놈에게."

"좋은 생각이오."

사키쓰구는 자신의 품에서 종이를 꺼내 잔을 싼 뒤, 그것을 다시 시모쓰케에게 주었다.

붙박이

정비는 끝났다. 조모, 보소의 병사들을 합친 간레이 군은 겐신의 지휘하에 호조 우지야스의 죄를 널리 알리고,

"항복이냐, 멸망이냐."

하며 오다와라 성 밑으로 달려갔다.

그해 3월부터 4월에 걸쳐서 공방전이 계속되었다. 꽃도 지고 봄이 지나려 하고 있었다.

진중의 손님인 고노에 사키쓰구는,

"하루라도 빨리 천하에 커다란 뜻을 전할 수 있기를 멀리서나마 기원하겠소. 사민(四民)을 위하여."

라며 여기서 작별인사를 하고 도읍으로 돌아갔다.

전투 중이기는 했으나 겐신은 아시가라자카이(足柄境)까지 그를 배웅한 뒤,

"조만간 도읍에서 다시 뵙겠습니다."

라고 자신 있게 말했다. 장래에 대한 커다란 자신감을 가지고.

하지만 당면한 오다와라 성조차도 쉽게는 함락되지 않았다. 이유는 고슈에서 발 빠르게 신겐의 유력한 부대와 참모가 성 안으로 들어가 우지야스를 도왔기 때문이었다.

그 고슈의 참모들은,

"이후로도 병력이든 군수품이든 고슈에서 얼마든지 보내준다고 나리께서 말씀하셨으니 끝까지 이 험한 땅에 의지하여 굳게 지키기만 할 뿐, 성문을 열고 나가 싸우지 않는 것이 상책일 듯하오."

라고 주장했다.

공격군을 여기에 붙들어놓아, 특히 원정을 온 에치고 군을 피로하게 만들어 겐신으로 하여금 내놓을 계책이 전혀 없게 하자는 방침이었다.

5월이 되었다.

그러나 성벽의 일각조차 아직 빼앗지 못했다. 성의 계책이 성공을 거두었다고 할 수 있으리라. 겐신은 마침내 일단 군을 물려 아군의 권태로움을 일신하고 적의 변화를 기다리기로 했다.

그가 우에스기 노리마사와 함께 가마쿠라 하치만구(八幡宮)에 참배한 것은 이 기간이었다. 노리마사는 그 기회에,

"앞으로는 우리의 동족이라는 생각으로 우에스기라는 성을 쓰시기 바라네."

라고 권했다.

그 이전까지의 겐신은 새삼스럽게 말할 것도 없이 간레이의 일개 부하로 성은 나가오(長尾), 직은 에치고의 슈고다이[14]였다.

헛되이 재가 되어버린 서약서

그 무렵, 고슈의 정예병이 혹은 대오를 갖추어, 혹은 분산하여 북쪽으로 북쪽으로 수차례에 걸쳐서 움직였다.

대군단의 이동은 당연히 사린을 자극하기 때문이었다. 야쓰가타케(八ヶ岳) 도로, 스와(諏訪) 도로 등을 통해서 흩어진 구름처럼 젠코지(善光寺) 방면으로 가는 인마는 전부가 그들이었으나 그 방면의 감시를 게을리 하고 있지 않던 에치고의 첩자들조차,

"응?"

이 정도로만 생각했을 뿐, 안타깝게도 그 목적을 간파하지는 못했다.

그들이 눈치를 챘을 때는 세상 사람들도 동시에 알게 되었다. 그것은 청천벽력과도 같아서 세상의 이목을 깜짝 놀라게 만들었기 때문이었다.

"아이고, 또 고에쓰[15] 사이에서."

---

14) 守護代. 각 지방의 감독관인 슈고의 대리직.

갑작스레 먹구름처럼 드리운 전운에 그 이유도 알지 못한 채 백성들은 그저 지난 해의 공포를 다시 한 번 느낄 뿐이었다.

장소는 노지리코(野尻湖) 호수의 동남쪽, 에치고와 신슈의 접경 지대에 위치한 곳으로, 산지이기는 하나 북쪽으로 가는 길도 서쪽으로 가는 길도 남쪽으로 가는 길도 이곳을 분기점으로 하고 있는 교통의 요충지인데, 와리가타케(割ヶ嶽)의 험한 지형에 의지하여 에치고 군이 지키고 있는 성이 하나 있었다.

와리가타케 성.

에치고 군에게 있어서 이곳의 방어는 절대적이었던 것만큼, 동시에 가이의 다케다 가에게도 가장 커다란 가치가 있는 것처럼 보였다.

만약 다케다 군이 하루아침에 이곳을 빼앗는다면, 에치고 군은 동진, 남하 전부 길이 막힐 운명에 놓이게 되며, 에치고에서 그곳을 점령하고 있는 한 고슈의 맹호 신겐도 끝내는 노지리코 이북―동해에 면한 지역으로의 전개는 앞으로 바라기 어려울 터였다.

따라서 고에쓰 양 군의 본능이 이 지방에서 언제나 마찰을 일으키고 있었다. 빼앗고 빼앗기고, 남쪽으로 뻗어나가려는 생명과, 북방으로 나아가 기세를 떨치려는 생명이 좁은 수문으로 격렬하게 흘러드는 물줄기처럼 몇 번이고 혈전을 펼쳐왔다.

그러나 그러한 숙명도 4년 전인 에이로쿠 원년(1558) 이후부터는 숨을 죽이고 있었다. 쇼군 아시카가 요시테루의 중재로 화목이 성립되었기 때문이었다. 상호 서약서를 교환했으며 천지신명께 약

---

15) 甲越. 다케다 신겐의 영지였던 가이(甲斐)와 우에스기 겐신의 영지였던 에 치고(越後)를 함께 부르는 말.

속하고 창칼을 거두었다. ─그러한 때에 와리가타케 성에서 피어오른 갑작스러운 전화(戰火)였다. 세상 사람들이,

"또야?"

라며 겁을 먹은 것도 당연한 일이었다. 벽력을 맞은 것처럼 이목을 집중한 것도, 양국 사이의 화목을 영원한 것이라고 지나치게 과신했기 때문이었다.

슬픈 행군, 뜨거운 땀

"뭣이? 와리가타케가?"

원정지에서 첫 번째 소식을 접했을 때 우에스기 겐신도, 역시 일반 민간의 사람들처럼 아닌 밤중에 홍두깨 같다는 느낌이 들었다.

─그런가.

라고는 조금도 생각되지 않았다. 신겐과 주고받은 조약을 생각해봐도. 그리고 인간의 통념을 생각해봐도.

젊은 나이에 참선의 깊이를 알고, 번뜩이는 재기와 식견, 삼략에 대한 학식, 일반인들은 그를 명장이 될 그릇이라 보고 있었으나─이런 일에까지 조금도 동요하지 않을 만큼 우상적인 인격은 아니었다.

분노했다.

"껑다리16) 놈!"

이라고 소리를 높였다.

신겐을 말하는 것이었다. 이는 겐신이 붙인 별명이 아니다. 고슈의 꺽다리 나리라고 누구나가 불렀다. 그의 외교력, 그 질풍과도 같은 이동력, 그처럼 좁은 산골의 구니에 있으면서 참으로 부지런히도 빠른 발과 빠른 솜씨를 보였기에 붙여진 것인 듯했다.

그러나 이 질풍신뢰에 있어서는 겐신도 신겐에게 뒤지지 않았다. 겐신의 빠름은 행동보다 심기에 있었다. 일이 닥치면 후회하거나 망설이지 않는 과감함에 있었다.

"돌아가자, 즉각."

6월, 그가 이끄는 인마가 길게 늘어서 미쿠니고에(三国越え)를 땀범벅이 되어 북쪽으로 향해가고 있었다.

"안타깝습니다."

"와리가타케는 마침내 떨어지고 말았습니다. 아군은 1명도 남김없이 성과 함께 목숨을 잃고."

연달아 날아드는 비보를 겐신은 그 산길을 헐떡이며 가는 도중에 들었다.

"그런가."

땀을 닦고 산봉우리처럼 솟아오른 구름을 올려다보았다. 뜨거운 해가 그의 슬픈 눈물을 증발시켰다.

"……그런가."

말없이 행군을 계속했다.

그의 분노와 비통함을 생각하여, 그의 말 앞뒤를 감싸고 가는—

---

16) 足長. 원문은 '足長'로 장족(長足)을 의미하는데, 적당한 말을 찾지 못하여 여기서는 꺽다리로 번역했다.

나오에 야마토노카미(直江大和守), 나가오 도오토우미노카미(長尾遠江守), 아유카와 셋쓰(鮎川摂津), 무라카미 요시키요(村上義清), 다카나시 마사요리(高梨政頼), 가키자키 이즈미노카미(柿崎和泉守) 등의 각 장수들도 이제는 어떤 격한 소리도 내지 않았다.

말없이, 그저 말없이……. 단지 어떠한 각오만을 훗날에 굳게 기약하며 구름처럼 산, 그리고 또 산을 넘었다. 다시 상세한 보고가 날아들었다.

"와리가타케를 함락시킨 적은, 성곽을 불태우고 돌담과 성벽 모두를 흔적도 없이 허문 뒤 서둘러 고슈로 물러났다고 합니다. 성 안에 있던 아군은 전멸했습니다만, 적군의 사상자는 그보다 몇 배에 이르며 고슈 군의 이름 난 대장인 하라 미노노카미(原美濃守), 가토 스루가노카미(加藤駿河守), 우라노 민부(浦野民部) 등까지 부상을 당했는데, 특히 하라 미노노카미는 이번 일전에서 13군데 창상을 입어 중상인 채로 후퇴했다고 하고, 또 역시 적의 하타모토17)인 신카이 마타사부로(新海又三郎), 쓰지 로쿠로베에(辻六郎兵衛)는 전사. 다다 아와지노카미(多田淡路守)도 역시 전사한 것으로 알려져 있습니다."

겐신은 전황을 자세히 고한 전령에게도,

"그런가."

라고 대답은 여전히 짧았다. 그러나 이 말을 거듭할 때마다 그의 말투는 조용히, 장중하게 어딘가 탁한 것이 맑아져가는 듯한 느낌이었다.

상세한 정보가 전해지자 전군 위에서 뚜렷한 동요가 꿈틀거렸다.

---

17) 旗本. 대장이 있는 본진의 무사.

침울, 말 위에서 암담한 눈물을 삼키는 노장도 있었고, 분루를 주먹으로 훔치며,

"분하구나!"

라고 소리 높여 우는 다감한 본진의 장수도 있었다.

치중대의 짐을 나르는 자, 일개 말단 병사까지 저마다,

"이렇게 에치고로 돌아가는 건가?"

라고 말했다.

그리고 또,

"덧없이 돌아갈 수는 없다!"

땀이 흐르는 머리 위로 의지를 활활 불태웠다.

그런가, 그런가, 라고만 할 뿐, 말이 없는 겐신에 대해서 전군의 장사들이 불만의 목소리를 높인 것은 당연한 일이었다. 보라, 이 산을 넘어가는 고개에서 서쪽으로 얼굴을 돌리면 거기에는 와리가타케의 연기가 아닐까 여겨지는 구름이 봉우리처럼 솟아 있지 않은가. 채찍을 한 번 휘둘러 왼쪽으로 향하면 노지리(野尻)는 그리 멀지 않다. 발걸음을 조금 더 멀리로 옮겨 가와나카지마(川中島)를 돌파하여, 적의 거점 가운데 하나인 가이즈(海津)를 빼앗고 부근을 석권하여 적어도 신겐 세력권의 한쪽 끝에라도 보복을 가한 뒤 물러나도 그리 늦지는 않으리라.

"어째서 이대로."

한 걸음 한 걸음, 그들은 발을 동동 구르듯 발걸음을 옮겼다. 와리가타케 성은 그들의 핏줄과도 연결되어 있었다. 여기에 있는 어떤 자의 아버지는 그곳에 있었다. 또 어떤 자의 형이나 동생이나 숙부나 조카도 거기에 있었다. 그것을 에치고 군이라는 이름으로

뭉쳐 하나로 묶으면, 고슈 군의 신의 없음에 대한 정의가 되어 오로
지,

"지금부터라도."
라며 추격을 갈망했다.

"말을 멈추어라."
무슨 생각을 한 것인지 겐신이 앞뒤의 장수들에게 이렇게 말하고
자신도 갑자기 말머리를 옆으로 돌렸다.

다리는 흐르나 물은 흐르지 않는다

"멈춰라! 전군 서쪽으로 향하라."
뒤이어 겐신의 명령이 차례차례 부장들의 입에서 입으로 전달되
었다.

흙먼지가 슥 가라앉았다.

기다랗게 옆으로 늘어선 줄이 무슨 일일까 싶어 서쪽으로 정숙하
게 얼굴을 돌렸다.

그리고 멀리 있는 자, 가까이 있는 자 모두 주장인 겐신에게로
시선을 돌렸다.

"……."

겐신은 말의 안장에 고삐를 끼우고 가슴 앞에서 양쪽 손바닥을
모았다. 서쪽 하늘을 향해서―.

노장들도 본진의 무사들도, 대열의 가장 끝에 있는 치중대의 짐

나르는 자까지 모두 그를 따라서 잠시 묵도를 올렸다.

끝나자 겐신은 말에서 몸을 늘리듯 하여,

"―다리는 흐르나 물은 흐르지 않는다― 가자, 우선은 가스가야마의 우리 본성으로."

이렇게 말하더니 좌우를 재촉하여 다시 북쪽으로 북쪽으로 고개를 넘었다.

겐신이 처음 커다란 목소리로 말한 한마디는, 사람들에게는 잘 이해할 수 없는 것이었다. 어딘가 선문답 가운데 있는 말인 듯하다는 것만은 상상할 수 있었으나 의미는 잘 알 수가 없었다.

"……다리는 흐르나 물은 흐르지 않는다. 이렇게 들린 것 같은데?"

라고 자문자답했다.

뜻을 짐작하여 말하는 자도 있었다.

"물은 흐르는 것인데 흐르지 않는다고 말했어. 그건 다시 말해서 영원한 모습을 의미하는 말 아닐까? 다리를 걸쳤나 싶으면 흐르고, 흐르는가 싶으면 걸치고. 눈앞의 비희에 연연하지 말라. 나리께서는 그렇게 말씀하신 것 아닐까?"

그야 어찌 됐든 이렇게 해서 원정길에 올랐던 에치고 군은 일단 가스가야마 성으로 들어갔다. 겐신은 굳게 결심한 바가 있는 듯, 성으로 돌아온 뒤의 생활은 조석이 평소와 조금도 다르지 않았다.

오히려 각 장수들 이하 모든 에치고의 무사들은 다케다의 불신행위에 대해서 날이 갈수록 격분하고 있었다. 화목의 조문을 파기했을 뿐만 아니라 원정을 위해 비운 성을 노려 허를 찌르다니, 비열하기 짝이 없다, 무문(武門)에 그냥 놓아둘 수 없는 신겐 뉴도[18]다,

백성들의 어려움도 돌아보지 않고 이 땅에 난을 일으킨 도적놈이다. 에치고에서는 무사뿐만 아니라 일반 백성들까지 이를 갈며 말했다.

─그럼에도 불구하고 겐신은 쉽사리 일어설 기색을 보이지 않았다. 7월도 지나 8월에 가까웠다. 가스가야마 성은 요란한 매미 울음소리에 휩싸여 있을 뿐, 다시 출정할 기미도 보이지 않았다. 물론성 아래 마을의 대장장이나 병기를 만드는 자나 군량을 준비하는 자 외에 군수 방면에 종사하는 자들은 활발하게 움직였으나, 우에스기 가에 있어서 이는 조금도 이례적인 일이 아니었다. 군사(軍事)에 관한 일 전반이 평소와 다를 바 없었다.

"더는 참을 수 없어."

"어쩌시려는 걸까?"

상부의 뜻을 직접적으로는 알 수 없는 하급 무사들일수록 주체할 수 없는 불만을 걸핏하면 입 밖으로 내는 법이다. 그리고 성에서 나온 자를 붙들고는,

"어땠는가……, 회의의 내용은?"

하고 물었다.

그것을 미루어 짐작할 수 있을 정도의 측근인 경우는,

"글쎄, 모르겠는데."

라고밖에 대답하지 않았으며,

"오늘도 안채에서 일족과 노신들만 모여서 뭔가 회의를 하기는 했어. 하지만 여전히 화전(和戰) 양론으로 의견이 갈린 모양이야."

라고 마치 보고 오기라도 한 것처럼 말하는 자도 사실은 아무것도

---

18) 入道. 불문에 든 자를 말한다.

모르고 있었다.

　그래도 어쨌든 성 안 장수들의 의견이 화전 양론으로 갈린 듯하다는 분위기를 느끼고 나면,

　"화친이라니 무슨 소리야. 일이 이렇게까지 되었는데도 화친을 생각할 여지가 아직 남았단 말인가? 겁쟁이들."

　일반의 격앙된 분위기가 더욱 불타올랐다. 불만 위에 더해진 불만이었다. 그것도 이번에는 누구에게 화풀이를 해야 좋을지 알 수 없는 분노였다. 하늘을 향해 곡을 할 수밖에 없는 것이었다.

　그런 가신들은 자신들 주위에서 뜻밖의 이상한 일이 일어났다는 사실을 문득 깨달았다. 왜냐하면 예의 애꾸눈, 절름발이 때문에 금방 눈에 띄는 사이토 시모쓰케의 모습이 최근 들어 전혀 보이지 않았기 때문이었다.

화목의 밀사

　"시모쓰케 나리는 어디로 가셨는가?"

라고 사이토 시모쓰케의 집안사람들에게 물어도 모른다고만 하고 입을 다물었으며, 평소 친하게 지내던 친구에게 물어도,

　"나도 모르겠네."

라며 함께 이상히 여길 뿐이었다.

　집을 살펴보아도 병으로 누워 있는 듯한 기색은 보이지 않았다. 하인들에게는 엄중하게 함구령이 내려진 듯했다. 이렇게 되면 더욱

알고 싶어지는 것이 당연한 사람의 마음이다.

"알았다!"

한 사람이 무리에게 말했다.

벌써 가을의 초입, 이삼일 전부터 이미 8월이었다. 본진의 장수인 가라사키 즈쇼노스케(辛崎図書之助)가 같은 부대의 혈기왕성한 중견들만 모여 있는 성 안의 집무실로 들어와서,

"―보이지 않는 게 당연하지. 그는 화목의 사자로 은밀히 고슈로 갔어."

라고 커다란 목소리로 알렸다.

웬만한 일에는 놀라지 않는 사람들만 모여 있었으나 이 말에는 깜짝 놀랐다기보다, 머리 위에서 반석이라도 떨어진 것처럼 잠시 숨을 멈췄다가 눈을 커다랗게 뜨고,

"뭣, 그게 사실인가?"

라고 말했다.

"그 같은 중대사를 장난삼아 말할 수 있겠는가?"

라고 즈쇼노스케가 사람들에게 장담하듯 말했다.

그의 말에 의하면 자신의 숙부인 구로카와 오스미노카미(黒川大隅守)도 얼마 전부터 모습이 보이지 않았다는 것이다. 병에 걸렸다고 했지만 뭔가 미심쩍은 부분이 있었기에 사촌여동생을 을러서 마침내 진상을 들었다고 했다.

"그럼 사이토 시모쓰케를 따라서 구로카와 오스미도 고슈에 갔단 말인가?"

"그렇다네. 시모쓰케에게 은밀히 정사(正使)를 명하시고 부사로 구로카와 오스미를 붙여, 벌써 열흘이나 전에 이 가스가야마를 출

발했다고 하네."

"……금시초문이군."

"그럴 수밖에. 만약 얘기가 새어나가면 집안의 이론과 동요를 면할 수 없으리라 염려한 노신들이 서로 입을 맞춰 극비리에 사자를 고슈로 파견한 것인 듯하네."

어처구니가 없어서 말을 잇지 못하겠다는 듯한 얼굴들뿐이었다. —그러나 그대로 식혀버릴 수 있을 만큼 미지근한 피를 가진 자들이 아니었다. 잠시 후, 그 침묵은 돌연 지난 몇 십일 동안 볼 수 없었던 위험한 형태가 되어 폭발했다.

졸음 기둥

"무엇 때문에 에치고에서 먼저 고슈로 사람을 보내지 않으면 안 되는 거지?"

"우리 집안은 무문을 버릴 생각인가? 굴욕적이야. 수치를 알아야지."

"사자를 보내놓고, 그것도 모자라서 화목을 꾀하다니. —아아, 무사 짓을 하기도 싫증이 나는군. 도의도 무너져버리고 말았어. 이건 필시 가능한 한 현상을 유지하고 싶어 하는 중신들이 나리의 결의를 흐리게 한 걸 거야. 용서할 수 없어. 결코 간과할 수 없어. —나오에 야마토노카미 나리가 됐든, 가키자키 이즈미 나리가 됐든, 어디든 상관없으니 댁으로 몰려가서 진의를 따져 물어야 해.

뜻을 같이할 자들은 모두 따라오게."

"가지 않을 수 없지!"

"가세!"

자리에 있던 10여 명의 사람들이 전부 일어나 마루로 나섰다. 그런데 딱 한 사람, 구석에 있는 커다란 기둥에 등을 기대고 눈을 감은 채 끝내 일어서려 하지 않는 자가 있었다.

무리 가운데 한 사람이 그를 보고,

"야타로, 왜 오지 않는 겐가? 어서 오지 못하겠는가?" 라며 독촉했다.

졸리다는 듯 든 얼굴에는 하얀 마맛자국이 군데군데 있었다. 귀신잡는 고지마 야타로(小島弥太郎)는 그 얼굴을 옆으로 흔드는 것조차 귀찮다는 듯,

"난 안 가네." 라고만 말했을 뿐, 자리에서 일어서려고도 하지 않았다.

지금 · 이 가을

"뭐라고?"

일동은 낯빛을 바꾸어 되돌아왔다. 야타로가 기대고 있는 기둥을 둘러싸고,

"가지 않겠다는 건, 갈 필요가 없다는 뜻인가?"

그에 대해서 야타로는,

"그래."

라고 분명하게 대답한 뒤,

"쓸데없는 소란은 피우지 않는 게 좋아. 자식은 부모의 마음을 모른다는 말도 있지 않은가?"

라고 앉은 자세도 고치지 않고 말했다.

그런 태도도, 그리고 훈계하는 듯한 말투도 사람들의 마음에 매우 거슬렸다. 우에스기 가의 귀신잡는 고지마 야타로라고 하면 사린에까지 이름이 알려진 가스가야마의 열 마리 범 가운데 한 명이었다. 열 마리 범이란 겐신 휘하의 하타모토 정예 가운데 다시 정예 10명을 뽑아 누군가가 붙인 이름이었다.

하지만 여기에 있는 동료들은 그런 야타로에게도 절대로 뒤지지 않는다고 생각하고 있는 자들뿐이었다. 기회만 찾아온다면 누구에게도 뒤처지지 않는 무훈을 세워, 열 마리 범에는 들지 못한다 할지라도 쌍룡, 십룡 등 어떤 명예라도 획득해보일 자신이 있는 자들뿐이었다.

—곰보 자식이.

동료들은 당연히 그의 불손한 태도에 화가 났다. 일단 일어났던 자리에 다시 앉아 좌우에서 저마다,

"쓸데없는 소란이라니, 쓸데없는."

"오랜 적대 관계에 있는 고슈의 신겐이 신의를 헌신짝처럼 저버린 이때에 사자를 보내서 화목을 청하다니, 분하지도 않은가?"

"우리 에치고, 우리 우에스기 군 모두의 굴욕이라고는 생각지 않는가?"

"이게 좌시할 수 있는 일이라고 생각하는가? 쓸데없는 소란을

피우는 게 아닐세. 겁쟁이에 그저 계산적이기만 하고 무기력한 노신들에게 용기와 깊은 반성을 촉구하기 위해서 가는 것일세. 결단을 촉구하러 가는 것이야. 그게 어째서 쓸데없다는 말인가?"

라고 몰아세웠다.

야타로가 다시,

"쓸데없는 짓이야."

라고 단호하게 말하고 앉은 자세를 고치자,

"아직도 그 소리냐."

하며 개중에는 칼을 쥐고 눈썹에 험악한 표정을 드러낸 자도 있었으나, 야타로는 한 사람 한 사람의 얼굴을 한 사람 한 사람씩 둘러보지는 않고 전체를 향해서 매우 차분한 어조로 말했다.

"마음을 가라앉히고 내 말을 들어보게. ─지난 며칠 동안의 회의 내용을 우리 같은 말단의 무리들이야 알 수도 없을 테지만, 무릇 흥망과 관계된 중요한 일을 노신들끼리만 모여서 논의하고 결정했을 리는 없네. 틀림없이 주군 앞에서 행하고 주군 앞에서 결정한 방침일 걸세. ─그렇다면 고슈에 사자를 보낸 것도, 화의를 청한 것도 전부 나리의 뜻 아니겠는가? 겐신 공의 흉중 아니겠는가? 자네들은 주군의 뜻에 불평을 토로할 생각인가?"

"아니, 그 주군의 마음을 어둡게 하고 오로지 무사함만을 바라며 유약한 소리를 내뱉은 자들이야말로 노신의 일부일 것일세. 그렇기에."

"한심하기는."

하고 야타로가 무리들의 입을 막은 뒤,

"사무라이가 목숨을 바쳐 섬기고 있는 주군일세. ─그런 나리의 정신이 어디에 있는지, 평소 어떤 성격이신지, 그것조차 판별하지 못한 채 자네들은 잘도 나리를 모시고 있군. 목숨을 맡겼군. ─병법이란 전진의 북소리를 울리며 적을 향해 나아갈 때만을 위해서 있는 것이 아닐세. 자식은 부모의 마음을 모른다고 말한 것은 그러한 미묘한 사정을 생각해서 한 말일세. 섣불리 화를 내며 소란을 피우는 것은, 오히려 주군의 마음을 번거롭게 하여 저반의 뛰어난 능력을 발휘하지 못하게 하는 짓일 뿐이네. ……간토 지방의 원정에서 이제 막 돌아왔으니, 한동안은 이렇게 금방 전장에 다시 나가기 싫다는 듯한 멍한 얼굴로 시치미를 떼고 있는 것이 충의라고 할 수 있을 것이네."

라며 웃고, 다시,

"생각해보게. 그 고슈에 하필이면 사이토 시모쓰케를 보냈네. 우리 집안에 사람도 많은데 그 시모쓰케를 보냈으니, 이는 결코 노신들의 안목이 아닐세. 나리가 발탁하신 게야. ─그러니 황공한 일이기는 하나, 주군의 흉중에 무엇이 있는지 알 수 있지 않겠는가? 쉽게 추측해볼 수 있지 않겠는가?"

라고 말을 맺었다.

이제 그의 말에 화를 내는 자는 아무도 없었다. 아니, 그 자리에서만이 아니라 그렇게도 웅성웅성 시끄럽게 가스가야마 성 내외를 감쌌던 비분의 목소리도, 굴욕의 외침도 이후부터는 갑자기 뚝 끊어지고 말았다. 게다가 다시 출정하겠다는 포고령은 물론, 군비를 갖추려는 기색조차 보이지 않았다. 가스가야마 성을 중심으로 각지에 있는 지성(枝城)과의 왕래도 느슨했으며, 각 마을의 가을 축제는 평년보다 더 떠들썩했고 전시라면 놀 엄두도 내지 못했을 대장장이, 장비 만드는 자까지가 이번 가을에는 원을 그리며 춤추는 자들 사이에 섞여 춤을 추었다.

신 겐

사방의 하늘 어디를 보아도 산 아닌 곳이 없는 분지였으나 성곽은 평지에 세워져 있었다. 커다란 규모는 이루 다 말할 수가 없었다. 그리고 그곳을 고칸(甲館)이라고도 불렀으며, 쓰쓰지가사키(躑躅ヶ崎)의 관이라고도 불렀다. 다케다 신겐이 있는 고후(甲府)의 본거지였다.

지금 신겐은 42세였다. 목이 굵었으며 살집이 단단하게 부풀어 있었다. 뺨이 두툼했으며 거뭇한 피부 아래로 소년과도 같은 혈색을 내비치고 있었다. 손등을 보아도, 뺨과 귀밑털을 깎아낸 자리를 보아도 털이 많은 사람이라는 사실을 알 수 있었다.

그러한 풍모를 통해서 판단해봤을 때 매우 정력적인 사람이라는 점과 철과 같은 의지를 가진 사람이라는 점은 바로 느낄 수 있었으나, 냉철한 이성은 애써 드러내려 하지 않았다. 눈가에 주름을 만들어 부드럽게 보이려 하고 있는 것이 그 증거였다. 그럼에도 불구하고, 그가 아무리 노력해도 ㅡ봄바람처럼 사람을 대하고, 가을의 서리처럼 자신을 다스리라ㅡ는 말을 마음에 새겨도, 그 크고 검은 눈동자를 가진 눈꺼풀은 눈물이라는 것에 젖은 적이 한 번도 없었던 것처럼 보였다.

"오이, 사자는 왔는가?"

사방침에 몸을 깊숙이 기대며 신겐이 곁에 있는 아토베 오이(跡部大炊)를 향해 그 귀에 입이 닿을 정도로 얼굴을 가까이 가져가 속삭였다. 오이도 역시 작은 목소리로,

"아직입니다. 에치고에서 온 자가 사자의 방으로 안내되면 저쪽에 있는 시동의 방에서 방울을 흔들어 알려주기로 했습니다."

"방울소리는 아직 들리지 않았네."

"그렇다면 아직 방에 들어가지 않은 것입니다."

"사자의 모습을 보고 싶네만."

"보실 수 있으실 것입니다."

라며 오이는 자리에서 일어나 이미 2치 정도 열려 있는 장지문을 다시 조금 더 열어놓고 돌아왔다.

이곳은 성 안의 비샤몬도(毘沙門堂)라고 불리는 한 건물이었다. 당처럼 지은 건물인데 신겐의 거실, 서원, 회의실, 사자의 방 등 전부가 갖춰져 있었다. 얼마 전에 특사 자격으로 이 구니에 와 있는 에치고의 가신 사이토 시모쓰케라는 자를 오늘 이곳으로 불러 미리 그 얼굴을 엿본 뒤에 대면하려는 것이었다. 다른 구니에서 온 사신에 대해서는 의례적인 정중함을 극진하게 내보이는 반면, 이런 무례함도 흔히 행해진 듯했다. ─특히 한쪽이 우월함을 자부하며 그 자리에 임하는 경우에는.

이번에도 신겐은 겐신이 반드시 격노하여 조슈에서 우스이(碓氷) 방면으로 공격해 들어오거나, 혹은 방비가 비교적 허술한 신슈 방면에 대해서 보복 수단을 취해올 것이라 예상하고 있었다.

그도 아니고.

그는 유유히 오다와라 성의 포위를 풀고 조슈에서 미쿠니고에를 지나 멀리 에치고의 가스가야마로 물러나버리고 말았다.

─일단 물러났다가 다시 출진하려나?

이렇게 보고 있었으나 쉽사리 그런 기미도 보이지 않았다. 에치고에 심어둔 수많은 밀정들로부터도 그러한 움직임은 보이지 않는다는 증거들만 보고되었다. 신겐은 그렇다면,

'재작년부터 계속된 엣추로의 출진, 뒤이어 억지스러운 교토 방문, 그리고 반년 이상이나 계속되었던 소슈(相州)로의 원정 등, ─계속된 동분서주에 천하의 겐신도 지쳐버리고 만 듯하군.'

하고 내심 마음이 조금 놓이기도 하고, 또 겐신의 서툰 용병술을 비웃기도 하고 있던 차였다.

에치고의 신하인 사이토 시모쓰케라는 자가 부사 구로카와 오스미 이하를 이끌고 이 고후로 들어왔다.

그리고 겐신의 글을 보인 뒤,

"주군 겐신께서 엄숙하게 내리신 말씀의 내용은 매우 중대한 것으로 이곳의 나리를 직접 뵙고 말씀드리고 싶으니, 언제가 됐든 뵐 수 있는 날까지 기다리겠습니다."

라며 주어진 성 밖의 사관(使館)에서 오늘까지 부르기를 기다리고 있었던 것이다.

겐신의 서한은 사자에 대한 신임장이나 다를 바 없는 것으로, 목적에 대해서는 언급하지 않았다. 단지 정중한 어조로 4년 전에 맺은 화목에 대해서 이야기하고, 이후 다른 마음을 먹은 일이 없는데 자신이 원정을 나가 성을 비운 사이에 와리가타케 성을 공격한 것은 어떠한 이유에서인가─라고 지극히 은근하게 따져 물었다.

조금도 격분하지 않았다. 또 항의적이지도 않았다.

귀하의 양심에 호소한다, 라는 정도일 뿐이었다.

이처럼 사리와 실정을 낱낱이 밝힌 글에 얼굴을 붉힐 신겐은 아니었다. 양 구니가 수호를 체결하기 전 이미 수년 동안에 걸쳐 신에쓰[19] 접경지역에서 3번이나 그와 격전을 치렀기에 에치고 군의 날래고 용맹스러움, 쉽게 예측하기 어려운 겐신의 심사 등에 대해서는 잘 알고 있었으나, 그럼에도 불구하고 신겐의 어딘가에는 그에 대한 경시가 완전히 사라지지 않고 남아 있었다. 누가 뭐래도 겐신은 그보다 나이가 9살 어렸으며, 그 영토나 재력이나 군비 등 다양한 각도에서 봐도,

−겐신이 뭐 그리 대단하단 말이냐.

라며 약소하게 생각하는 마음을 억누를 수 없었다.

그랬기에 사자가 왔다는 말을 듣고는 그 서한을 볼 것도 없이,

'화목을 청하러 왔군.'

이라고 직감했다.

'싸울 마음이 있었다면 사자를 보냈을 리 없다. 나도 허를 찔렸다. 허를 찌르고 나오는 것이 당연한 일−.'

이런 생각을 가지고 겐신의 서한을 펼쳐보니,

'역시!'

라는 생각이 들었다.

신겐에게는 모든 것이 예상한 대로였다. 어쨌든 말을 들어보고 대답도 주어야했으나− 그 특사로 온 사내가 또 조금 특이한 사람이라고 가신들로부터 들었기에,

_____

19) 信越. 시나노(信濃)와 에치고 지방(지금의 나가노와 에치고).

'어떤 인물일까.'

신겐은 호기심이 일기도 했기에 만남을 허락하기 전에 사자의 방 옆방까지 와서 아토베 오이와 함께 가만히 엿본 것이었다.

이어지는 봉화

다른 구니에서 사자가 오면 그날부터 접대를 맡은 자와 안내를 맡은 자가 늘 곁을 지킨다. 물론 감시를 위해서다. 정중한 감시인인 셈이다.

체류한 지 며칠이 지나서, 오늘 신겐이 만나겠다고 하기에 사이토 시모쓰케는 혼자서만 허락을 받아 비샤몬도 안에 있는 사자의 방으로 안내되었다. 당일의 안내 및 접대를 맡은 자는 하지카노 덴에몬(初鹿野伝右衛門)과 마가리부치 쇼자에몬(曲淵庄左衛門)이었다.

"지금 주군께 말씀을 올렸으니 여기서 잠시."

하고 기다리게 한 뒤 고슈의 두 신하는 일부러 시모쓰케에게 잡담을 걸었다.

시모쓰케의 풍채는 워낙 그 자신의 구니 안에서조차 그다지 봐줄 만한 것은 아니었다. 하물며 고슈의 명사들은 그를 한번 보고는 모두 어처구니가 없다는 듯한 얼굴을 했다. 이처럼 볼품없이 작은 사내를—하고 생각했다. 게다가 한쪽 눈과 다리가 성치 않은 불구자였다. 지금까지 어느 구니에서도 이런 사자를 맞아들인 적은 단

한 번도 없었다.

"귀하의 구니인 에치고는 바다가 7할인 작은 구니라고 들었습니다만, 사실은 조금 더 커다란 구니겠지요?"

접대역을 맡은 마가리부치가 묻자 사이토는 조금도 주눅 들지 않고,

"그렇습니다. 말씀하신 대로 바다에만 둘러싸인 지극히 작은 구니입니다. 이곳 고슈는 비할 데 없이 강대하다고 들었습니다만, 예를 들자면 어느 정도의 크기입니까?"

"구니의 넓이는 남북 여드레 길이라 일컬어지고 있습니다. 커다란 구니라는 증거로는, 매일 가도를 오가는 짐말의 숫자가 1천 필씩이라고 합니다. 그것으로 가늠해볼 수 있을 것입니다."

"하하하하. 그것은 뜻밖입니다."

"어찌 웃으십니까?"

"그게, 짐말이 1천 필씩 왕래한다고 자랑하셨으나 에치고에는 출입하는 배가 매일 1천 척. 1척의 배에는 말 1천 필을 실을 수 있을 정도의 짐을 싣습니다. 그렇다면 고슈는 의외로 작은 구니인 듯합니다."

마가리부치는 얼굴이 붉어지고 말문이 막혔다. 하지카노 덴에몬이 그를 돕기 위해서,

"시모쓰케 나리, 조금 엉뚱한 질문 같습니다만, 에치고에서는 다른 구니에 보낼 사자로 귀하와 같이 작은 사내를 일부러 골라서 보내고 있습니까? 실례합니다만 신장이 얼마나 되시는지?"

시모쓰케는 조금도 동요하지 않고 바로 이렇게 대답했다.

"저희 에치고에서는 사자를 다른 구니로 보낼 때 상대가 커다란

구니이면 커다란 사내를, 상대가 작은 구니이면 조그만 사내를 보내는 것이 관례처럼 되어 있습니다. 예를 들어 귀하의 구니에는 저처럼 조그만 사내를 보낸 것처럼."

말을 잇지 못한 채 덴에몬이 입을 다물고 있자 시모쓰케가 다시,

"키를 물으셨습니다만, 이렇게 보여도 저는 5자에서 고작 1치 정도가 모자랄 뿐입니다. 가늠하건대 두 분께서는 모두 5자 5치는 되는 듯 보입니다. 저보다 대체 몇 자나 더 크십니까? 실례의 말씀입니다만, 두 분을 합쳐도 평생 저만큼의 충의를 다하실 수 있으실지. 검은 3자에도 미치지 못합니다만, 빨래를 너는 장대보다는 낫습니다. 이곳의 주인께서는 미미한 자들에게 아름다운 옷을 입혀 쓰고 계시는 듯합니다."

더는 참을 수 없게 된 모양이었다. 장지문 너머에서 신겐이 웃음을 터뜨리고 말았다. 과연 비굴하지 않았다. 껄껄 커다란 소리로 웃으며,

"오이, 장지문을 열어라."

라고 명한 뒤,

"우에스기 나리의 사자이신가? 사이토 시모쓰케라고 하셨지? 아주 재미있는 말씀을 하시는군. 예전에 순우곤은 제나라 왕의 명령을 받고 초나라에 사자로 갔는데, 그 도중에 초왕에게 줄 거위를 구워 먹은 뒤 빈 바구니를 들고 초왕을 만났으나 궤변을 늘어놓아 오히려 왕을 기쁘게 하여, 제왕은 염직(廉直)을 두었으니 행복한 자라고 감탄케 했다는 일화가 있소. ─그대는 그 순우곤에도 비견할 만한 사내인 듯하오. 우에스기 가에서는 녹을 어느 정도 받고 계시는지?"

라고 신겐도 바로 허물없이 말을 걸었다.

시모쓰케가 멀리 물러나 절을 하고,

"600관을 받고 있습니다."

라고 삼가 대답했다.

신겐은 그 말을 듣고,

"과분한 대우로군. 우에스기 나리는 아랫사람을 두텁게 대하는 모양이오."

라고 중얼거렸다.

그런 다음 한쪽 눈은 어쩌다 못 쓰게 되었는지, 다리는 어디서 절게 되었는지 등 노골적인 질문을 했으나, 시모쓰케의 대답은 기지에 넘치는 것이었으며 또 상대방을 불쾌하게 하지 않을 정도로 자신의 식견과 예리함을 엿볼 수 있게 하는 것이었다.

"작은 무인이기는 하나 참으로 뛰어난 사람이로군. 과연 우리 집에 사신으로 보낼 만한 인물이야. 우에스기 나리의 조상이신 가마쿠라 곤고로 가게마사(鎌倉権五郎景政)도 도리미 야자부로(鳥海弥三郎)의 화살에 한쪽 눈을 잃었으나 무명(武名)이 높았지. 아마 그대와 같은 인물이었을지도 모르겠군. 하하하하. 오이, 오이."

"네."

"사자에게 술을 내주게. 한껏 치하해주어야겠네."

"기다리십시오."

시모쓰케가 말을 가로막고—

"술을 받기 전에 받아야 할 것이 있습니다."

"무엇인가?"

"와리가타케 성입니다."

"……흠."

신겐의 눈이 처음으로 번뜩 빛을 발했다. 그리고 눈가의 잔주름이 날카로운 검처럼 치켜올려졌다. 시모쓰케가 틈을 주지 않고,

"아마도 나리의 명에 의한 것이 아니라 그곳에 있는 고슈의 장사들이 나리께 말씀도 여쭙지 않고 멋대로 자행한 난행이라 여겨집니다만, 그것은 저희 우에스기 가와 굳게 친목을 약조하신 다케다 가의 이름을 위하여 안타까워해야 할 일이 아닐 수 없습니다."

"아니, 와리가타케를 공격한 것은 신겐의 명령에 의한 것일세. 결코 그곳에 있는 자들의 독단이 아닐세."

"호, 그와 같은 명령을 어찌하여 내리신 겁니까? 에이로쿠 원년 (1558)에 이후로는 서로 창칼을 맞대지 않겠다고 약조한 문서를 교환하고 약정을 체결한 두 집안 사이입니다만."

"그 이전에 와리가타케 성은 우리 다케다 집안의 영지였네."

"이유가 될 수 없습니다."

"사자!"

"네."

"그대는 술을 마실 텐가, 마시지 않을 텐가?"

"마시겠습니다. 대답을 듣고 난 뒤에."

"신겐의 대답은 끝났네. 자루에 넣은 활도 꺼내려 하면 언제든 꺼낼 수 있네. 술잔을 쥐겠는가, 활을 쥐겠는가? 그대는 겐신 나리로부터 어떤 분부를 받고 왔는가?"

"말할 것도 없이 저를 이곳으로 보내셨을 때에는……."

"그렇겠지? 어쨌든 마시게. 에이로쿠 원년의 서지조문(誓紙條文)을 양쪽 집안에 그대로 놓아두고 싶다면."

"그리할 수는 없습니다. 사자가 되어 온 자가 어찌 그러한 대답만 가지고 돌아갈 수 있겠습니까?"

"아니, 아니. 그대는 주군의 명을 조금도 욕되게 하지 않았네. 이렇게 칭찬을 하고 있지 않은가."

"고슈의 대장이신 분께 칭찬 듣고 싶은 마음은 조금도 없습니다. 오늘은 이렇게 얼굴을 뵌 것에 만족하고 내일, 혹은 모레, 열흘이라도 보름이라도 기다렸다가 다시 말씀을 듣도록 하겠습니다. 다른 기회에 부탁을 드리겠습니다."

"부탁이라니, 무엇을?"

"명확한 사죄의 증표를."

"하하하. 쓸데없는 일일세."

"쓸데없는 일일지는 모르겠으나."

"술이 왔네. 마실 텐가."

"이번에는 마시겠습니다."

시모쓰케는 커다란 잔을 쥐었다. 그가 마시는 술의 양에 적국의 군신들은 다시 눈을 둥그렇게 떴다.

그러나 그것은 사소한 놀라움에 지나지 않았다. 그날 밤, 쓰쓰지가사키에 들어온 급보에는 성 안의 모든 사람들이 귀를 의심하며 깜짝 놀라지 않을 수 없었다. 신에쓰의 접경지대에서부터 봉화를 통해 단숨에 날아든 전갈이었다. 10리, 혹은 20리마다에 설치해놓은 봉화가 차례차례 연기를 피워올려 고후의 본성으로,

─적의 내습!

급박한 소식을 일순간에 전해주었다.

사이토 시모쓰케와 그 외의 사자 일행은 그와 동시에 말을 달려

고후 바깥 멀리로 정신없이 채찍을 휘둘러 달아나기 시작했다.

출 진

　시나노로 출진ㅡ

이라는 말만 들어도 에치고 우에스기 군은 늘 피가 거꾸로 솟고,
살이 꿈틀거리고, 흥분을 금할 길이 없었다.

　상대로 삼기에 부족함이 없는 적국. 원한이 쌓인 적국. 갑옷의
끈을 묶으면서도,

　"이번에야말로."

라고 모두가 맹세했으며,

　'도쿠에이켄(德榮軒) 신겐의 목을 보기 전에는.'

이라고 모두가 생각했다.

　그것은 부장 이하 평범한 사무라이에서부터 보병에 이르기까지
일관되게 가지고 있는 정신이었다.

　덴분, 고지(弘治) 연간 이후, 거의 매해라고 해도 좋을 정도로
벌어진 양 구니 사이의 전쟁에서 부모를 잃고 자식을 앞세우고,
혹은 형제를 빼앗기는 등 개개의 묵은 원한은 작은 것이라 할 수
있으며 구니의 기본 방침으로,

　'다케다의 저해가 있는 한 우리 구니의 성장은 어려우며, 우리
구니의 생명도 없다.'

는 겐신의 신조가 온 집안 내에 골수까지 새겨져 있었다. 모두의

불덩이 같은 신념이 되어 있었다.

더구나 이번의 출진. 기다리고 기다리던 것이었다.

지난 사오십일 동안 발을 동동 구르고 있었던 만큼, 8월 14일이 되어 마침내 가스가야마를 급하게 출발하여 시나노로, 시나노로, 라고 표어처럼 명령이 떨어지자마자,

"와아ㅡ."하고 에치고의 성 밑에서는 저절로 함성이 물결처럼 소용돌이치며 솟아올랐다. 그리고 순식간에 각자 갑옷을 걸치고 말을 끌어내고 군수 물품을 쌓고 말머리를 나란히 하여 나각 소리, 큰북소리와 함께 출진하는 군대에 대해서, 영내의 남녀노소는 언제까지고 언제까지고 눈물을 억누르며 그들을 배웅했다. 그 가운데는 1만 3천 명의 군대에 속해 출진하는 자의 아내도 있었다, 노부도 있었다, 누이동생도 있었다, 어머니도 있었다, 친구도 있었다……

가이즈 성

입으로는 1만 3천의 병력이라고 쉽게 말할 수 있지만, 그들이 산을 넘고 계곡을 돌고 봉우리를 오르고 마을에서 밥을 지으며 에치고에서 시나노로 쇄도해 들어가는 모습은 장관이기도 했으나 매우 힘든 여정이기도 했다.

더구나 그 힘든 여정은 다시 살아서는 돌아가지 않겠다ㅡ고 모두가 맹세한 길이었다.

행군은 선봉대의 앞에 풀어놓은 세작, 척후부대를 선두로 4단으

로 군대를 편성했으며, 중군을 한가운데 두고 화승총부대, 화살부대, 창부대, 무사부대가 뒤를 이었고, 군량과 군수물자를 싣고 가는 치중부대가 가장 후미에서 땀을 흘리며 그 뒤를 따랐다.

"두 갈래로 갈라지세."

도미쿠라토우게(富倉峠) 앞까지 오자 주장인 겐신이 이렇게 말하고 앞뒤의 막장들을 둘러보았다.

나가오 도오토우미노카미, 나카조 에치젠노카미(中条越前守), 가키자키 이즈미노카미, 아마카스 오우미노카미(甘糟近江守), 우사미 스루가노카미(宇佐美駿河守), 와다 기베에(和田喜兵衛), 이시카와 빈고(石川備後), 무라카미 사에몬노조 요시키요, 모리 가즈사노스케(毛利上総介), 귀신잡는 고지마 야타로, 아베 가몬(阿部掃部), 나오에 야마토노카미, 아유카와 셋쓰노카미, 다카나시 마사요리, 시바타 오와리노카미(新発田尾張守)와 시바타 이나바노카미 하루나가(新発田因幡守治長) 형제 등의 지장 · 맹장들이 운집해 있었다.

"누구와 누구와 누구는ー."

하고 겐신이 하나하나 이름을 들어 부장을 가르고 군을 2개로 나누었다. 그리고,

"한 갈래는 노지리를 넘어 젠코지로 나가라. 한 갈래는 겐신 스스로가 이끌고 도미쿠라토우게를 넘어 지쿠마(千曲)의 강변으로 나갈 것이다."

라고 말했다. 뒤이어,

"어느 길로 가든 합류하는 지점은 사이(犀), 지쿠마 강의 물줄기에서 멀지 않은 가와나카지마 부근임을 기억하라. 이 겐신은, 16일

저녁까지는 무슨 일이 있어도 도착할 것이다. 다른 길을 가는 자들도 그 시각에 늦어서는 안 된다."

라고 엄하게 명령했다.

이렇게 해서 2개 부대로 갈라진 것이 이미 15일 정오였다. 이튿날 저녁까지 사이가와(犀川), 지쿠마가와(千曲川) 부근까지 도달하려면 쉬지도, 자지도 않고 행군을 계속해야 하리라.

그러나 '말도 안 되는 일'이라고 중얼거리는 자조차 아무도 없었다. 행군의 괴로움은 초장에 있다. 처음 이삼일 동안 고통을 받고 나면 어디선가 자신과는 또 다른 철과 같은 몸이 생겨난 듯한 기분이 드는 법이다. 특히 에치고 군은 전쟁이라고 하면 언제나 구니 밖으로 나가서 싸우는 것이 정해진 일과 같은 것이었기에 이러한 급행군도 결코 이상행동이라고는 생각지 않았다.

겐신이 통솔하는 본진은 이튿날 해가 아직 중천에 있을 때 다카이군(高井郡)을 가로질러 적의 가이즈 성을 견제하며 소로베쿠토우게(候可峠)에서 도조(東条) 방면으로 돌아들어 갔다.

그곳은 이미 완전히 적지─ 신겐의 세력 아래에 있었으며 가이즈 성에는 고슈 군의 맹장으로 알려져 있는 고사카 단조 마사노부(高坂弾正昌信)의 정예군이 주둔하고 있었다.

"쫓을 것이냐? 어쩔 것이냐?"

라며 겐신이 그 동정을 가늠해보고 있자니 성의 망루에서 콩알만하게 보이는 무사 두엇이 손차양을 만들어 이쪽을 바라보고 있는 듯했다.

도중에 군을 둘로 나누어 겐신 자신이 일부러 우회해서 온 것은, 자신이 선택한 기지를 유리하게 점하기 전에 이 성에서 측면으로 행동을 해오면 일이 귀찮아질 뿐만 아니라 충분하게 포진을 하지 못할 우려가 있었기에 그 견제와 시위를 목적으로 한 것이었다.

성 앞쪽에 있는 망루에 올라 그들을 지켜보던 작은 그림자 사이에는 틀림없이 성의 주장인 고사카 단조도 있었으리라.

"—왔구나."

라고 사태를 파악했으나 그도 침착했다. 고후에는 이미 봉화로 알려놓았다. 경솔하게 움직여서는 안 된다—고 판단한 듯했다.

"어라…… 어디까지 진군할 생각이지?"

오히려 의심스럽다는 듯 성 안의 사람들은 언제까지고 손차양을 해서 에치고 군이 어디로 향하는지 응시하고 있었다.

왜냐하면 겐신이 이끌고 온 기치가 사이 · 지쿠마 2줄기의 커다란 강을 건너 성에서 동남쪽으로 약 10리쯤 떨어진 곳에 위치한 사이조산(妻女山)에 자리를 잡았기 때문이었다. 둘러보니 젠코지 방면에서 시커멓게 흘러들어온 다른 부대도 같은 지점에서 합류하여 마침내 그곳을 발판으로 삼으려는 듯 후미의 치중부대도 말의 등에 실었던 물건과 소달구지 위의 물건을 내리고 있었다. 그리고 석양이 붉게 옅어져갈 무렵이 되자 각 부대가 사이조산 일대의 각지에 자리를 잡았으며, 기치는 쉴 새 없이 바람을 부르고 군마는 높다랗게 울부짖고 있었다.

"묘한 곳에. ……있을 수 없는 포진이다. 저런 위험한 땅으로 깊숙이 들어가다니."

고사카 단조가 알고 있는 병법에 비추어보아, 이는 이해할 수 없는 포진이었다. 적의 의도를 파악할 수 없었기에 그는 성을 더욱 굳게 지키며 오로지 신겐이 오기만을 기다리기로 했다.

첫 기러기

8월 16일, 사이가와 · 지쿠마가와를 품고 있는 널따란 젠코지 평야의 밤은 남아 있던 낮의 더위를 전부 몰아내고 시원한 바람이 별과 달을 스치는 밤이었다. 밤에 들어서도 희미하게 밝았다.

겐신의 본진은 중허리쯤의 진바다이라(陣場平)에 자리하고 있었다.

병사들은 밥을 짓고 말에게 여물을 주고 있었다.

"오늘 밤은 충분히 자두게."

그는 좌우의 장사들에게도 말하고 자신의 육체에게도 이렇게 들려주었다.

그러나 생각이 있는 막장들은 매우 불안하다는 듯한 얼굴을 하고 있었다. 마음 놓고 잘 수만은 없다―는 긴장감을 얼굴에서 쉽게 지워낼 수 없었던 것이다.

적의 성인 가이즈가 바로 코앞에 있지 않은가?

게다가 이 사이조산의 위치는 적지 속으로 너무 깊이 들어온 곳이었다.

고사카 단조가 신겐의 편에 서 있는 시나노 지방의 장수들을 규합하여 단번에 그 성 문을 열고 한꺼번에 쏟아져 나온다면― 승패는 결코 장담할 수 없으리라.

하물며 먼 길을 오느라 지쳐 있는 오늘 밤에 그 허를 찔린다면.

모두가 그렇게 생각했다. 그렇게 생각하는 것이 상식이었다.

그 상식을 바탕으로 사람들은,

'이번에 한해서 나리의 지휘에는 이해할 수 없는 부분이 있어. 평소와는 달리 얕은 생각. 참으로 근심스러운 일이야.'라고 남몰래 걱정했다.

그러나 이 위험한 땅도, 바로 코앞에 있는 가이즈 성도 겐신은 안중에 들어오지 않는 모양이었다. 병사들과 마찬가지로 거친 음식을 먹고 한 사발 더운 물을 모닥불 옆에서 마시고 나더니 나카조 에치젠노카미에게,

"정찰병들의 보고는 그대가 들어두게. 병사들은 가능한 한 충분히 잘 수 있도록 하고, 또 야간 경비를 서는 자들도, 밤에는 추우니 모닥불을 활활 꺼지지 않도록 피워 몸을 따뜻하게 하고 조는 것이 좋을 걸세."

라고 명령하고 자신도 바로, 짜면 물이 떨어질 만큼 밤이슬에 젖은 진의 막을 벽으로 삼고 방패를 잠자리 삼아 휙 몸을 눕혔다. 이런 간소한 생활에 익숙해져 있는 자의 잠자는 모습이었다. 그리고 풀을 베개로 삼아 이슬에 젖으며 눈을 붙이는 사이사이에 그는 종종 시를 짓기도 하고 노래 등을 읊기도 했다.

노토(能登) 원정에 나섰을 때의,

상만군영추기청(霜滿軍營秋氣淸)

수행과안월삼경(數行過雁月三更)[20]

이라는 시는 훨씬 뒤의 작품이지만, 청년 무렵의 작품이라 여겨지

---

20) '서리 가득한 군영에 가을 기운 맑구나 / 기러기 몇 줄 지나는 삼경의 달'이라는 뜻.

는 것에는 다음과 같은 한 수가 있다.

무사의 갑옷 소매 한쪽을 깔고

베개에 가까운 첫 기러기의 울음

무거운 진막

치중부대의 지휘를 맡은 나오에 야마토노카미는 기슭의 도쿠치(土口)에 진을 치고 있었는데, 역시 방심할 수 없다며 부하는 잠을 자게 했으나 자신만은 잠도 자지 않고 걸상에 앉은 채 모닥불 앞에서 가면을 취하고 있었다.

―그런데, 화승총 소리가 들려왔다.

가까웠다.

번쩍, 눈을 들어 소리의 여운을 듣고 있는 야마토노카미의 눈동자에서 횃불이 끓어오르고 있었다.

"어디냐, 방향은?"

진막 밖으로 나가자 보초병 하나가,

"다다고에(多田越え) 쪽인 듯합니다."

라고 대답했다.

가이즈 성과 이곳 사이에 위치한 곳이었다. 아마도 ―아군의 경비병과 적의 척후병이 탐색을 위해서 쏜 것이라 여겨지기는 했으나, 혹시나 싶어 오무라(大村) 부근까지 나가 있는 아군의 전위부대에,

"이번은 없는가?"

라고 확인하기 위해 병사를 달려가게 해놓고 그 대답을 기다리고 있었다.

그러자 같은 근심을 품고 내려온 것인지 사이조산에 진을 치고 있던 가키자키 이즈미와 시바타 오와리노카미 두 사람이,

"나오에 나리. 거기에 계신가?"

라며 맞은편에서 다가왔다.

야마토노카미가 고개를 끄덕이자 두 사람이 근심어린 작은 목소리로,

"나리도 잠을 청하지 못한 것 아니오?"

라고 물었다.

그리고 뒤이어,

"전군의 부장들 모두, 오늘 밤에는 틀림없이 같은 생각으로 마음이 편치 않을 것이오. 이처럼 적지 깊숙이 돌출되어 있고, 지쿠마 · 사이가와 2개의 커다란 강에 걸쳐 있어서 거의 고립된 보루나 다를 바 없는 이 산에 진을 치고 대체 어떤 싸움을 하시겠다는 건지 나리의 흉중을 가늠할 수가 없소. ……이곳은 그야말로, 병법에서 말하는 사지(死地)가 아니겠소."

"나리께서는 지금 무엇을 하고 계실지."

"숙면에 드신 듯하오."

"차라리 모두가 함께 찾아가 심중을 여쭙는 것이 어떻겠소? 뜻을 살피느라 그저 전전긍긍하고 있는 것보다는 좋을 듯하오만."

모두가 함께 가지 아키노카미(加地安芸守)를 찾아가자, 아키노카미도 같은 생각이라고 했다.

나가오 도오토우미노카미도 여기에 진을 친 이후부터 지세가 좋지 않음을 거듭 주장해온 사람 가운데 하나였다.

그럭저럭 해서 벌써 일고여덟 명이 모였다. 깊은 밤이기는 했으나 하타모토를 통해 근시(近侍)에게 말을 전해달라고 해서,

"잠시 여쭙고 싶은 것이 있습니다."

라는 말을 겐신에게 전달했다.

진막 안이 밝아졌다. 모닥불에 장작을 넣은 것이리라. 겐신은 바로 일어나,

"무슨 일인가, 전부 모여서?"

라고 일동을 둘러보았는데, 왜 잠을 자지 않는 것이냐고 나무라는 듯한 눈빛이었다.

나가오 도오토우미노카미가 입을 열어 모두의 불안을 호소했다. 아울러 자신들의 의견이라며,

"머지않아 고슈의 신겐이 대군을 이끌고 여기에 도착한다면 이곳은 더욱 불리한 위치가 될 것입니다. 지금 바로 다른 좋은 장소로 진을 옮기는 것이 반드시 필요할 듯합니다. 물론 비책을 가지고 계실 테지만……."

이라고 머뭇머뭇 자신들의 희망을 이야기했다.

겐신은 웃으며,

"그 일 때문인가?"

라고 말했다. 그리고

"오늘 밤에는 장사들 모두 지쳐 있을 테니 편안히 잠을 자고 난 뒤 내일에라도 논의를 하려고 했는데, 모두가 그토록 불안을 느낀다니 지금 바로 겐신의 마음을 털어놓지 않으면 안 되겠군

……. 여기에 계신 분들만으로는 아직 사람이 부족하군. 이 자리에 계시지 않은 무라카미 요시키요, 다카나시 마사요리, 나카조 에치젠노카미 들도 바로 불러오도록 하게. 겐신의 흉중을 털어놓을 테니."

라고 말한 뒤, 잠시 사이를 두었다가 모닥불에 장작을 더 넣게 했다.

사지의 진

빽빽하게 장수들이 모여 앉았다. 갑옷을 입은 무릎과 무릎이 맞닿아 커다란 원을 그리고 있었다.

모두 모인 것을 보고 겐신이 마침내 조용히,

"그대들은 이 산을 사지라 여겨 겐신의 포진을 염려하고 있다고 들었소만, 이곳은 과연 안전한 장소가 아니오. 사지라고 할 수도 있을 것이오."

라고 우선 입을 열어 말했다.

"—허나, 생각해보시오."

라고 여기부터 어조를 높여,

"스스로가 사지로 뛰어들지 않고서야 어찌 적을 죽음으로 내몰 수 있겠소. 하물며 상대는 지모와 노련함으로 유명한 신겐이오. 나는 이번의 출진에서 반드시 늙은 호랑이 신겐을 직접 만나 그를 베거나 내가 베이거나, 단번에 자웅을 겨루겠다고, 출진에 앞서 가스가야마의 무신(武神)에게 공물을 바치고 남몰래 맹세하고 왔소."

어떤 전쟁에나 출진에 앞서서는 가스가야마 성 안에서 군신(軍神)을 제사하는 부타이시키[21]를 집행하고 나서는 것이 우에스기가의 관습이었다. —그때의 겐신의 모습을 부장들은 다시 한 번 눈앞에 떠올려보았다.

"그대들도 알고 있는 것처럼 신겐이 싸우는 모습은 언제나 진중하게 군용을 갖추고 깊이 안으로 웅크리고 있다가, 기치를 움직일 때는 민첩하고 돌아설 때는 빠르오. 그리고 쉽게 다시 움직이지 않고 오로지 심모원려(深謀遠慮), 무슨 일이 있어도 가벼이 병사를 부리지 않는 대장이오. 덴분[22] 이후 이미 몇 차례 창칼을 마주했으나 쉽사리 그의 중핵을 분쇄하지 못한 것도 전부 그의 오묘한 용병술과 뛰어난 지모 때문이었소. —그러한 적은 단번에 파고들어 목숨을 건 일전을 치르지 않는다면, 심상하고 평범한 병략으로는 도저히 당해낼 수 없소. 오히려 그에게 당하기만 할 뿐이오. —겐신은 아직 어리니, 이번의 행동을 무모한 것이라 걱정하고 있는 것일 테지만, 의심할 필요 없소. 겐신은 결코 경솔하게 공을 세우려 조급해하고 있는 것이 아니오. 사람들의 눈에 구사일생의 위험한 땅이라 여겨지는 곳까지 굳이 군대를 이끌고 온 것은 신겐에게 '이를 어떻게 해석하겠소?'라고 내가 선문답과 같은 질문을 던진 것이오. 그가 내리는 답, 나의 믿음, 그에 따른 변화와 움직임, 그러한 것들은 말로 표현하기 어려운 것이오. —그때 내가 취하는 용병술을 보라고밖에 달리 할 말이 없소."

---

21) 武諦式. 겐신이 출진에 앞서 반드시 행했다고 하는, 군의 수호신을 부르기 위한 의식.
22) 天文. 일본의 연호. 1532~1555년.

라고 말한 뒤 잠시 입과 눈을 닫고 있다가,

"애초부터 이번 싸움의 발단을 보면 불의는 그에게 있고 정의는 우리에게 있으나, 겐신이 오로지 오늘을 기다리는 동안에도 그대들을 비롯하여 전군 모두 이 겐신이 쉽게 움직이지 않음에 분노하고 불만을 품었을 정도이지 않소? 여기에 이르러 안전을 도모할 수 있는 땅에 진을 치겠다고는 누구도 진심으로 생각하지 않을 것이오. 단지 필승을 염원하고 있을 뿐일 것이오. 반드시 이기려면 죽음도 불사하겠다는 마음을 갖는 것은 당연한 일 아니겠소. ─이렇게 생각하고 보면 언뜻 불리하고 무모하게 여겨지는 이 진지도 임기응변의 절묘한 산으로 보이지 않소? ……하하하하. 오늘 밤에는 우선 잠들 주무시고, 내일 새벽에 산 아래를 다시 한 번 내려다보시오. 널따란 사이가와, 장구한 지쿠마가와, 이곳은 적지이지만 언제 바라보아도 마음에 드는 땅이오. 나도 일찍 일어나서 나가겠소. 모두 알았으면 진소로 얌전히 돌아가서 주무시도록 하시오. ……가이즈 성은 신경 쓸 것 없소. 오늘 밤은커녕 내일이 되어도 움직이지 못할 것이니. 나오지 못할 것이오."

이렇게 말을 마친 겐신이 다시 한 번 소리 높여 웃었다.

기러기 울음소리가 쉴 새 없이 구름을 뚫고 지나갔다.

적지 탈출

─봉화로 전해온 소식에 아닌 밤중에 홍두깨처럼 깜짝 놀란 구니

안, 그 가운데서도 중심지라 할 수 있는 고후가 세상이 뒤집어진 것 같은 혼란에 빠진 그날 밤– 15일의 한밤중이었다.

2기, 3기, 그리고 7, 8기.

모퉁이를 돌고, 다시 모퉁이를 돌아 무시무시한 기세로 류오(龍王) 도로의 관문을 향해 나는 듯이 달리는 사무라이들이 있었다.

평소라면 무슨 일까, 바로 사람들의 이목을 끌었을 테지만 지난 저녁부터의 소동이 이어지는 중이었다. –출진하는 한 무리들일까? 혹은 각지의 아군에게 참전을 재촉하러 가는 전령일까? 하며 누구도 이상히 여기지 않았다. 아니, 이상히 여길 여유조차 없는 분위기였다.

"비켜라, 비켜!"

"관소의 문을 열어라."

"관소 옆에서 물러나라."

마치 적 속으로 돌격해 들어가는 듯한 외침이었다. 흔히들 말하는 격앙된 목소리였다. 밤에도 눈에 띌 만큼 하얀 먼지를 일으키며 약 10기가 한 무리가 되어 가도로 들어가는 입구의 문을 향해 달려든 것이었다.

그곳은 고후의 관문이었다. 함부로 지날 수 있는 곳이 아니었다. 그러나 가장 앞에 있는 1기가,

"화급한 일이니 검문 없이 통과하겠소."

라며 갑자기 말 위에서 뛰어내리더니 그곳의 빗장을 멋대로 벗겨 문을 활짝 밀어젖힌 뒤,

"어서 가시오."

라고 말하고는 서둘러 안장 위로 다시 뛰어오르자마자 마치 총알처

럼 달리기 시작했다.

　물론 그곳의 장사들은,

　"기다려라!"

라고 가로막으며,

　"누구냐?"

라고 묻기를 잊지 않았다.

　그러나 차례차례로 관문을 빠져나가는 말 위의 사무라이들이,

　"주군의 명령이다. 한시도 지체할 수 없는 명령이다."

라고 외치며 지나가기도 하고,

　"하지카노 덴에몬의 부하다."

라고 커다란 목소리로 신분을 밝히기도 하고 또,

　"자세한 사정은 돌아오는 길에 밝히겠다."

고 외치기도 하며 지나쳤기에, 그리고 마침 비상사태가 일어난 오
늘 밤의 일이기도 했기에, 경비를 서던 장사들도 함부로 막아서지
못하고,

　"―그렇다면 주군의 명령을 받은 하지카노 나리의 부하들이 급
히 달려가는 것인가?"

라며 결국은 그 뒤의 어둠 속에서 희미하게 피어오르고 있는 먼지
만을 바라보고 있었다.

　그런데 이번에도 그와 같은 말발굽 소리가 마을 쪽에서 들려오기
시작했다. 쩔그럭쩔그럭 서로 부딪치며 달려오는 갑옷의 소리도
귓가를 때렸다. 곧 눈에 들어온 것은 섬뜩한 빛을 발하는 나가에[23]
의 날, 빼든 칼의 날, 창의 시퍼런 날, 그리고 활과 화승총 등도

---

23) 長柄. 기다란 자루에 큰 칼처럼 생긴 날을 끼운 무기.

섞여 있는 100명 정도의 군대였다.

"파수병, 파수병. 조금 전에 적국에서 사신으로 온 사이토 시모 쓰케, 구로카와 오스미와 그 무리들이 성 아래에 있는 사관에서 달아났다. ―설마 통행을 허락한 것은 아니겠지? 이리로 오면 단단 히 결박해야 한다. 너희들도 무기를 들고 나와 이곳을 굳게 지켜 라."

라며 선두를 달리던 한 부장이 거기에 다다르자 갑자기 고삐를 당기더니 고통스럽다는 듯 발로 땅을 긁어대는 말을 달래가며 경비 병들을 향해 외쳤다.

산속에서의 참선

"시모쓰케 나리, 뜻대로 되었습니다."

자신의 말이 조금 앞으로 나섰기에 말의 발걸음을 늦추며 구로카 와 오스미가 뒤따라오는 사이토 시모쓰케와 그 외의 사람들을 돌아 보았다.

여기까지 나오자 길은 새까만 어둠에 잠겨 있었다. 그저 앞쪽에 절벽과도 같은 산악이 겹쳐져 있고, 부근에 계류의 끝인 듯한 물살 이 있다는 사실만을 물소리로 알 수 있을 뿐이었다.

"아직 속단하기는 이르네."

시모쓰케의 대답이었다.

서로의 얼굴도 보이지 않았다. 그래도 별은 반짝반짝 올려다보였으나, 별빛조차 스며들지 못할 정도로 어둠이 두터웠다.

"낙오한 자는 아무도 없는가?"

같은 목소리가 근심스럽다는 듯 말했다.

부사인 구로카와 오스미가,

"각자 이름을 외쳐보게, 이름을."

하고 사람들에게 말했다.

에치고를 출발할 때부터 정사인 사이토 시모쓰케를 비롯하여 부사 이하 하인에 이르기까지 10명이 일행이었다.

"─있습니다. 10명, 한 사람도 빠짐없이 있습니다."

잠시 후 누군가가 대답하는 것을 듣고 시모쓰케는,

"그런가."

하고 안도한 듯 끄덕인 뒤 한동안 입을 다물고 있다가 이윽고 말에서 내렸다.

"─지금부터 아마고이(雨乞), 구라카케(鞍掛), 호라이가타케(鳳來ヶ嶽) 등 산지만을 지나야 하네. 그것을 피해서 야쓰가타케 기슭을 똑바로 달리는 한 줄기 지름길이 있지만, 그 길은 신겐이 구니 바깥으로 출마하기 위해 닦아놓을 길로 ─신겐의 봉도(奉道) ─라고 부르는 것일세. 당연히 곳곳에 목책과 요새가 있어서 우리는 지날 수가 없네."

시모쓰케가 적지의 지리를 마치 자기 집의 정원처럼 설명했다. 그리고,

"어차피 산을 넘고 또 넘어 길 없는 곳으로 달아나는 것 외에는 달아날 방법이 없네. 그대들도 말을 버리고 걷도록 하게. 이 계류를 건너 맞은편 산지로 들어가세."

라고 말했다.

　비장한 기운이 자연스레 사람들을 침묵하게 만들었다. 묵묵히 말을 버렸다. 시모쓰케는 함께 따라온 하인에게 말 10마리를 모두 데려가 부근의 숲 속에 단단히 묶어놓으라고 명령했다.

　"어차피 적국의 말이니 어찌 되든 신경 쓸 것 없이 그냥 가도 괜찮지 않겠습니까?"

　앞길을 서두르는 사람들이 조급한 마음으로 말했으나 사이토 시모쓰케는 고개를 흔들고,

　"농가에서 부리는 말조차 자신의 마구간을 알고 밭에서부터 혼자 돌아가네. 하물며 잘 길들여진 이 말들은, 그냥 풀어주면 곧 원래 왔던 길로 달려 돌아갈 것이네. 그러면 추격대의 길잡이가 될 것일세."
라고 말했다.

　그러나 이러한 그의 지모와 면밀한 주의도, 그 이후부터는 어떻게 펼칠 방법이 없어져버리고 말았다.

　성 밖 관문을 지키는 자들의 부주의로 이미 사이토 시모쓰케 일행이 그곳을 돌파했다는 사실을 안 하지카노 덴에몬의 수하와 마가리부치 쇼자에몬의 수하가 얼마지 않아 이 산지로 쇄도해들었고, 산속으로 들어왔기 때문이었다.

　뿐만 아니라 신겐의 봉도를 따라 바로 전령들이 달려나가 각지의 요새와 연락을 취했기에 새벽녘에는 마침내 사이토 시모쓰케 일행을 아마리야마(甘利山)에 완전히 가둬놓을 수 있었다.

　그 행동의 신속함, 그리고 연락의 원활함만 봐도 평소 신겐의 다스림이 영지 내에 얼마나 잘 녹아들었는지 알 수 있으리라. —그

사실을 잘 알고 있는 사이토 시모쓰케는 곧 이 이상 더 달아나려 해봐야 어리석은 짓일 뿐이라는 사실을 깨닫고,

"더는 갈 수 없네."

라며 아마리야마 산속의 숲 가운데 털썩 앉아 다른 수행원들에게도,

"소용없는 일일세. 더는 달아날 수 없을 게야. 차라리 깨끗하게 각오를 하고 잠시 새벽녘의 가을풍경이라도 바라보기로 하세."

라고 말했다.

"……."

그때까지 핏발선 눈으로 소리에 귀를 기울여가며 달아날 길을 찾고 있던 사람들도 시모쓰케의 한 마디에 각자 비통한 기분으로 입을 굳게 다물고,

'적을 기다렸다가 죽음으로 맞설 뿐이다!'

마지막 마음을 정한 듯 시모쓰케를 따라 모두가 낙엽 위에 털썩 앉았다.

고슈의 산에는 이미 가을이 깊어서 옻나무는 새빨갛게 물들었으며, 노란 잎에는 서리가 앉아 있었다. ─계곡 깊은 곳까지 여명의 빛이 스며들어감에 따라서 아침안개 속으로 가느다란 무지개가 피어올랐으며 새들이 높다랗게 지저귀기 시작했다.

이 목숨

"……."

"······."

모두 차분했다. 추격대를 기다렸다가 죽음으로 맞서겠다고 결심한 얼굴로.

새 소리에 귀를 씻고 눈으로 만산의 가을을 바라보며 무엇인가 아련히 생각에 잠긴 모습이었다.

고향 에치고의 가을을.

거기에 있는 각자의 집을.

적지에 사자로 온 이상 이미 각오한 일이었다. 이제 와서 발버둥칠 것도 없는 일ㅡ.

그러나.

마침내 계곡에서, 등 뒤에서, 앞에서, 이곳으로 우르르 다가오고 있는 적의 기척이 느껴지자 더는 앉아 있지 못하고 무릎을 세워 장검을 쥐며,

"왔다."

"후회가 남지 않도록 하게."

"말할 것도 없지."

모두 눈을 형형하게 반짝이며 벌써부터 섬뜩한 기운을 눈썹에, 입술에 드러낸 채 고슴도치처럼 온몸을 긴장시켰다.

"ㅡ뭣들 하는 겐가? 죽음으로 맞서겠다고? 한심하기는, 이 숫자로는 아무리 싸워봐야 고후를 빼앗을 수는 없네. 그만두게."

사이토 시모쓰케가 눈부시다는 듯 왼쪽의 좋지 않은 눈을 손가락으로 문질렀다. 지난 십여 일 동안의 고심으로 어젯밤에도 잠을 자지 못했기에 눈곱이 끼어 있었던 것이다.

모두의 시선이 그의 얼굴로 쏟아졌다.

"그럼……, 그럼 깨끗하게 할복하실 생각이십니까?"

구로카와 오스미와 수행원들이 몸이 맞닿을 듯 그를 둘러쌌다.

"아닐세. 착각하지 말게."

눈곱을 떼어내고, 참으로 태연했다.

"할복도 하지 않고 죽음으로 맞서지도 않고……. 그렇다면 어떻게 하실 생각이십니까?"

"붙잡히세. 이렇게 하고 있으면 붙잡을 걸세. 끌고 가는 곳으로 끌려가도록 하세."

"그런 다음?"

"목숨을 부지할 수 있을 때까지 부지하세. 충의는, 그러는 편이 충의라고 생각하네."

─뜻밖이라는 듯한 얼굴뿐이었다. 이런 비겁한 말을 시모쓰케씩이나 되는 자의 입에서 듣게 될 줄은 누구도 예상하지 못했다. 특히 부사인 구로카와 오스미는 용맹스러운 자였기에 침을 내뱉는 듯한 투로 말했다.

"뭐가 충의라는 겁니까? ─적의 포로가 되어 부끄럽게 살아가는 것이? 시모쓰케 나리, 당신에게 어울리지 않는 말씀이십니다. 잠깐 어떻게 된 거 아닙니까?"

"아니, 아닐세. 처음부터 달아날 수 있다면 물론 끝까지 달아나자, 하지만 그렇게 하지 못했을 때는 순순히 적의 오랏줄에 묶이자, 이렇게 2가지 각오를 하고 있었네. 어떻게 된 게 아닐세. 그것이 당연한 일일세, 충의일세."

"어, 어째서."

"우리가 전장에서 포로가 된 것이라면 문제는 자연스레 달라지네. 하지만 이번에 사이토 시모쓰케에게 명령하신 역할은 싸우라는 것이 아니었네. 사자로 다녀오라는 것이었네. ―그것도 가능한 한 화목을 꾀하여 그를 위한 담판에 힘쓰라는 말씀을 듣고 왔네. …… 그런 사자 일행이 목숨을 걸고 적과 맞선들 무슨 의미가 있겠는가?"

"변명입니다. 살고 싶어서 하는 변명입니다."

"살고 싶다, 살아남고 싶다. 그것도 사실일세. 시모쓰케의 속내를 잘도 맞히셨네. ―허나 내가 살아남고 싶은 이유는 결코 이 한 몸을 위한 사사로운 욕망 때문이 아닐세. 우리 주군, 아직 젊으신 그 나리의 앞날, 그리고 에치고 일국의 장래, 어떻게 될지, 앞으로 있을 고난과 고투를 생각하면 나는 이 목숨의 짧음을 슬퍼하지 않을 수 없네. ―가이 일개 구니만이 적이라면 그건 두려워할 필요도 없는 일이겠지. 나리의 기량으로 봐서 설마 신겐 하루노부(晴信)의 압박에 무너질 일은 절대로 없을 테니. ……허나, 우에스기 겐신이라는 우리 주군의 가슴속에는 더욱 커다란 소망이 있다는 사실을 그대는 모르시는가?"

"……."

"구로카와, 그대의 조상도, 나의 조상도 멀리로 거슬러 올라가면 닛타(新田)의 일족인 와키야 요시스케(脇屋義助)의 후손, 그 피 속에는 아직도 요시사다(義貞) 공 이후의 것이 사라지지 않고 흐르고 있을 터……. 우에스기 집안에서는 나리를 비롯하여 모두가 그 정신을 무사도의 근본으로 삼고, 무사의 커다란 뜻으로 삼고 있다는 사실은 출진할 때마다 행하는 신 앞에서의 맹세만 봐도 분명히 알 수 있는 일 아니겠는가."

"아니, 그렇다 하더라도 에치고 무사의 이름을 더럽혀서는."

"살아남아서 해야 할 일도 변변히 하지 못하고 죽는다면 나를 비웃어주게. 그러나 그 이전의 훼예포폄(毁譽褒貶)은 마음에 둘 것도 없을 걸세. ─사자로서의 임무는 마쳤네. 붙잡혀도, 목숨을 부지해도 무슨 수치가 되겠는가? ⋯⋯그대들도 나를 본받게."

이미.

숲 주위는 고슈 군의 철갑이 둘러싸고 있었다. 창, 대검, 갑옷의 번뜩임이 나무 사이사이에서 이곳을 엿보고 있었다.

소의 짚신

붉은 옷의 대종사는 단을 향해서 호마를 태우고 있었다. 그 아래, 갑옷을 갖춰 입은 신겐의 모습이 어깨도 허리도 둥글게 보였다.

기도 올리는 스님들과 신겐의 막하에 소속된 장수들의 모습이, 가람 가득 들어찬 호마의 연기 속에 늘어앉아 있었다. ─때때로 울리는 조복(調伏)의 종소리, 불경을 외우는 목소리가, 이 사케이시잔(烈石山) 운포지(雲峰寺)의 기슭에까지 들렸다.

상당히 긴 시간이었다. ─17일의 한낮을 지난 태양이 벌써 후에 후키가와(笛吹川) 너머로 넘어가려 하고 있었다.

출진에 앞서 무장이 어떤 형태로든 심신을 정갈히 하고 나가는 것은 상례였는데, 우에스기 겐신은 신도(神道)에 따라서 신에게 제사했으며, 다케다 신겐은 출진에 앞서 반드시 이 사케이시잔 운포지에서 기원을 한 뒤 출발했다.

밤이 들자 신겐은 바로 거성인 쓰쓰지가사키를 출발하여 이곳에서 전승을 기원하고, 또 속속 달려오는 아군의 참선을 기다리고 있었다.

그의 뜻이 일단 격문이 되어 그 세력권에 떨어지면 대체 어느 정도의 군세가 모여들까?

이곳 사케이시잔 위에서 바라보아도 언뜻 헤아려서는 다 헤아릴 수 없을 정도의 숫자였다.

경내, 산내, 거기에 딸린 암자의 정원은 말할 것도 없었다. 멀리 기슭의 길가와 민가와 들판에 이르기까지 크고 작은 깃발과 말의 울부짖는 소리로 가득했다. 그것이 가을의 오후를 가물가물 움직이는 것 같기도 하고 움직이지 않는 것 같기도 한 모습으로, 전투에 대한 의욕에 넘쳐서 출발—이라는 한마디 호령을 기다리는 것은 무사들뿐만이 아니라 말까지 답답해하는 듯 보였다.

그러한 가운데로 사이토 시모쓰케 들 10명의 사자 일행이 꿰어놓은 굴비처럼 줄줄이 끌려나왔다.

"저놈인가?"

"저놈이야."

"죽여라!"

"원래대로 하자면 산 위에서 죽였어야 했어."

"혀도 씹지 않고 뻔뻔스럽게 끌려왔단 말인가? 겁쟁이 녀석."

길을 가로막을 듯이 앞에 서서 고슈 병사와 잡부들이 그들에게 악담을 퍼부었다. 이 사자가 혓바닥을 놀려 아군의 수뇌부에 화의를 믿게 한 사이에 에치고 군이 출격하여 이미 요해지를 점했다는 사실은 잡병들까지 들어 알고 있었기에 그들의 격분은 이만저만한 것이 아니었다.

한쪽 눈이 좋지 않은 시모쓰케는 적들의 이러한 분위기도 절반밖에 눈에 들어오지 않기에 마음이 편안하다는 듯한 얼굴을 하고 있었다. 그런 그의 얼굴이 더욱 얄미워서 견딜 수 없었던 고슈의 병사들은,

"애꾸 놈이."

"절름발이로군."

이라며 소에게 신기는 짚신 등을 집어던졌다. 그러나 산 위의 경내에 들어서자 거기에는 과연 장수, 하타모토 들이 많았고 질서도 한층 더 엄숙했기에 그렇게 심한 야유도 들려오지 않았다. 그 대신 몸에 전해지는 일종의 섬뜩함이 10명의 마음을 짓눌렀다.

한 덩이 불꽃

신겐은 본당의 정면에 걸상을 놓게 해서 앉아 있었다. 갑옷 위에 입은 붉은색 옷과 그 노여운 얼굴이 마치 한 덩이 불꽃처럼 보였다.

계단 아래로 10명이 꿇어앉혀졌다. 사이토 시모쓰케 한 사람만은 앞으로 끌려나와 앉아 있었다.

횃불처럼 타오르는 듯한 눈으로 신겐이 아래를 노려보았다. 참으로 오랜 시간이 흐른 듯한 느낌이 들었다. ─시모쓰케도 말없이 신겐의 얼굴을 보고 있는 듯했다.

"사자. —아니, 이놈. 거기에 있는 절름발이 애꾸눈. 어째 대답이 없는 게냐!"

사이토 시모쓰케가 신겐의 감정을 달래는 듯한 말투로,

"나리께서는 벌써 저의 이름을 잊으셨습니까? 저는 겐신의 가신인 사이토 시모쓰케입니다."라고 말했다.

신겐은 뒤이어 타고난 벼락같은 목소리로 대뜸 호통을 칠 생각이었던 모양이다. 그렇게 할 듯 낯빛과 어깨의 두툼한 근육이 혹처럼 부풀어올랐다. 그러나 42세쯤 되면 젊었을 때의 다케다 하루노부와는 달리, 치밀어오르는 격정의 순간에도 분별력이라는 것이 너무 늦지 않게 발휘되는 모양이었다. 곧 빙그레 웃기 시작한 것이었다. 그리고 단번에 말투를 바꾸어 이렇게 물었다.

"그래, 그래. 에치고의 사자 사이토 시모쓰케였던가? 그럼, 다시 한 번 묻겠는데, 너희는 바로 어제까지 너희들의 주군 겐신의 말이라며 지금까지의 화의를 더욱 굳건히 하고 싶다는 둥, 어떤 식으로든 화담(和談)을 마무리 짓고 싶다는 둥, 입에 침이 마르도록 말하며 정중하게 머리를 숙여 이 신겐으로 하여금 방심을 하게 만들었는데, 이는 너희들이 출발하기 전부터 겐신으로부터 명령을 받아 행한 모략이겠지? ……어떠냐? 너희는 너희의 본국에서 이처럼 불시에 신겐의 영지로 병사를 움직일 것이라는 사실을 알고 사자로 온 것이냐, 아니면 모른 채로 온 것이냐? 있는 그대로를 말해보아라, 있는 그대로를……."

일소부적(一笑不敵)

신겐의 질문은 말의 표면에 드러난 것뿐만 아니라, 사이토 시모쓰케의 답에서 무엇인가를 이끌어내려는 의도를 속에 숨기고 있는 것처럼도 여겨졌다.

지금 당장에라도 그 자신이 취할 필요가 있는 작전 구상에 있어서 '적국의 결의는 어느 정도인가'를 알아내는 것은 틀림없이 가장 까다로운 과제 가운데 하나였다.

그에 대한 암시를 시모쓰케의 얼굴에서 읽어내려 하는 것일지도 몰랐다. 그런 순간적인 기지에 있어서는 매우 날카로운 대장이라는 말은 시모쓰케도 진작부터 듣고 있었다.

그 사실을 깨달은 것인지, 혹은 어떻게 생각한 것인지 시모쓰케는 그때 갑자기,

"하하하하, 하하하하."

지저분한 앞니가 튕겨나갈 듯한 소리로 웃었다. 그리고 웃음을 그치더니 천천히 대답했다.

"고슈의 주인이신 기잔(機山) 대거사는 굉장한 형안을 가지신 분이라고 평소 들었습니다만, 지금의 질문은 어린아이가 가지고 있는 과자를 을러서 빼앗으려는 듯한 것으로, 나리의 인품을 적잖이 경박하게 하는 것입니다."

방약무인한 태도였다. 신겐 자신뿐만 아니라 주위에 있는 막하의 장수들까지 완전히 무시하듯 지껄이는 말이었다. 번쩍이는 철갑을 두르고 주위에 서 있던 각 장수들의 감정은 자연스레 움직이지 않을 수 없었다. 험악한 시선과 몸의 떨림이 소리 없이 시모쓰케를

강하게 압박하고 있었다.

그래도 시모쓰케에게는 아무런 반응도 없었다. 한쪽 눈이 좋지 않다는 특질은 이러한 때에 태연함을 유지하는 데 매우 도움이 되는 듯했다. 한쪽 눈을 자꾸만 깜빡깜빡 깜빡이고 있다가 다시 말을 이었다.

"다른 구니에서는 어떨지 모르겠으나 저희 에치고에서 군의 방책이나 내정의 방침은 전부 겐신 공 혼자만의 뜻으로 결정하며 자문을 받는 자도 극히 소수의 노신과 유막(帷幕)의 장수들로 한정되어 있습니다. 이 사이토 시모쓰케처럼 하찮은 자가 그것을 어찌 알겠습니까. ……그 사실을 알고 왔는지, 모르고 사자로 온 것인지를 물으셨습니다만, 모르고 사자로 왔다는 사실은 묻지 않아도 알 수 있는 일 아니겠습니까? ……왜냐하면, 만약 겐신 공의 흉중에 사자가 전할 말과는 다른 모략이 있다는 사실을 사자 자신이 알고 있다면, 적국으로 들어가 적국의 주인 앞에서 그처럼 천연덕스럽게 허위의 얼굴을 유지할 수는 없기 때문입니다. 어딘가에 인간의 정직함이라는 것이 묻어날 것입니다. 또한 그것을 알아보지 못할 나리가 아니시라는 점은 겐신 공 이하 에치고 사람들 모두가 잘 알고 있습니다. ─예를 들어서 지난 봄, 겐신 공이 안 계신 틈을 이용해서, 그리고 지난 몇 년 동안 계속된 에치고 원정으로 피폐해진 것을 노려서, 갑자기 약속을 깨고 국경의 와리가타케를 탈취하신 일 등, 고양이 가운데서도 교활함으로 가득한 고양이가 아니면 할 수 있는 일이 아닐 테니."

여기서 다시 한 번 시모쓰케가 커다란 소리로 웃을 여유를 주었다면 신겐의 좌우에 있는 자나, 혹은 계단 아래의 여러 장수들이 그의 머리에 당장 발길질을 하거나 침을 뱉었을지도 몰랐다.

그러나 신젠은 그것을 쓴웃음으로 만류하고 있었다. 오히려 만일의 사태가 벌어지지 않도록 하기 위해서인지 시모쓰케의 말이 채 끝나기도 전에 걸상에서 그 거구를 일으키며,

"저 분수도 모르고 지껄이는 놈을 운포지의 스님들에게 넘겨주고, 신젠이 개선할 때까지 움막에라도 단단히 가둬두라고 일러두어라. 그 외의 다른 놈들도 전부 감옥에 가두어라. ―곧 돌아와서 처분하겠다."

지금은 저런 자들의 처분을 하고 있을 시간이 없다―는 듯한 신젠의 모습이 곧 각 장수들의 마음에 비쳤다.

신젠이 걸상에서 몸을 일으켰다는 것은 그 동작 하나로 이미 전군을 향해,

"그럼―."

하고 출동 명령을 내렸다는 것과 다를 바 없는 일이었다.

복도의 동서, 양 끝에 서 있던 자가 소라껍데기를 입술에 대어 가늘게 높게 길게 짧게 나각 소리를 울렸다.

나각을 부는 방법은 각 구니에 따라서 각자 달랐다고 한다. 그러나 출정을 앞둔 무사들은 그 소리를 온몸으로 들으면 단번에 피가 끓어오르고 눈앞에 전장의 모습이 그려졌다.

또한 뒤에 남는 구니 안의 사람들도 그 소리로 군의 출동을 알고 군에 가담해 출진하는 장사들의 모습을 그려보며 그 순간 가슴속으로 기원을 했다.

봉　도

굽이굽이 기다란 길이 북쪽을 향해 끝도 없이 이어져 있었다.

길 위의 흙은 그 색이 새로웠다. 최근에 깔린 길이라는 사실을 알 수 있었다.

이는 땅 위에 그려진 신겐의 의욕도(意欲圖)라고도 할 수 있으리라. 신슈로 가는 고슈 군의 행군로였다. 이 곧게 뻗은 길을 따라가면 하루 반이나 빨리 국경에 다다를 수 있었다고 한다. 이에 백성과 나그네들은 이렇게 불렀다. 신겐 나리의 봉도―라고.

그 봉도라는 것을, 고후를 중심으로 서쪽에도 동쪽에도 남쪽에도, 몇 줄기나 가지고 있었기에 이웃의 각 구니, 예를 들자면 호조, 도쿠가와(德川), 오다(織田), 사이토 등은 그와의 외교, 그와의 전투, 그와의 분쟁 등 밤이고 낮이고 그 대응에 쉴 틈이 없었다. 동에 번쩍, 서에 번쩍 하는 자를 상대하고 있는 듯한 느낌이었다. 이에 사린의 구니에서는 그를 신겐이라고 부르기보다,

'고슈의 꺽다리'

라고 부르고 있었다. 이것으로 그의 봉도가 비상시에 얼마나 그 위력을 발휘했으며, 그의 번개 같은 습격과 함께 적대국에게 얼마나 위협적인 것이었는지를 알 수 있다.

총 2만여나 되는 대군이 그 길을 지나는 모습은 틀림없이 장관이었다. 8월 19일 아침에는 정예의 병마들이 이미 야쓰가타케 기슭을 다이몬토우게(大門峠) 쪽으로 급히 서둘러 격류처럼 흘러가고 있었다.

"도키(道鬼), 도키."

하고 다케다 덴큐 노부시게(武田典廐信繁)가 말 위에서 뒤쪽을 향해 불렀다.

노부시게는 신겐의 동생이었다. 중군의 깃발 아래, 신겐의 적자인 다로 요시노부(太郎義信) 등 일족과 함께 진군하고 있었다.

"부르셨습니까?"

대답한 것은 야마모토 간스케(山本勘介), 불문에 들어 도키를 칭하고 있는 모신(謀臣) 가운데 한 명이었다. 삭발한 머리에 검은 옻칠을 한 투구를 쓰고 있었는데, 얼굴 가리개 사이로 보이는 하얀 눈썹이 마치 심어놓은 것처럼 보였다. 나이는 60을 넘은 듯 보였다.

"날씨는 어떤가, 날씨는? ……그대는 기상을 잘 보지 않는가. 하늘의 모습으로 봐서 사오일은 아직 버틸 듯한가?"

"비가 올지를 물으시는 것입니까?"

간스케가 하늘을 올려다보며 신중하게 눈가를 찌푸리고 있다가,

"흐르는 구름의 속도. 밤이 들면 때때로 지나가는 비는 내리겠으나 큰비가 내리지는 않을 듯합니다. 기온이 식지 않는 낮 동안에는 아직 며칠 동안 이처럼 맑은 날이 계속될 듯합니다."

"적과 마주할 때까지 맑은 날이 계속되었으면 좋겠군. ─병마가 행군에 지쳐서는 불리하니."

"아니, 적의 소재는 아직 명확하지 않으나 이번 역시 그곳에 당도해도 오랜 대치가 있을 듯합니다. 병사들의 사기가 떨어질 만큼 장기전이 되지 않았으면 좋겠다고 생각하고 있습니다."

"그게 무슨 소린가? ……. 신슈에서 온 전령들이 지금까지 전해온 바에 의하면, 적 겐신은 이미 사이·지쿠마 2개의 강을 건너

아군의 영토 깊숙이까지 진출했다고 하지 않는가? 당연히 그곳에 도착하자마자 일전은 피할 수 없을 텐데."

"겐신 정도의 인물이 어찌 아무런 의미도 없이 적의 땅 깊숙이까지 들어와 그저 분별없는 행동을 계속하고 있겠습니까? 반드시 거점에 방비를 해놓고 뜻밖의 변칙술을 생각해두었을 것입니다."

"그렇다면 대치는 피할 수 없을 테지만……. 허나 사이토 시모쓰케 같은 사자를 보내 우리를 방심하게 해놓은 뒤, 그 허를 찔러 신슈로 출진한 의향을 살펴보건대 그리 대단한 자신감은 없는 듯하네만. 필승의 신념이 있다면 그와 같은 사자를 보내서 같잖은 술책을 부리지는 않았을 것이오."

말을 나란히 하고 있던 형 신겐은 덴큐의 옆얼굴에 투구의 차양에서부터 눈동자를 향하고 있었는데 그 말을 듣더니,

"노부시게, 노부시게. 근거 없는 억측을 함부로 입 밖에 내어서는 안 된다. 사이토 시모쓰케도 좋은 무사야. 주군의 명령을 욕되게 하지 않는 자라 할 수 있어. 그를 쓴 겐신의 수완도 적지만 이번에는 얄미울 정도로 훌륭했다. 어찌됐든 신겐의 출진은 한발 늦어지고 말았어. 이 한발을 만회하고 난 뒤부터가 참된 전쟁의 시작. ―도키가 말한 대로 적에게는 대비도 있고 임기응변책도 있을 게야. 쉽사리 판단해서는 안 된다. 너의 한마디는 장사들 사이에서 미묘한 영향력을 가지고 있으니. 적을 경시하는 듯한 분위기가 조금이라도 우리 진중에서 빚어지게 해서는 안 된다."

라고 타일렀다.

덴큐는 고분고분,

"네."

라고 대답하고, 옆에 있는 다로 요시노부에게 머쓱하다는 듯한 표정을 지어 보였다.

그러자 이번에는 그 다로 요시노부가 아버지에게 물었다.

"출진 전에 어째서 사이토 시모쓰케와 그 외의 괘씸한 사자 일행을 베어 군의 사기를 진작하지 않으신 것입니까? 어제는 그런 처분을 반드시 내리실 것이라 생각했습니다만."

그러자 신겐이 아버지다운 엄격함을 눈에 담아 다로 요시노부를 돌아보며,

"적이 노리고 있는 일은 피하는 것이 좋다. 애초부터 그들은 목숨을 버렸다. 그리고 자신의 죽음을 어떻게 해서든 가치 있는 것으로 만들기 위해서 일부러 신겐의 화를 돋운 자들이야. 목을 벤다면 그들의 뜻대로 행동하는 셈이 돼."

"어떤 이유에서입니까?"

"신겐의 진중에서 사자 일행을 전부 베었다는 말이 비장한 분위기로 적에게 전해진다면 에치고 군은 그 말을 들은 것만으로도 피가 끓어올라 더욱 강해질 것이 틀림없다."

"하지만 한두 달 사이에 그 사실이 적에게 알려질 리도 없지 않습니까?"

"아니, 처음 도착했을 때의 신고서에는 사자 일행 12명이라고 되어 있었다. 그런데 어제 진중에 끌려온 숫자는 10명밖에 되지 않았어. 나머지 2명은 틀림없이 그물에서 벗어나 겐신에게 이번 일을 상세히 보고할 것이라 여겨진다. ―뿐만 아니라 에치고에도 고슈의 첩자가 몇 십 명이나 잡혀 있고⋯⋯. 이래저래 벤다 한들 득 될 것이 없는 일이다. 사기를 진작하기 위해서 적의 목을 베어

피를 보고 나선다는 것은 하책으로, 생각이 있는 장수가 할 일은
아니다. ―원나라가 쳐들어왔을 때 호조 도키무네(北条時宗) 공이
원나라의 사자를 베고, 또 멀리로는 고려나 백제의 무례한 사자를
벤 것처럼 이국과 단절을 할 때는 당연히 얼마든지 있을 수 있는
일이나……."

그때 앞쪽에서부터 말이 피워올리는 흙먼지가 아득하게 다가오
고 있었다.

깃발로 어디에 있는 누구의 군인지 바로 알 수 있었다. 적이 아니
었다. 도중에 합류하여 아군에 가담하기로 한 부대였다.

이번에 합류한 것은 젠코지 부근을 점유하고 있는 고시바 게이슌
(小柴慶俊)과 구리타 에이주켄(栗田永寿軒) 등의 300기였다.

이를 '나가 맞음'이라고 칭하는데, 행군지 곳곳에서 200기, 혹
은 500기씩 다케다를 지지하는 자들이 속속 가담했다. 그랬기에
전군의 깃발은 길을 갈수록 숫자가 늘어났으며, 병력도 10리를 지
날 때마다 눈에 띄게 증가했다.

포진을 위한 첫 번째 돌

야영하기를 며칠 밤.

고슈 군은 다이몬토우게를 넘어 지이사가타(小県)에서 나가쿠
보(長久保)로 나섰다.

지쿠마의 강물이 보일 무렵이 되자 가이즈 성에서 보낸 아군

전령의 파발마가 쉴 새 없이 적의 상황을 알려왔다.

"……흠, 흐음."

이라고만 할 뿐, 신겐은 점차 말이 없어져 휘하의 사람들과 대담을 할 때도, 전령의 보고를 들을 때도 그저 끄덕임으로만 답할 뿐이었다.

지쿠마가와의 왼쪽 강가로 접어들어 사라시나군(更級郡)의 시오자키(塩崎) 부근까지 왔을 무렵에는 고후를 출발했을 때보다 병력도 눈에 띄게 증가했고 장사의 얼굴도 황야의 가을바람을 맞아 어딘가 거칠어져 있었다.

"……추운데. 에치고에서 불어오는 바람이야."

라고 누군가가 중얼거렸다.

시모이나(下伊那)의 시모조 효부(下条兵部)와 그 병사들이 여기서 가세했다. 가세한 세력을 적은 장부의 도착 순서를 보니 평소의 아군은, 방방곡곡의 무사들이 거의 남김없이 참진한 것처럼 여겨졌다.

─그러나 전군의 사기를 보면 어딘가 여전히 냉랭한 구석이 있는 듯했다. 그 원인을 사무라이 대장 가운데 한 명인 오야마다 야자부로 노부시게(小山田弥三郎信茂)는,

"여기에 온 이후, 나리께서는 평소와 달리 신중하게 생각에 잠기신 모습이야. 이번에는 어째서 전격적으로 명령을 내리지 않으시는 거지?"

라며 모두가 의아해하고 있다는 점을 들었다.

노부시게의 의심은 단지 그만의 의심이 아니었다. 고후를 출발할 때는 그처럼 촌각을 다투었으면서, 이 널따란 분지에 도착한 뒤부

터의 신겐은, 마치 일부러 딴청을 부리기라도 하는 사람처럼 사이가와 부근에 머물기도 하고, 지쿠마의 급류를 가늠하기도 하고, 산에 진을 치기도 하고, 언덕을 끼고 병마를 쉬게 하기도 하는 등 전군이 어떻게 진을 쳐야 좋을지 쉽사리 정하지 못하는 사람처럼 보였다.

24일에 이르러 신겐은 그 본진을 마침내,

"여기."

에 머물게 하겠다고 결정한 모양이었다.

그곳은 사라시나군의 일부인 노부사토무라(信里村)의 한 언덕이었다. 부근의 사람들이 자우스야마(茶臼山)라 부르는 고지대였다.

다케다 가의 군기로 1장 8척짜리 감색 바탕에,

〈질여풍. 서여림.

침략여수. 부동여산24).〉

이라고 금색 글자를 2줄로 새긴 것과, 1장 3척짜리 새빨간 천에,

〈나무스와난구홋쇼조게다이묘진(南無諏訪南宮法性上下大明神)〉

이라고 한 줄로 적은 것이 거기에 세워졌다.

신겐은 그 기치가 쉴 새 없이 울어대는 가을바람 아래에 걸상을 놓게 한 뒤 지극히 조용한 눈동자로 앉아 있었다. 충분한 수면을 취하고 난 뒤처럼 어떤 탁함도 없는 눈이었다.

---

24) 疾如風. 徐如林. 侵掠如火. 不動如山. 손자병법에 있는 군의 행동지침이다. 즉, '빠르게 움직일 때는 바람처럼, 서서히 움직일 때는 숲처럼, 침략할 때는 불처럼, 움직이지 않을 때는 산처럼'이라는 뜻.

"이해할 수 없는 일이야……."

그의 입술이 몇 번이고 같은 말을 중얼거리고 있었다.

사이가와, 지쿠마가와의 두 물줄기를 품고 있는 광활한 지역 너머로 겐신이 진을 치고 있는 사이조산이 보였다.

화창하게. 조용히.

그러나 지형적으로 봐서 그 사이조산의 진은, 신겐의 오랜 경험과 병법에 관한 지식을 바탕으로 추리해봐도 도무지 풀 수 없는 수수께끼였다. ―마치 목숨을 버린 듯한 태세로밖에 보이지 않았다. 만약 위치를 바꾸어서 자신이 그곳에 진을 쳤다면 결코 평온하게 있을 수는 없을 것 같다는 기분이 들었다.

"사지(死地). ……스스로 사지에 진을 치다니."

지혜로운 자는 오히려 그 지혜에 빠져버리고 만다고들 한다. 신겐은 스스로를 경계해보았다. 그러나 지혜가 아니고서는 그의 지혜를 간파할 수 없을 것 같다는 생각이 들기도 했다.

"아. ―여기도 아니야. 아군의 진을 여기에 치는 것도 좋지 않아."

그는 걸상 위에서 몸을 비틀었다.

뒤쪽뿐만 아니라 진중에 가득 들어찬 사람들의 얼굴을 바라보면, ―적자인 다로 요시노부, 동생인 덴큐 노부시게, 그리고 작은 동생인 다케다 쇼요켄(武田逍遥軒)을 비롯하여 나가사카 조칸(長坂長閑), 아나야마 이즈(穴山伊豆), 오부 효부(飯富兵部), 야마가타 사부로베에(山県三郎兵衛), 나이토 슈리(内藤修理), 하라 하야토(原隼人), 야마모토 간스케 뉴도 도키 등 누구를 가장 뛰어난 자라해야 할지 얼핏 가늠하기 어려울 정도였다.

산 위와 산 아래의 깃발을 보아도.

아마리 사에몬노조(甘利左衛門尉), 오야마다 빗추(小山田備中), 바바 노부하루(馬場信春), 오바타 야마시로노카미(小畑山城守), 사나다 단조 잇토쿠사이(真田弾正一徳斎), 오가사와라 와카사노카미(小笠原若狭守), 모로즈미 분고노카미(諸角豊後守), 아이키 이치로베에(相木市郎兵衛), 아시다 시모쓰케노카미(蘆田下野守) 등 각 부대의 깃발이 바람에 힘차게 펄럭이고 있었으며, 말의 울부짖음과 병사들의 잡다한 소리와 함께 천지 가을의 소리를 여기에 모아놓은 듯했다.

"진을 뜯어라. 여기를 떠나 아마미야(雨宮) 나루터까지 내려가라. ─지쿠마가와를 앞에 두고 북쪽 강변의 아마미야 나루터를 취해 각자 자리를 잡으라."

매우 갑작스럽게 떠오른 생각인 듯했다. 좌우의 노장이나 모신에게 자문을 구하지도 않았으며, 그들을 통해서 하명하는 방법도 취하지 않고 그 자신이 이렇게 느닷없이 명령을 한 것이었다.

그와 동시에 신겐은 진막 안을 걸어다녔다. 걷는 동안에도 여전히 자신의 지혜와 다투고 있는 듯한 모습이었다. 비유하자면 바둑의 명인이 바둑돌을 어디다 두어야 할지 쉽게 결정하지 못하는 듯한 모습이었다. 때때로 입술을 다문 채 발밑의 땅바닥을 응시하곤 했다. 똑바로 내리쬐는 가을햇살 아래에서는 수많은 개미집으로 개미들이 오가고 있었다.

고시지의 아가씨

가와나카지마라는 이름은 오래 되었다. 말할 것도 없이 에이로쿠 시대(1558~1570) 이전부터의 이름이다.

사이가와와 지쿠마가와, 종횡으로 급하게 흐르는 2개의 강에 둘러싸여 젠코지 평야의 일부에 삼각형으로 널따란 간석지가 생겨났다. 그곳을 '가와나카지마'라고도 부르고 '하치만바라(八幡原)'라고도 부른다고 고사기에 기록되어 있는데, 지역 사람들은 좀 더 넓은 의미로 그 부근인 사라시나, 하니시나(埴科), 미노치(水內), 다카이에 걸친 강가와 평야 일대를 전부 ―가와나카지마 4개 군이라 불러왔다.

"……어디를 보아도 가을풀이 자란 같은 들판, 같은 강."

어디에서 왔는지.

어디로 가야 할지 모르겠다는 듯 그곳에 오도카니 선 나그네 차림의 여자가 서쪽을 보고, 동쪽을 보며,

'어디로 가야 하지?'

라고 생각하고 있는 듯했다.

옻칠을 한 여성용 삿갓을 쓰고 있었다. 장사꾼으로는 보이지 않았으나 등에 꾸러미를 하나 짊어지고 있었으며, 옷깃은 짧게 걷어올렸고, 짚신을 꿴 지팡이를 들고 있는 등, 꽤나 야무지게 보이는 모습이었다. ―말하기를 잊었는데 나이는 아직 스무 살이 되지 않았으리라. 희고 고운 살결이 설국(雪國)의 처녀를 바로 떠오르게 했다. 그랬다, 그 차림새도 그렇고 이목구비도 그렇고, 에치고 여자 특유의 아름다움이 느껴졌다.

―순간 낫 소리가 어딘가에서 들려왔다. 사각사각 풀을 베는 경쾌한 소리였다. 그녀의 동그란 눈이 갑자기 그쪽으로 움직였다.

맞은편의 가을 풀 속으로 안장을 얹지 않은 몇 마리 말의 등이 보였다. 베어낸 풀을 다발로 만들어 말 등에 싣기를 마친 자는 그 말을 끌고 멀어져갔다. ―그러나 그 뒤에도 여전히 한 무리의 사람들이 남아 낫을 나란히 하고 강가 쪽으로 풀을 베며 다가오고 있었다.

"저기요, 고슈로 가려면 어느 길로 가야 하나요?"

여자의 목소리로 이렇게 묻는 소리가 갑자기 들렸기에 풀을 베던 자들이 놀라 허리를 폈다. 이들은 모두 부근의 농부인 듯했는데, 징발이 되어 말여물을 베기도 하고 길을 닦기도 하고 운반을 돕기도 하고 있는 이른바 군부(軍夫)들이었다.

"호, 고슈로 가는 길이라고. ……그런데 아가씨는 대체 어디서 온 거지?"

반대로 이런 질문을 받자 아가씨는 갑자기 시선을 이리저리 돌려 사이 · 지쿠마 어느 쪽 강인지 모를 곳을 바라보다가,

"저쪽에서."

라며 젠코지의 불당이 있는 저 멀리의 구릉을 가리켰다.

"그럼 북국 가도를 북쪽에서부터 오신 겐가?"

"―네, 네."

라며 고개를 끄덕였다. 그러나 그것도 매우 아리송한 표정처럼 보였다.

군부들이 야단을 치듯 가르쳐주었다. ―알고 온 건지 모르고 온 건지는 모르겠지만 이 일대는 이삼일 전부터 전장이 되어버렸다,

그렇기에 한낮이지만 눈에 들어오는 땅 어디에도 이처럼 괭이질하는 사람의 모습도 없고, 길 가는 나그네의 모습도 보이지 않는 것이다, 가끔 들판을 가로지르는 것이 있다면 그건 새의 그림자 정도……

"그런데 여자 혼자 몸으로 이런 데를 돌아다니다니. 얼른 저리로 가게. 그리고— 그러니까— 어쨌든 이 강가를 따라서 남쪽으로 남쪽으로 가게. 조금만 가면 여관의 지붕이 보일 테니. 그러면 거기서 고슈의 어디로 갈 거라고 얘기하고 자세히 길을 물어보게. 해가 떨어지기 전에 서둘러 가야 할 게야."

저마다 이런 말들을 하고 나더니 낫을 든 손들은, 다시 풀의 아래쪽을 향해 몸을 웅크려 예정된 말여물을 베기 위해 일을 서두르기 시작했다.

그 순간. —어디인지는 모르겠으나 아마도 맞은편 강가에서였으리라. 탕, 탕, 탕, 탕 대여섯 발 연속으로 총 소리가 들려왔다.

군부들은 일제히 와아 소리를 지르며 풀 속으로 몸을 엎드렸다. —잠시 사이를 두었다가 다시 10발 정도 총알이 날아왔다. 마지막 두어 발은 조준이 매우 정확해서 풀 속에 엎드려 있던 한 사람의 다리에 맞았다.

"일어서지 마. 소리를 내서는 안 돼."

"……"

상당한 인내심을 발휘하여 모두가 가만히 엎드려 있었다. 그대로 총성은 들려오지 않았다. 그리고 하얀 저녁안개가 내리기 시작했기에……

그런 다음이었다. 가만히 머리를 쳐들더니,

"도망가자."

라고 말하기라도 하듯 부상당한 동료 한 사람을 짊어지고 달리기 시작한 것은. ―그런데 모두가 일어난 곳에서 10간 정도 떨어진 곳에 또 한 사람, 총알에 맞아 쓰러진 자가 있었다. 이 무슨 불행이란 말인가. 그건 풀 베는 자들에게 길을 묻고 막 발걸음을 옮기기 시작한, 바로 그 여성용 삿갓을 쓴 에치고의 아가씨였다.

마음속 숲의 어지러운 바람

빨간 끈이 뚝 끊어져버린 여성용 삿갓은 어제 그 자리의 이슬 젖은 풀 사이에 밤새 그대로 떨어져 있었다.

―그러나 그 강가에서 약 10정 정도 떨어져 남동쪽으로 펼쳐진 부근 일대의 초원은 하룻밤 사이에 경관이 완전히 바뀌었다.

어제 낮부터 서서히 자우스야마를 내려오기 시작한 다케다 신겐의 전군이 후세고묘(布施五明), 시노노이무라(篠井村)를 지나 이곳 아마미야 나루터를 앞에 두고 밤사이에 자리를 잡았는데, 아침에 바라보니 한 무리의 중군을 가운데 두고 12개의 군단을 5행으로 벌려,

'사이조산의 겐신은 보라.'

고 말하기라도 하듯 수많은 기치를 나란히 꽂아놓았으며, 각 부대의 깃발까지 적의 눈에 선명히 보이게 했다.

'곧 공격을 시작하려나?'

라며 오늘 아침에는 사이조산에서도 아침의 구름이 갈라진 사이로 흘러 들어오는 햇빛에 그 모습을 발견하자마자 눈을 커다랗게 뜨고 손차양을 만들어 바라보고 있을 것임에 틀림없었다.

갑작스러운 고슈 군의 이 삼엄한 의지 표현에 대해서, 사이조산 자체는 아직 아침안개 속에 희미하게 둘러싸여 있었으며, 진영 안은 밤 이후부터 매우 고요해서 눈을 뜬 듯한 기척조차 거의 보이지 않았다.

그런데 저쪽과 이쪽 사이의 거리는 매우 가까웠다.

이 부근을 흐르는 강의 폭은 넓었으나 지쿠마가와 하나만 건너면 바로 맞은편은 사이조산의 기슭이라고 해도 좋을 정도였다.

게다가—

태양이 점점 높아질수록 양 군의 거리감은 더욱 줄어들었다. 고슈 군의 깃발을 뿌옇게 보이게 하던 아침안개도, 사이조산의 노란 잎과 파란 잎과 붉은 잎을 흐릿하게 보이게 하던 하얀 안개도 점차 걷혀 서로의 위치에서 상대방 보초병의 움직임이나 묶어놓은 말의 모습까지 바라볼 수 있을 만큼 대기가 맑아지기 시작했기 때문이었다.

이날도 막사 안의 신겐은 거의 걸상에 앉은 채 적이 있는 사이조산을 앞에 두고 종일 묵상에 잠겨 있었다.

"……?"

그가 어제부터 품고 있던 의문이 아직 해결되지 않은 표정이었다. 그것은 곧 사이조산에 있는 적장 겐신의 마음이었다, 그 의지였다, 그리고 그 변칙이자, 신념이었다.

'그에게 대체 어떤 귀신같은 모략, 신묘한 계책이 있기에 저와

같은 무모함, 저와 같은 경거망동, 저와 같은 대담함을 내게 보이는
걸까?'
라고 의아하게 여기는 신겐이었다.

사냥꾼의 그물에 걸린 새처럼 그의 마음은 여전히 발버둥치지
않을 수 없었다. 걸상에 앉아 이렇게 태연한 모습을 보이고 있기는
하지만, 사실은 어제부터 그가 내린 몇몇 지령에 따라 이 본진에서
떨어져 있는 분대가 적의 북동쪽으로 우회하여 야시로(屋代) 근방
으로 나가보기도 하고, 북국으로 가는 가도와의 연결로를 차단해보
기도 하고, 또 우에스기 쪽이 유일하게 의지하고 있는 성인 나가노
무라(長野村) 근방 고시바에 있는 아사히(旭) 성과의 사이를 한가
운데서 끊으려는 듯한 형세를 보이기도 하고, 이처럼 군대를 앞으
로 당겨 포진해 보이기도 했으나, —애초부터 싸울 마음이 없는
것인지 사이조산의 무표정함은 여전해서, 어제도 오늘도 그대로
무표정한 채였다.

막상 검을 빼들고 진검승부를 기약하며 일어서고 보니, 상대방은
아무런 자세도 취하지 않고 이쪽이 든 칼의 날 밑까지 그냥 걸어온
듯한— 우에스기 겐신의 태도였다.

그가 백치이거나 전쟁에 서툰 사람이었다면 신겐도 고민하지
않았으리라. 무릇 전장에서의 신겐을 누구보다 잘 알고 있는 자는
신겐의 막하에 있는 자라기보다 오히려 겐신이었다. 동시에 겐신의
면모도 겐신의 좌우에 있는 자보다 신겐이 더 자세히 알고 있었다.

빠르게 움직일 때는 바람처럼,

서서히 움직일 때는 숲처럼.

스스로 치켜들어 자신의 면모를 내보이고 있는 예의 1장 8척짜

리 커다란 군기의 글자가 신겐의 머리 위에서 펄럭이며 무엇인가를 부지런히 암시하고 있는 듯했다. —그러나 그의 마음은 결코 그윽한 숲처럼 고요하지 못했다.

양 산

다시 아침이 찾아왔다.

벌써 8월 28일.

스소하나가와(裾花川)를 따라 나가노, 젠코지 방면으로 정찰을 나갔던 야마가타 사부로베에, 하라 하야토 등의 부대가 돌아와서,

"아사히 성에서도 아무런 움직임을 보이고 있지 않습니다."

라고 보고했다.

그것을 듣고 신겐은,

"아사히 성의 고시바 구나이(小柴宮内)가 틀림없이 성에서 나올 기색을 보이지 않았단 말이냐?"

라고 다시 확인했다. 하라 하야토와 야마가타 모두,

"없었습니다."라고 분명하게 거듭 말하고,

"사이조산의 병사와 아사히 성의 병사가 저희 군을 유인하여 협공에 나설지도 모른다는 것은 생각할 필요도 없는 일입니다. 그럴 염려가 없을 뿐만 아니라 저희 군이 양쪽 사이를 중단하는 위치에 포진하고 있기 때문에 적은 사이조산으로의 식량 보급에조차 애를 먹고 있는 듯합니다."

라고 장담하듯 말했다.

한순간이기는 하나 신겐의 얼굴에 섬뜩한 기운이 감돌았다. 그것이 떠난 순간 그는 지난 며칠 동안의 의문이 풀렸다. 겐신의 심리가 어느 정도 신겐의 마음속에 그려진 것이었다.

"덴에몬, 덴에몬. ―하지카노 덴에몬 있느냐?"

하타모토들이 모여 있는 장막으로 신겐의 목소리가 들려온 것은 그로부터 얼마 지나지 않아서였다.

"―있습니다."

덴에몬이 바람에 나부끼는 장막을 들추고 들어와 바로 신겐의 걸상 앞에 무릎을 꿇었다.

"덴에몬, 왔는가. 심부름을 다녀오게."

대수롭지 않게 말하는 듯했으나―

"가까이 오게."

라고 그 위엄 있는 눈이 가까이로 불렀기에 덴에몬은 뭔가 뜻밖이라는 듯한 느낌을 받으며 무릎으로 걸어 얼른 걸상 앞까지 다가갔다.

"사이조산에."

―그 뒤부터는 무슨 명령을 내렸는지, 속삭임이 너무 작아 들리지 않았다. 게다가 그때는 막장들도 유히쓰25)도 신겐의 주위에서 물러나 있었다.

아니나 다를까 하지카노 덴에몬은 적이 있는 사이조산으로 가서 겐신을 만나기 위해 화려한 사자의 복장으로 갈아입고 있었다.

갑옷 위에 입는 겉옷도 갈아입었고 안쪽의 허리띠까지 새로운

---

25) 祐筆. 무가에서 문서와 기록을 맡은 자.

것으로 갈아 두르고 갔다. 전장의 사자인 만큼 피비린내 나는 복장이나 혈흔 등은 특히 조심해서 피한 것이다. 물론 적의 본진 속에서 벌어질지도 모를 만약의 사태에 대비해서 죽음 전에 스스로 몸을 청결히 한다는 의미도 충분히 고려되었다는 것은 말할 필요도 없으리라.

부하를 네다섯 명 데리고 갔다.

그 가운데는 아군의 누군가가 전장으로 처음 데리고 나온 아들인지 아직 열서너 살로밖에 보이지 않는 소년 무사도 한 명 있었다. 그 아이는 자루가 긴 양산을 들고 있었는데 덴에몬이 마침내 진지에서 나와 지쿠마가와 강변까지 오자 양산을 활짝 펼쳐 주인의 머리 위로 가져갔다.

그 양산은 결코 의미가 없는 행장이 아니었다.

군대의 사자가 강을 건널 때는 배 안에서 양산을 쓰는 것이 국제법으로 약속된 일이었다. 양산을 펼쳐들고 건너오는 배에는 결코 총이나 활도 쏘지 못하게 되어 있었다.

논에서 쓰는 배를 조금 크게 한 것처럼 바닥이 평평한 물윗배는 지금 그 양산을 든 소년과 그의 주인과 몇 안 되는 부하를 싣고 지쿠마가와의 북쪽 강변에서 이쪽으로 삿대질을 해서 건너오고 있었다. ―솜씨 좋게 삿대질을 해서 빠른 유속을 가로질러 배를 나아가게 하는 병사의 머리 위로 고추잠자리가 맴돌고 있었다. 삿대에 앉기도 하고 날아오르기도 하면서―.

오르는 사이조산

"앗……, 적 쪽에서."

"군사(軍使)가 보인다. 군사다."

사이조산의 한쪽 끝에 서서 끊임없이 맞은편 강가를 감시하던 보초병 소대가 별일이라는 듯 손차양을 한 채 이렇게 말했다.

귀신잡는 고지마 야타로는 그 부근에 진을 치고 있는 병사 70명의 조장이었다. 부스럭부스럭 어딘가에서 나타나서는 그 하얗게 얽은 자국이 있는 얼굴 부근으로 손을 가져가 차양을 만들며,

"흠, 저건 고슈의 하지카노 덴에몬이라고, 상대로 삼기에 부족함이 없는 사무라이다. ─무엇을 하러 오는 걸까?"

라고 중얼거렸다.

당연히 여기보다 먼저 발견한 것임에 틀림없는 기슭의 부대에서 서둘러 강가 쪽으로 달려가는 한 무리의 사람들이 보였다. 약 30, 40명 정도의 무사들이었다.

이쪽 강가로 득득 소리를 내며 올라온 배의 앞머리를 향해서,

"어디로 가는 길이냐."

라고 좌우 2열로 갈라서서 창끝을 내밀었다.

이는 오히려 군사를 맞아들이는 의식이라고 하는 편이 좋으리라. 싸울 의사가 없는 창의 아름다움. 그리고 그 하얀 빛 속으로 내려서는 양산의 아름다운 색. 거기에 군사의 겁먹지 않은 차분함이 좋았다.

"저는 고슈의 신하인 하지카노 덴에몬이라고 합니다. 주군이신 신겐 공의 뜻을 받아 겐신 공을 직접 뵙고 드릴 말씀이 있기에

전장이 잠시 한가로운 틈을 이용해서 이렇게 찾아온 것입니다. 말씀을 전해주시기 바랍니다."

"기다리시오."

포위를 풀지 않은 채 한 사람이 부대를 향해 달려갔다. 잠시 후 부장이 왔다. 그리고,

"아직 주군의 의향을 묻는 중입니다. 이곳은 길가이니 저희 진지로 오셔서 잠시 휴식이라도."

하며 자신이 진을 치고 있는 곳으로 데려가 걸상 등을 내주었다. 잠시 후 산 위에서 시바타 오와리노카미, 귀신잡는 고지마 야타로 등이 영접이라기보다는 경호를 위해 내려왔다.

"만나보시겠다는 말씀이셨소. 자, 이쪽으로 오시오. 안내하겠소."

"감사하오."

가볍게 인사를 한 뒤 하지카노 덴에몬은 두 사람의 뒤를 따라갔다. 물론 부하도 양산도 산기슭에 남겨둔 채로. ―그리고 단신으로 한 걸음 한 걸음, 올라가는 산길은 거의 우에스기 군의 깃발과 칼과 말과 총과 활 속이었다.

그 길을 가는 도중에 귀신잡는 고지마 야타로가 덴에몬 곁으로 다가와,

"귀공께서는 저의 얼굴을 기억하고 계시오?"

라고 물었다.

덴에몬이 미소를 머금은 채,

"귀공의 얼굴은 좀처럼 잊기 어렵소. 누가 뭐래도 하얀 자국이 좋은 징표가 되니. ―그렇군, 그건 벌써 7, 8년이나 전의 일이었나

요?"

라고 말했다.

"아니, 7, 8년이 아닙니다. 고에쓰 양 군이 여기서 마주치기 전이었으니. 10년은 됐을 겁니다."

"10년. 빠르군."

마치 오랜만에 만나 인사를 주고받는 옛 친구와도 같았다. 그러나 두 사람이 오래 전에 만난 장면은 그처럼 마음 따뜻해지는 것이 아니라, 돌이켜보면 꽤나 섬뜩함이 느껴지는 것이었다.

그 무렵 고지마 야타로는 교토로 올라가는 겐신을 수행했는데 도중에 갑자기 모습을 감추었다. 그것은 장래에 커다란 뜻을 품고 있는 겐신이 그의 동의를 얻어 일부러 모습을 감추게 한 것이라고 알려져 있다. 어쨌든 주종 사이에 묵계가 있었는지 없었는지는 모르겠으나, 야타로는 그로부터 적어도 2, 3년 동안은 각 구니의 방비와 성 등을 살피며 돌아다녔다. 후세 사람들이 말하는 무사수행을 하며 돌아다닌 것이었다.

그리고 언제부턴가 고후에 들어와 있었다. 물론 그런 사명을 띠고 있는 자로서는 입국이 불가능하다. 성 아래에서 화승총을 제조하는 대장간의 잡부로 있었던 것이다. 미장이와 다를 바 없이 흙투성이가 된 손으로 총신을 구울 거푸집의 흙을 반죽하기도 하고 풀무질을 하기도 했다.

고슈 성에 출입하는 다케다 가의 무장이 종종 말을 타고, 혹은 평상복을 입은 채로 이 집 앞을 지났다. 그 가운데 하지카노 덴에몬의 눈이 있었다. 어느 날, 그의 집에서 주문한 화승총을 하얀 곰보가 있는 사내가 가져다주었으면 좋겠다고 특별히 주문을 해왔다.

야타로는 그것을 가져다주었다. 하지만 그 집의 사람에게 건네주기만 했을 뿐, 그 자리에서 산을 넘어 고슈를 떠나버리고 말았다. 문 안으로 들어서면 즉각 오랏줄에 묶이게 될 것이라는 사실을 그 역시도 사전에 깨닫고 있었기 때문이었다.

하지만 그것만 해도 덴에몬이 인정을 베푼 것이라고 할 수 있었다. 그에게 반드시 잡아야겠다는 마음이 있어서 대장간을 직접 포위했다면 놓치지 않았을 것이며, 또 나중에라도 말에 탄 무사들을 보내 쫓게 했다면 야타로도 결국은 고슈에서 벗어나지 못했을지도 몰랐다. ―그러나 그렇게 하지 않았기에 그는 무사히 에치고로 돌아올 수 있었다.

―그날 이후로 오늘 다시 만난 것이었다. 오늘 우연히도 마주치게 된 것이었다. 따라서 두 사람의 미소 속에는 대화 사이사이에 담긴 회고의 정과 역설적인 그리움이 담겨 있었던 것이다.

목을 버리는 다테와키

전쟁이란 결국 사람의 힘과 힘을 고도로 표현하는 것이다. 고금을 통틀어 어느 시대에나, 그 행동의 기점에서부터 귀추에 이르기까지 모든 면에 사람의 힘이 작용한다는 사실에는 변함이 없다. 정략, 용병, 경제, 기능의 작용은 물론, 자연의 산천과 들판을 이용하고, 하얀 달빛과 뜨거운 태양을 아군으로 삼고, 어두운 밤과 새벽 어스름의 이점을 궁리하고, 구름의 흐름, 바람의 방향, 한서건습(寒

暑乾濕)의 기온과 기상에 이르기까지의 온갖 만상을 동원하여 거기에 기동력을 부여하고 생명을 불어넣어 그것을 '아군의 진'으로 삼는 중심에는 인간이 있다, 인간의 힘이라고 할 수 있다.

그렇기에 전국은 사람을 단련시킨다.

또한 개개인도 외부에서 요구하기 전부터 각자 단련하지 않으면 전국의 시대를 살아남을 수 없다.

마구 짓밟혀 낙오해버리고 만다.

무엇보다 소중한 생명조차 돌아보지 않고, 또 돌아볼 여유도 없이 앞으로 움직여 나아가는 세상이었다. 소중히 여겨지지도 않는 생명 따위는 아무것도 아니었다.

특히 에이로쿠 4년(1561) 무렵은 이후의 덴쇼, 게이초26) 시절보다 사람들이 훨씬 더 거칠었다. 대담했다. 생명을 있는 그대로 드러내고 있었다.

에치고 군과 고슈 군 역시 누구에게도 뒤지지 않을 만큼 그랬다.

대립하여 부르는 '우에스기 진'과 '다케다 진'의 '진'이라는 것도 그와 같은 인력의 집합체였다. 평소 행해온 마음의 수양과 육체의 단련을 여기에 결집하여 적과 아군 모두에게 불공평함이 없는 천지기상 아래에 서서,

"어디!"

하며 서로의 목적, 신념을 여기에 걸고 여기서 시험하려는 것이다.

그렇기에 그 집결, 그 '진'을 구성하고 있는 개개의 소질에 따라서 진 전체의 성격과 강인함, 혹은 유약함이 결정된다.

---

26) 덴쇼(天正), 게이초(慶長) 모두 일본의 연호. 덴쇼는 1573~1592. 게이초는 1596~1615.

지금 지쿠마가와를 사이에 두고 아마미야의 나루터에 있는 다케다의 진과 사이조산 위에 있는 우에스기의 진을 그러한 관점에서 비교해보자면, 어느 쪽이 강인하고 어느 쪽이 유약한지 가늠할 수 없었다. 어느 진영에나 그 깃발 아래에 있는 숙장, 모장, 부장, 사졸에 이르기까지 실로 뛰어난 인재가 많았다.

명군(名君) 아래에 명신(名臣)이 있다는 말로 미루어 짐작할 때, 그 훌륭함은 역시 주장인 신겐에게 있으며 겐신에게 있는 것일지도 몰랐다.

에치고의 명신이라고 세상에 정평이 나 있는 자는 우사미, 가키자키, 나오에, 아마카스였으며, 고슈의 4신(四臣)으로 유명한 자로는 바바, 나이토, 오바타, 고사카가 있었다.

또한 지난번의 하라노초(原之町) 전투에서 홀로 우에스기 군 속으로 들어가 23명의 적을 창으로 쓰러뜨려 야리단조(槍弾正)라는 이름을 드높인 호시나 단조(保科弾正)와 그에 뒤지지 않는 무공을 세워 오니단조(鬼弾正)라 나란히 불리는 사나다 단조와 같은 용사도 그의 부하 중에는 여럿 있었다.

야리단조와 오니단조 모두 고슈 군의 용사이나, 우에스기 군 아래에도 무용에 관해서라면 그들에게도 뒤지지 않을 정도의 인물은 무수하다고 해도 좋을 정도로 있었다.

겐신이 누구보다 아끼는 야마모토 다테와키(山本帯刀) 등은 아수라라고까지 불리는 자였다. 어느 전투에서나 퇴각의 징소리가 울려 물러날 때에도, 가장 마지막이 아니면 적 속에서 나오지 않았다. 그리고 그 돌아오는 모습은 언제나 투구 꼭대기에서부터 신발 끝까지 붉게 물들어 있었다. 또한 어떠한 대장의 목을 베어도 허리

에 차고 돌아오는 일은 없었다. 그래서는 군공을 적는 장부에 기록되지 않아,

"기껏 세운 군공도 헛된 것이 되지 않는가."

라고 사람들이 말하면 그는,

"군공에 헛된 것은 없네."

라고 대답했다고 한다.

공명을 위해서 목을 짐처럼 들고 다니며 목의 숫자 따위에 마음을 **빼앗겨서는** 이어지는 활약에 방해가 될 뿐이다. 그것이 그의 신조였다.

그랬기에 에치고에서는 그를 목을 버리는 다테와키라는 별명으로 불렀는데, 그로 인해 군공을 적는 장부에 이름이 오르지 않아 오랜 세월 동안 보병 50명을 거느린 일개 부장에 머물러 있었다.

주군인 겐신이 은근히 그를 아낀 데에는 이러한 이유도 있었지만, 또 다른 하나의 사정이 있었다.

고슈의 모장인 야마모토 간스케 뉴도 도키가 야마모토 다테와키의 친형이라는 사실은 누구에게랄 것도 없이 알려져 있었다.

자세히 조사해보니 아버지는 다른 듯했으나 틀림없이 어렸을 때 함께 자란 동복형제라는 사실이 밝혀졌다. —그러나 형이 고슈군에 속해 있다고 해서, 그 후에 벌어진 고에쓰 양 군의 몇 차례에 걸친 전투에서도 다테와키의 활약이 다른 전장에 비해 떨어지는 일은 전혀 없었다.

오히려 치열하기까지 했다.

"—아무리 그래도 형제가 양 진영으로 갈려 싸우는 것은 사람의 아들로서 괴롭기도 하겠지. 아군이 원망스럽게 느껴지는 날도 있겠

지."

평소 이렇게 말하던 겐신은 에이로쿠 원년(1558)의 화목ー 고에쓰의 일시적인 화의가 맺어진 해에 마침내 한없이 아끼던 그 소중한 가신을 미카와(三河)의 도쿠가 구란도 모토야스[27])에게 보내고 말았다. 자신이 직접 쓴 정중한 서면에 사자로 이모카와 헤이다유(芋川平太夫)를 붙여주고,

'다른 집안으로 보내기 아까울 정도로 가장 아끼는 가신이나 이러이러한 사정이 있어서, 본인도 가엾다 여겨지기에 보내기 싫은 마음을 억누르고 보내는 것이니 모쪼록 잘 보살펴주시기 바랍니다.'

라는 말을 사자에게도 의탁해서 그의 장래를 간곡하게 부탁했다.

야타로와 일용훈(日用訓)

귀신잡는 고지마 야타로도 원래 성은 고지마, 이름은 야타로 가즈타다(一忠)로 '귀신잡는'은 나중에 붙은 것이다.

에치고노쿠니 가미노고(上郷) 출신으로, 소를 치는 사람의 아들이라고 한다. 그가 열대여섯 살이었을 때 사냥이었나, 무슨 일인가로 나갔다가 겐신이 그의 특이한 모습을 보고 데리고 돌아와 우사미 스루가노카미의 부대에 맡기며,

"키워보게."

---

27) 德川蔵人元康. 도쿠가 이에야스.

라고 말했다.

"야타는 귀신의 아들이야."

라며 그 무렵부터 어른들이 종종 놀려대곤 했다. 힘이 장사였으며 털이 붉었고 천연두 자국이 얼굴을 뒤덮은 탓도 있었으나, 에치고 노쿠니 가미노고는 옛날에 오에야마(大江山)의 주정뱅이동자가 바다에서 올라온 곳이라는 전설이 있었기에ㅡ 그것과 그를 연결 지은 것인 듯했다.

그런데 어른이 되고 나니 그 별명이 오히려 이상하지 않은 것이 되어버렸다. 무시무시할 정도의 술고래가 되었다. 추운 지방이기에 에치고 사람들은 대체로 술을 잘 마시는 편이었으나, 그는 밑 빠진 독이라고 할 수 있을 정도였다. 하룻밤에 6되, 하루에 1말이라는 기록을 가지고 있었다. 더구나 그것을 자랑으로 여기고 있는 듯했 다.

무예를 닦고 대장부다움을 길러야 하는 에치고 집안사람들에게 는 음식에 대해서도 철칙이 있었다. 마음가짐으로 구니 안에 내린 영의 일부를 보면,

1. 술을 많이 마시지 말 것 설령 취하지 않는다 할지라도 옆에서 보면 위험하다. 또한 내장의 질환이 된다.

1. 과식은 비열함의 극치다. 소아(小我)의 쾌락에 지나지 않는 다. 가신, 친구와 적당히 즐기는 것을 최상으로 여기고, 홀로 맛을 탐하거나 포식하는 것을 천히 여길 것.

1. 무릇 음식에 대해서는 최대한 삼갈 것 만약 병든다면 하루아 침에 전진에서 욕을 보게 된다. 만약 목숨을 잃는다면 충효(忠孝) 2개의 도를 배반하는 것이다. 후세까지 비웃을 것이며, 가문의 이름

을 더럽혀 전장에서의 공 없음보다도 못한 것이 된다.

이는 구니 안의 사람들 일반에게 주는 우에스기 가의 가훈 가운데 일부에 지나지 않으며 겐신은 휘하 상장(上將)들의 이름을 열거하고,

〈후시키안 집안의 일용 수신권(不識庵家中日用修身卷)〉
이라는 일종의 '무사도훈(武士道訓)'을 구니의 자제들에게 제시했다.

〈평생 지켜야 할 오늘의 일〉
이라는 첫 부분에는,

1. 새벽에 일어나 세수를 할 것 선조와 부처님께 대한 예는 당연한 일.

1. 집 안을 한 바퀴 둘러보고 사내는 머리를 빨리 묶는 것이 으뜸이다. 반찬 조리는 2종을 넘지 말 것.

1. 특별한 용무가 없어도 마구간은 매일 둘러볼 것.

1. 우리 집안에 있는 자는 모두 자신의 자녀라 생각하라. 자비와 인자한 마음, 칼에 숫돌가루를 바르듯 하라.

1. 밤에는 사랑하는 자녀라 할지라도 자신의 옆에서 재우지 말라. 아랫사람의 잠자리는 따뜻하게 하고 자녀의 잠자리는 차게 하라.

─위와 같은 일상의 의식주에 관한 세목에서부터 공직, 교우, 서신, 유락에 이르기까지 언급했는데, 특히 무사로서의 수신, 수양에 대해서는 겐신의 방침으로 이렇게 가르쳤다.

1. 집안일 외에 시간이 나면 학문에 힘쓸 것.

1. 시가는 조정 신하들의 것이라지만 무인도 조금은 소양을 갖추어도 좋다. 없는 것보다는 낫다.

1. 주군의 말과 신하의 일은 바람과 초목 같은 것이다. 이를 철석같이 지키는 자를 참으로 충성된 신하라고 한다.

1. 백성과는 단 한마디도 논쟁하지 말라. 내가 아는 일을 남이 이야기하는 것도 재미있는 일이다. 내가 모르는 일에 대한 남의 이야기를 듣는 것은 사실을 아는 길이다.

옛말에 이르기를,

'삼나무는 곧고 소나무는 구불하기에 재미있는 것이다. 각자의 마음에.'

1. '외롭다'는 말을 떠올리지 말 것. 보지 못한 세상의 사람을 벗으로 삼는 것도 좋다. 외롭다 여겨지면 가신(家臣)의 문서를 열어라. 그 속에 천만의 일, 급무가 있다.

개별 항목은 더욱 많으나 부분적으로 이와 같은 일반을 본 것만으로도 겐신이 평소 사무라이를 양성하는 데 얼마나 세심하게 신경을 썼는지, 또 그것을 철칙으로 삼고 있는 집안 전체가 묵묵히 유사시에 대비하여 자신을 어떻게 단련했는지, 상상 이상이라는 사실을 알 수 있다.

이러한 철칙과 조직을 가지고 있기는 했지만, 거기에 피도 통하지 않을 것 같은 형태만을 과시하는 군신관계는 아니었다. 위와 같은 철칙에도 인간의 피가 맥박치고 있었으며, 구니라는 조직 또한 인간과 인간, 영혼과 영혼으로 연결되어 있었다. ―그랬기에 예를 들어서 귀신잡는 고지마 야타로 같은 습성을 가진 자라도 한동안은 그 안에서의 서식을 용인해주었으며, 또 한 사람의 인간이 되기까지는, '골치 아픈 자'의 대명사가 될 정도였으나 친구에서부터 윗자리에 있는 자까지,

"언젠가는 어떤 일에 도움이 될 것이다."

라며 그의 단점을 감싸주는 풍토가 있었던 것이다.

그러나 귀신잡는 고지마 야타로의 경우만은 그러한 주위 사람들조차도 조금은 정나미가 떨어진 듯한 느낌이었다. 아내를 맞이하게 해주어도, 어떤 수를 써보아도 마시는 술만은 줄어들지 않았다.

뿐만 아니라 겐신이 명시한 사도(士道)의 훈계도 종종 어기곤 했다.

개중에 심한 일이 있었다.

겨울. 에치고 지방에 어울리는 큰 눈이 내리는 밤이었다.

가스가야마 성의 해자와 정문 사이의 모퉁이에, 그 부근의 두 번째 관문, 세 번째 관문을 지키는 병사들이 모여 쉬는 방이 있었다. 파수병실이라고 사람들은 부르고 있었다. 그곳의 눈과 눈 사이로 등불이 새어나오고 있었다.

"이놈들, 열어라, 열어."

라며 누군가 그곳을 세차게 두드리는 자가 있었다.

안에서는 비번인 사람들 10명 이상이 둥글게 모여앉아 술을 마시고 있었다. 1되씩 각자 들고 와서 마시고들 하는 그런 밤이었던 듯했다.

"열지 마. 귀신잡는 고지마의 목소리야."

"저 사람이 껴들면 감당할 수가 없어. 전부 마셔버리고 말 거야."

"눈보라가 심한 밤이야. 못 들은 척하고 있어. 곧 가버릴 테니."

안에서는 그조차 여흥으로 삼으며 대답도 하지 않고 화로의 주전자를 들었다 놓았다 했으나, 그것도 야타로가 돌아가 줬을 때의 일이었다.

"이봐들. 몸이 얼겠어. 문 좀 열어줘. —에잇, 못 열겠어? 시치미를 떼봐야 소용없어. 야타로 님의 코라고. 앞을 지나려는데 냄새가 확 났단 말이야. 이렇게 눈 내리는 길을 어떻게 그냥 지나칠 수 있겠어! ……사람 놀리지 마. 이봐, 이보라고!"

방 안에서 큭큭 웃는 소리가 들려왔다. 야타로는 더욱 세차게 두드리며,

"자네들도 참 어리석군. 내 술안주로 삼으려고 기껏 좋은 선물을 들고 왔는데 이걸 구경도 못할 셈인가? —기껏 가져온 이걸."

정말처럼 말했기에 그 선물로 가져온 안주에 혹했던 것인지, 아니면 고집을 꺾기로 한 것인지 안에 있던 자들은 마침내 문을 열어 야타로를 둘러앉은 자리로 맞아들였다.

야타로는 무섭게 마셔댔다. 빈손으로 와서 그곳의 술 5인분을 먹어치우더니 화로 옆에 누워 곧 높다랗게 코를 골기 시작했다.

"괘씸한 놈이로군."

하고 그 때문에 분위기가 식어버린 자리를 둘러보며 한 사람이 투덜댔다.

"본때를 보여줘야 돼."

눈짓을 주고받으며 고개를 끄덕인 뒤 야타로를 억지로 깨웠다. 그리고 무사가 허언을 하다니 괘씸한 일이라고 타박했다.

"안주를 내놔. 응, 선물은 어디 있는 거지?"

모두가 몰아붙이자,

"안주 말인가."

라며 야타로는 능청을 떨더니,

"여기는 없네."

"그럼 거짓말이었나? 사과하게. 두 손을 바닥에 대고 허언을 사과하게. 그게 아니라면 할복이라도 하게."

"여기에 없는 것일 뿐일세. 할복까지 할 필요는 없네."

"그럼 가지고 오게, 당장."

"가져오라면 가져오지. 하지만— 자네들이야말로 어거지로군."

"뭐가 어거지란 말인가."

"여기에는 내가 취할 만큼의 술도 없네. 내가 가지고 올 안주는 그런 싸구려가 아니야. 술을 좀 더 마련해오게. 그럼 가지고 올테니."

"마련해오지 않아도 술은 아직 얼마든지 있어. 네가 안주를 내놓지 않기에 숨겨두었던 거야."

"뭐, 또 있단 말이야?"

"안주를 가져와. 그게 아니라면 두 손을 바닥에 대고 모두에게 사과하게."

"그런……, 말도 안 되는. 지금 가져오지."

일어서더니 비틀비틀 눈 속으로 걸어갔다. 그리고 잠시 후,

"자, 가지고 왔네. 어떤가, 이 안주는? 천하진미, 먹어본 적이 있는가?"

라며 뭔가 손에 들고 온 것을 방 문에서 쑥 내밀어 보였다.

"앗……."

그곳에 있던 자 모두, 얼핏 본 것만으로도 술기운이 가시고 말았다.

번뇌의 오리

야타로가 내민 것은 해자에 있던 오리였다. 오리의 목을 잡은 채 머리 위로 들어보인 것이었다.

물론 오리는 죽어 있었다. ―그러고 보니 조금 전에 눈보라 속에서 총을 쏘는 듯한 소리가 들렸었다. 이곳의 봉당에 걸려 있던 화승총을 들고 나가서 단발에 쏘아 잡은 것일지도 몰랐다.

"천벌 받을 짓을 저질렀군……."

이 얼굴도 저 얼굴도 창백해졌으며, 그것에 식욕을 느낄 상황이 아니었다. 왜냐하면 해자 앞의 푯말에도,

'오리 사냥 엄금'

이라고 분명히 적혀 있었으며, 주군인 겐신도 평소,

"―해자의 물새도 성의 일부."

라고 말했다. 어기는 자는 물론 사죄(死罪)라고 선대의 주군 때부터 정해져 있었다.

야타로가 말문이 막혀버린 사람들을 내려다보며 부엌 쪽으로 가면서,

"누가 냄비를 좀 준비해주게. 그 사이에 털을 뽑아 내가 요리를 해줄 테니."

라고 말했다.

그가 부엌 밖으로 부지런히 나가더니 털을 뽑아다 살과 뼈를

발라 곧 커다란 쟁반에 담아가지고 왔다.

그러나 거기에는 아무도 없었다.

"……이놈들, 뭐 하자는 거야."

라고 중얼거렸으나 특별히 이상히 여기지도 않고 혼자서 냄비를 꺼내, 혼자서 먹고 그대로 잠들어버렸다.

그 대신 날이 밝자 관인들이 와서 그를 엄중하게 감싸 성 안으로 끌고 가버렸다.

겐신 앞으로 끌려나가,

"어째서 금기를 깼는가?"

라는 책문에 그의 대답은 매우 평범한 것이었다.

"평소 성을 드나들면서 그렇게 여럿이 날아다니고 있는 것을 보면, 늘 한번쯤은 먹어보고 싶다는 욕심이 들었기에 그 번뇌를 없애기 위해서 과감하게 한 마리 먹은 것입니다."

겐신은 쓴웃음을 짓고 말았다. 하지만 그런 답변으로 용서를 받을 수 있을 리 없었다. 어쨌든 야타로는 생애 최고의 궤변을 늘어놓았으리라. 그것도 궤변이라는 사실은 알고 있었으나, 애초부터 오리 1마리 때문에 소중한 신하의 목숨을 빼앗고 싶지 않다는 것이 겐신의 본심이었을 테니 크게 문제 삼지 않고 근신 정도로 용서해버리고 말았다.

야타로의 실종은 그로부터 얼마 지나지 않아 겐신이 교토로 올라가는 길에 일어났으며, 3년째 되던 해에 다시 돌아온 이후 비로소 공공연하게 예전의 죄까지도 용서를 받는 형태가 되었다. 뿐만 아니라 그 자신의 인격도 무사수행 과정에서 완전히 바뀌어 이른바 지용을 겸비하기 시작했기에 직책도 점점 올랐으며 공도 쌓았기에

지금은 어엿한 부장으로 세상 사람들 사이에서,

"가이의 하지카노 덴에몬은—."

이라는 말이 나오면 반드시,

"에치고에는 귀신잡는 고지마 야타로가 있어."

라고 떠올리게까지 되어 있었다.

향차(香車)

그 하지카노 덴에몬이, 오늘은 다케다 군의 사자가 되어 이 사이조산의 진에 모습을 드러냈으며, 뜻밖에도 옛 벗인 귀신잡는 고지마 야타로를 만나 겐신 본진의 막사가 있는 산 위까지 올라가는 동안 적이라고는 여겨지지 않을 정도로 친밀하게 이야기를 나누며 걸어갔는데, 야타로가 이 인물에 경도된 것은 단지 고후로 숨어들었을 때 그 덕분에 목숨을 건졌다는 한 조각 사사로운 정 때문만은 아니었다.

고후에 머물 때 그의 인물됨에 대해서 이런저런 말을 듣고,

'고후의 무사 중에서도 무사.'

라고 남몰래 인정하고 있었기 때문이었다.

그 무렵 고후의 저잣거리에까지 전해진 말 가운데는 이런 소문도 있었다.

쓰쓰지가사키 성에서 덴에몬이 주군을 뵙고 물러날 때의 일이었다. 그 옆방에 한 스님의 칼이 놓여 있었다.

덴에몬이 잘못하여 그것을 밟기라도 했는지 스님이 화를 냈다. 크게 성을 냈다.

"나의 혼백이 담긴 물건을 어찌 발로 찬 것이오."

라며 스님이 마치 무사라도 되는 양 말했다.

대체로 스님들은 마음이 일그러져 있었다. 무훈이 없기 때문에 무훈을 가진 사무라이에 대해서 마음이 일그러져 있었던 것이다. 그리고 내정적인 권력으로 대항을 꾀했다. 평소 그런 감정을 가지고 있었다. 그랬기에 이런 일이 있으면 옳다구나 하고 용서를 하지 않았다. 결코 물러서지 않았다.

"죄송합니다. 이 덴에몬, 이렇게 두 손을 바닥에 대고 사과하겠습니다."

그는 납작 엎드려 언제까지고 사과를 했다. 그럼에도 불구하고 상대 스님은,

"사과만 하면 다야?"

라며 더욱 열을 올렸으며, 어떻게 해야 마음이 풀리겠냐고 덴에몬이 묻자 심지어는,

"당신은 나의 칼을 발로 찼어. 나도 하다못해 당신의 머리를 내치는 정도의 화답을 하지 않으면 속이 풀리지 않을 거야."

라고까지 말했다.

덴에몬은 엎드린 채 몸을 앞으로 가져가더니,

"그렇다면 뜻대로."

라며 머리를 내밀었다.

스님은 있는 힘껏 때렸다.

얘기는 이것이 전부였으나 그 사실이 고후 저잣거리의 백성들에

게 알려지자,

"과연 훌륭하셔."

라고 모두가 덴에몬의 심사를 헤아려 동정했다.

왜냐하면 덴에몬은 전장에 나갈 때면 늘 투구의 장식용 뿔과 부대의 깃발에도 장기의 말인 '향차'를 표식으로 쓸 정도의 용사라는 사실을 모두가 알고 있기 때문이었다.

뒤로는 물러나지 않겠다―는 의지를 그 투구의 뿔과 깃발의 '향차'로 공약한 사람이었다. 그런 사람이 기백도 없이 그저 스님의 세력이 두려워 그처럼 주먹으로 머리를 때리게 했을 리 없다고 누구나 짐작할 수 있었기에 한층 더 감동적으로 전해진 것이었다.

이는 훨씬 뒤에 오사카(大阪) 성에서 있었던 기무라 시게나리(木村重成)의 일화라고 알려져 시게나리의 인품을 알 수 있는 일화 가운데 하나가 되었지만, 덴에몬 쪽이 그보다 먼저 민간에서 이야기되어진 듯하다.

―그야 어찌됐든.

이곳 사이조산의 진중에서 사자인 하지카노 덴에몬은 귀신잡는 고지마 야타로의 안내를 받아 마침내 겐신이 있는 곳까지 갔다.

겐신은 보고를 받고 벌써부터 걸상에 앉아 기다리고 있었다.

눈 안의 사람

사자를 맞은 것은 근시인 와다 기베에였다. 진막 바깥에 서서 이쪽으로 오는 적의 사자를 기다리고 있었다.

'……아아, 고요하구나.'

귀신잡는 고지마 야타로와 그 외의 사람들에게 안내를 받아 여기까지 온 사자 덴에몬은 자신도 모르게 발걸음을 멈추고 주변 나무들의 가지 끝과 새들의 지저귐 등을 올려다보았다.

그리고 마음속으로 가만히,

'피비린내 나는 옷을 갈아입고 오기를 잘했군.'

이라고 생각했다. 살벌한 풍채로 흥분해서 왔다면 그만큼 웃음거리가 됐을 거라 생각했다.

그 정도로 주위의 분위기는 고요했다. 갑주의 그림자와 창칼의 빛은 보여도 결코 홀로 온 사자를 위협하는 듯한 모습은 아니었다. 엄숙함을 가장한 허세 같은 것도 느껴지지 않았다.

게다가 100평쯤 되는 막사의 울타리 주변은 깔끔하게 비질까지 되어 있었다. 마치 은거자가 사는 산속의 한가로운 거처 같았다. 깔끔하게 비질을 한 흙 위에는 솔잎이 떨어져 있었다.

겐신이 여기에 진을 친 것은 16일 무렵, 그리고 오늘은 28일이었다. 그 사이에는 비도 내리고 바람도 불었다. 따라서 비와 이슬을 피하기에 충분한 임시 가옥의 지붕도 울타리 안으로 보였는데, 거기에는 삼나무 껍질과 노송나무 껍질 등이 덮여 있었다.

"사자 나리. 저희는 여기서 이만 물러나겠습니다. 지금부터는 영접관의 안내를 받으시기 바랍니다. 바로 앞에 보이는 것이 저희 겐신 공께서 계신 곳입니다."

야타로 들은 임무를 넘겨준 뒤 기슭 쪽으로 내려갔다. ─당연히 덴에몬의 몸은 와다 기베에의 손으로 넘어갔으며, 기베에가 그를 안내하여 막사 사이로 난 좁은 길을 몇 번이고 돌아들어 갔다.

"앉으시오."

라는 말을 듣고 사자 덴에몬은 마침내 눈앞의 한 겹 얇은 천 너머에 겐신이 있다는 사실을 깨달았다.

주어진 방패 위에, 그는 조용히 앉았다. 진중에서 방패는 깔개였으며, 거기에 앉으려면 무릎을 꿇을 수 없었다. 책상다리를 하고 앉아야 했다.

"……."

똑바로 쳐다보고 있던 눈앞의 막이 소리도 없이 걷혔다. 동시에 덴에몬은 머리를 숙였다. 그리고 겐신의 목소리가 들려옴과 동시에 그 머리를 들었다.

"다케다 가의 신하인 하지카노 덴에몬이신가? 얼마 전부터 대치한 채 아직 일전도 치르지 못했는데 이렇게 긴히 오신 사자, 대체 어떤 말을 이 겐신에게 전하시려는 게요? 기잔 대거사가 의탁하신 말씀, 바로 해보시기 바라오."

겐신의 말이었다.

덴에몬은 여기서 다시 한 번 머리를 숙였다. 질문에 대한 대답은 굳이 서두를 필요 없다, 자기 자신에게 이렇게 말하며 마음속에서 몇 번인가 호흡을 가다듬는 동안 그는 가만히 시선을 고정시켜 처음 보는 후시키안 겐신이라는 인물의 됨됨이를 그 눈 안에 새겨 두었다.

접대를 위한 음식

겐신은 잔디에 걸상을 놓고 지극히 청초한 모습을 그에게 내보이고 있었다.

검은 실로 미늘을 엮은 갑옷 위에 국화와 오동나무 무늬의 망토를 두르고 가죽 칼집 속의 대검을 옆에 차고 있을 뿐이었다. ─단지 나무 사이로 쏟아지는 가을 햇살에 갑옷의 금속과 대검의 금속류가 몸을 움직일 때마다 반짝여 그것이 사람의 눈을 매우 부시게 했다.

하지만 겐신의 눈빛은 애써 사람을 제압하려는 듯한 것이 아니었다. 살집이 두툼한 뺨에 선가에서 쓰는 녹갈색 두건의 자락이 드리워져 있었다. 그 부드러움과 그의 눈빛은 조화롭지 못한 것이 아니었다.

특히 덴에몬의 시선을 끈 것은 한쪽 구석에 놓여 있는 17현 당금(唐琴)과 작은북이었다. 남만철[28])에 은으로 볼가리개를 달아 묘친[29])이 만든 투구가 그 옆의 갑옷궤 위에, 상주하는 집의 방에 장식해놓은 보물처럼 놓여 있었다.

거문고와 갑옷.

그리고 이 사람.

덴에몬은 서로를 번갈아보았다. 아니, 그것은 이미 부수적인 것이었으며 그는 삼가 겐신에게, 사자로서 듣고 온 말을 그대로 전하고 있었다.

"─주군이신 신겐 공께서 말씀하시기를, 이번의 도전이야말로

---

28) 南蛮鉄. 서양식으로 정련한 쇠.
29) 明珍. 갑주를 만드는 장인의 집안 이름.

유감천만이오. 와리가타케에서의 지난번 일 때문에 노여움을 산 것이라 짐작은 하고 있소만, 거기에는 다른 이유가 있었고, 또 그럴 마음이 있었다면 어떻게든 화담을 진행할 수도 있었을 텐데 그렇게 하지 않고 불시에 출진— 이렇게 된 이상 에이로쿠 원년(1558)의 조문도 이미 파기하신 것이라 생각할 수밖에 없소. ……고슈 군에 가담한 세력들도 그렇게 알고 여기까지 인사를 드리러 온 것이오."

"흠, ……그래서?"

라며 겐신은 보조개를 만들었다.

덴에몬이 어조에 약간 힘을 주어 말했다.

"—따라서 주군 신겐 공께서 말씀하시기를, 고에쓰 양쪽의 집안 이 이 산천에 전쟁의 회오리바람을 일으켜 서로의 군대와 군략을 겨루기를, 대전은 서너 번, 작은 다툼은 몇 십 번인지 헤아릴 수 없을 정도. 천하의 웃음거리이자 백성들에게는 고통스러운 일이니 이번에야말로 흔쾌히 일대 결전을 벌여 자웅을 가리고 승패를 분명 히 하고 싶다는 뜻을 겐신 공에게 잘 전하라고 하셨습니다."

"오호, 그런가. 우리도 원하던 바요. —겐신도 역시 같은 생각이 라고, 돌아가시거든 잘 좀 말씀해주시오."

"그렇다면 기탄없이 여쭙겠는데, 사이·지쿠마 2개의 강을 건너 이처럼 적진 깊숙이 들어와 진을 치신 일은 과연 뛰어난 무용, 독자 적이고 대담한 전략이라고 신겐 공께서도 감탄하셨으며 무문에서 태어나 좋을 적을 얻었다고 말씀하셨습니다만, 귀하께서는 앞으로 가이즈 성을 공략하여 취하실 생각이신지, 혹은 이대로 신겐 공과 평지에서의 일전을 치르실 생각이신지, 여쭙고 오라는 주군의 명이 있었습니다. —분명하게 대답을 해주셨으면 합니다."

"이거 참 근래 보기 드문 친절이시군. 와리가타케의 일도 그렇고 또 이번의 전장도 그렇고, 부른 것도 자리도 주역은 가이의 기잔 대거사라 생각하오. 그쪽은 주인, 이쪽은 손님. ─그렇다면 접대를 위한 상의 음식이 간소하든 산해진미로 대접하든 주인의 뜻대로 시작하시면 될 일이오. 겐신과 그 외의 무리들은 모두 북국에서 자라 이와 잇몸이 튼튼한 자들, 상차림 때문에 고심을 하실 필요는 없을 것이오. 하하하……, 우선 대답은 위와 같소. ─덴에몬이라고 하셨는가? 오늘의 발걸음, 수고하셨소."

라며 겐신은 자신 쪽에서 먼저 대담을 마무리 짓고 곁에 있던 노장에게 무엇인가 명령을 내린 뒤, 뒤편의 막을 들어 임시 가옥 속으로 들어가버렸다.

안내 역할을 맡은 와다 기베에가 노장의 말을 들은 뒤, 자리에 남겨진 사자를 데리고 막사의 울타리 밖으로 나가 다른 임시 가옥에 자리를 마련하여 술과 안주를 대접했다.

"주군 겐신 공의 마음입니다. 진중이라 아무것도 없지만, 그저 도시락 대신이라 생각하시고."

이러한 와중에 온 사자에 대한 세심한 배려를 느끼며 덴에몬은 술잔을 받았다. 기베에는 생나무로 깎은 네모난 쟁반에 안주를 나누어 담고,

"지금 귀신잡는 고지마 나리를 이곳으로 불러드릴 테니 천천히 이야기를 나누시기 바랍니다."

라며 인사를 하고 자리를 떠났다.

강가의 꽃

쟁반 위의 안주를 보니 이 부근에서 얻을 수 있는 민물고기나 채소가 아니었다. 에치고의 바다에서 잡은 것이었다. 그리고 설국의 진미였다. 술은 물론 청주가 아니었다. 그러나 가이나 시나노의 그것과는 비교가 되지 않을 정도로 향기로웠다. ―이러한 것까지 가지고 왔을 정도이니 틀림없이 군량은 어마어마한 양을 가지고 왔으리라.

덴에몬은 바로 그런 것들을 생각하고 있었다. 그러는 사이에 귀신잡는 고지마 야타로가 홀로 접대를 위해서 왔다.

"여기서는 아무것도 신경 쓰지 마시고 편하게 드십시오."

야타로는 우선 자신이 먼저 편안한 모습을 보였다. 그리고 이렇게 말했다.

"주군께서는 예전에 이 야타로가 고후의 저잣거리로 숨어들었을 때, 귀공 덕분에 어려움 없이 구니 밖으로 나올 수 있었다는 사실을 제게서 들어 알고 계십니다. 그렇기에 일부러 제게 접대 역을 맡기시어 옛정을 나누라고 은혜를 베푸신 듯합니다. ……늦었지만 감사의 말씀 올리겠습니다. 그때는 저를 놓아주셔서 참으로 은혜를 입었습니다. 덕분에 이후 에치고로 돌아와 이렇게 주군을 모시고 있습니다."

"아니, 아니. 감사 인사를 받다니, 제가 오히려 당혹스럽습니다. 귀공께서는 어떻게 생각하고 계실지 모르겠으나, 덴에몬에게는 적의 간첩으로 든 자를 놓아준 기억이 전혀 없습니다. ―단지 귀공께서 모습을 바꾸시어 고후의 대장간에서 일하시던 모습은 기억하고 있습니다. 그러나 적과 아군 사이에 그러한 일은 흔히 있는 일이라 할 수 있을 것입니다."

"아아, 그 말씀을 들으니 떠오른 것이 있습니다. 귀공께서는 따님을 몇이나 두셨습니까?"

"딸들을 물으시는 겝니까?"

갑작스러운 질문에 놀란 것이리라. 덴에몬의 눈에 그런 빛이 어렸다. 이 전장의 하늘 아래, 그것도 사자로 찾아온 적진 속, 몸 어디를 찾아보아도 전혀 없었던 생각을 굳이 들추려 하는 데서 오는 당혹감이었다.

"장녀와 차녀 모두 다른 집으로 이미 시집갔으며, 그 외에 딸이라고 할 만한 사람은 없습니다만."

"아니, 계시지 않습니까."

야타로가 웃음 띤 입에 잔의 술을 머금었다.

"제가 고후로 들어갔을 때, 그 무렵 아직 10살도 되지 않은 귀여운 따님이 틀림없이 계셨습니다. 거리에서도 보았고 신사의 뜰에서도 보았기에 분명히 기억하고 있습니다. ─그런데 그 후, 시간이 흘러서 바로 그 사람을 가스가야마의 성 아래 마을에서 보았습니다. 놀랍게도 그 아이는 우에스기 가의 신하인 구로카와 오스미의 집에서 하인으로 일하고 있었습니다. 알아보니 젠코지 부근에서 어떤 자의 주선으로 오스미 가 외동딸의 몸종으로 들인 것이라고 했었습니다. ……이름은 쓰루나(鶴菜). 입술의 왼쪽 옆에 점이 있습니다. 그리고 어딘가 귀공의 얼굴을 닮은 구석도 있습니다."

"……."

"덴에몬 나리, 젠코지로 참배라도 가셨다가 그러한 따님을 길에서 잃으신 기억 없으십니까? 혹시 찾고 계시다면 있는 곳을 알려드리겠습니다."

전국시대 무사의 두둑한 뱃심이 이때는 이미 덴에몬의 마음속에도 되살아나 있었다. 갑자기 손에 든 술잔에서 술이 쏟아질 정도로 웃음을 터뜨렸다.

"아아, 그 말씀을 들으니 저도 생각이 났습니다. 말씀대로 몇 년 전에 젠코지 부근에서 막내딸이 길을 잃은 일이 있었습니다. 에치고로 들어가 살게 된 그 아이를 귀공께서 발견하셨다니 참으로 기이한 인연입니다. 아마도 한창 좋은 나이가 되었겠지요. 그렇다고 해서 특별히 보고 싶다는 마음도 들지 않습니다. 그 아이가 있는 곳에 그냥 놓아두고 하늘의 뜻에 맡기도록 하겠습니다. 어차피 길을 잃은 아이이니."

"참으로 매정한 아버지이십니다. 그 아이가 있어야 할 곳에 있다면 그것도 상관없을 테지만, 제가 알고 있는 바에 의하면 쓰루나는 이미 에치고에는 없습니다. 그것도 극히 최근에 에치고에서 벗어나 부모형제가 살고 있는 하늘 아래로 향했습니다. 그런데 안타깝게도 고슈 땅을 채 밟기도 전에 이 부근에서 다시 길을 잃고 만 모양입니다. 이번에는 친아버지께서 거두어주셨으면 좋겠다고 생각하고 있을 것입니다."

"아니, 이 부근에서─."하며 덴에몬은 자신도 모르게 술잔을 아래에 내려놓았다. 그 순간 그는 다시 아버지의 마음으로 되돌아가 있었다. 아무리 끊으려 해도 끊을 수 없는 것에 연결되어 있는 자신의 몸을 초조하다는 듯 앞으로 내밀었다.

"……정말입니까, 그것이. 지금 하신 말씀이."

"어찌 이러한 농을 이러한 때에."

"어, 어째서 그 아이가 이 부근에."

"자세한 사정은 모르겠으나 어제 저녁, 지쿠마가와의 맞은편 강가에 어디에서 왔는지 모를 나그네 차림의 여자가 있었습니다. 여물을 베러 나온 다케다 쪽의 군부에게 길이라도 묻고 있는 듯했습니다. 평소부터 이 사이조산에 있는 감시병들은 다케다 군이 나타나면 그냥 두지 않았습니다. 네다섯 자루의 총을 나란히 하여 인부들을 쏘았습니다. 안타깝게도 그 가운데 한 발이 쓰루나의 몸 어딘가에 맞았습니다. ―어딘가 닮았다며 이 산에서 그녀를 응시하고 있던 제가 큰일이다 싶어 달려 내려가 감시병들을 제지했을 때는 이미 손을 쓸 수가 없었습니다. 바로 강을 건너가 구하려 했으나, 순간 강 이쪽으로 다시 데려오는 것이 쓰루나에게 행복일까, 불행일까 하는 생각이 들었습니다. ―오늘 날이 밝은 뒤 바라보니 쓰러져 있는 모습은 보이지 않았습니다. 감시병들의 말에 의하면 풀을 베러 나왔던 인부들이 저녁 어둠을 이용해서 어딘가 멀리로 짊어지고 갔다고 합니다. ……어딘가 다치기는 했지만 목숨은 붙어 있었던 듯합니다. 아침부터 그 생각을 하고 있던 차에 마침 맞은편 강가의 적진에서 귀공이 사자로 오셨습니다. 우연이 아닙니다. 젠코지의 여래님께서 인도하신 것일지도 모릅니다. ……진중의 일에 여념이 없으시어 시간이 날 리는 없겠지만, 혹시 잠깐이라도 짬이 난다면 이 가와나카지마 부근, 그리 멀지 않은 백성의 집에서 치료를 받고 있으리라 여겨지니 찾아보시기 바랍니다. 아니, 여래님의 손길을 내밀어주시기 바랍니다."

야타로가 술병을 들어 사자의 잔에 따르고, 또 자신의 잔에도 따라 거푸 술잔을 거듭했다.

덴에몬이 문득 자리에서 물러났다.

"베풀어주신 따뜻한 정, 감사합니다. 충분히 마셨습니다. 주군께도 잘 좀 전해주십시오."

"돌아가시겠습니까?"

"지금은 저의 사사로운 감정을 드러낼 수 없는 자리입니다. 오래 머무는 것은 좋지 않을 듯합니다. ……그리고 조금 전에 베풀어주신 마음에는 뭐라 감사의 말씀을 드려야 할지 모르겠습니다. 갑옷을 벗으면 저 역시도 세상의 아버지들과 다를 바 없는 자입니다만, 이렇게 갑옷을 갖춰 입고 나면 설령 눈앞에서 부모의 죽음, 아내의 눈물, 자식의 피를 본다 할지라도 이 몸과는 아무런 상관도 없는 일입니다. 저의 싸움만이 있을 뿐입니다. ―따라서 지금 미리 말씀 드리겠습니다만, 오늘 여기서 귀공과 술잔을 주고받았으나 내일 사이가와·지쿠마가와의 강가에서 병마 사이로 귀공의 모습이 보인다할지라도 하지카노 덴에몬의 창끝은 조금도 무뎌지지 않을 것입니다."

"신경 쓰실 필요 없습니다. 그 일이라면 이 귀신잡는 고지마 야타로도 마찬가지입니다."

빙그레 웃고 그도 자리에서 일어났다.

"―그럼, 기슭까지 안내해드리겠습니다."

허상과 실상

양산을 쓴 사자의 배는 다시 지쿠마가와의 물을 건너 맞은편으로 돌아갔다.

멀리 아마미야의 나루터 일대에 번져 있는 고슈 군의 기운이, 사자가 돌아오기를 얼마나 기다렸는지 그 모여든 깃발이 펄럭이는 소리로도 알 수 있을 정도였다.

"하지카노 나리가 지금 돌아오셨습니다."

중군에 있는 신겐에게 숨이 넘어갈 듯한 어조로 이런 말이 전해지자 막사 안의 공기가 갑자기 술렁이기 시작했다. 덴에몬이 성큼성큼 다가와 신겐과 그 일족과 각 장수들이 있는 걸상에서 멀리 떨어진 곳에 엎드렸다.

"……어떻게 되었는가?"

신겐의 물음이었다.

솔직한 물음에 솔직한 대답으로 덴에몬은 보고 온 것을 이야기했다.

"―적의 진영은 매우 차분했습니다. 겐신의 눈가에도 필승을 확신하는 듯한 여유가 엿보였습니다. 또한 장사들도 모두 죽음을 맹세하고 구니를 출발하여 온 듯한 느낌이었습니다. 진중의 청초함, 질서 정연함, 한 치의 흐트러짐도 보이지 않았습니다. 어리석은 판단일지 모르겠으나 이상을 종합하여 짐작해보건대, 사이조산의 포진은 결코 그의 무모함, 오판에 의한 계책은 아닌 듯합니다. 그렇다고 해서 역시 계획이 있는 병략이라고도 여겨지지 않습니다. ― 이는 무계책의 계책, 무방책의 방책이라고 할 수 있을 듯합니다.

알몸을 드러내고 있는 것 같은 진입니다. 목숨을 버리고 공격해 들어오겠다는 태세입니다. 그게 아니라면 주장인 겐신의 중군에서 그처럼, 선종의 사찰과 같은 허(虛)가 느껴질 리 없습니다. 허즉실(虛卽實)입니다. 그곳에 도착한 순간 뭔가 몸이 오싹해지는 듯한 허상과 실상의 양면에 짓눌린 것 같은 느낌이 들었습니다. 행여라도 그곳을 야습하겠다거나, 새벽에 급습하겠다는 생각을 해서는 안 됩니다. 실상의 알맹이에 휩싸여서도, 허상의 껍데기에 현혹되어서도 전부 살아 돌아오지는 못할 것입니다."

라고 누누하게 말했다.

물론 이쪽의 말에 대한 겐신의 대답도 있는 그대로, 토씨 하나 바꾸지 않고 들려주었다.

신겐은 입을 다문 채 처음부터 끝까지 귀를 기울였다. 털이 자라 있는 귓구멍 옆의 한 줄기 혈관이 팽팽하게 부풀어 있었다.

해가 저물기까지 그 진중은 이래저래 부산스러웠다. 그것은 사이조산의 중군과 전혀 상반되는 모습이었다. 신겐이 있는 막사에서는 그의 일족과 고슈의 쟁쟁한 장수들이 한나절이나 머리를 맞대고 논의했으며, 그 사람들이 수시로 드나들고 있었다. 진 밖의 마필까지 참으로 소란스러울 만큼 흥분하여 울부짖고 있었다.

먹물과 같은 가을밤이, 다시 벌레의 울음소리와 별뿐인 천지를 만들었다. 각 진에서 안개처럼 밥 짓는 연기가 피어오른 뒤 얼마 지나지 않아서 다케다 군의 기치가 서서히 움직이기 시작했다. 지쿠마가와의 상류를 향해서. 물론 사이조산의 적이 이를 응시하고 있으리라 생각하지 않으면 안 되었다. 이동 중의 측면을 향해서 언제 맞은편 강가에서부터 총알을 빗발처럼 퍼붓고, 기병대가 물보라를 일으키며 맹렬히 돌격해 들어올지 알 수 없는 일이었다. 그에 대한 대비를 충분히 하며—, 매우 위험한 퇴각을 적의 눈 아래서 행하는 것이었다.

그 길게 이어진 검은 물결은 지쿠마가와의 강물보다 폭이 넓고 긴 것처럼 여겨졌다. 그리고 밤이 깊었을 무렵, 선봉의 일부는 이미 지쿠마의 지류인 히로세(広瀬) 부근을 건너고 있었다.

"……읽었다, 신겐의 속내를."

사이조산 위에서는 겐신이 틀림없이 이렇게 중얼거렸으리라. — 고슈 군이 히로세를 건너기 시작했다는 것은 곧 그 전군이 가이즈 성으로 들어갈 것이라는 사실을 짐작하기 어렵지 않기 때문이었다. 우선 가이즈 성으로 들어가 그곳의 아군인 단조의 부대와 합쳐 그 병력을 더욱 늘인 뒤, 신겐이 온갖 지략과 대비로 이 사이조산에 답하려는 것이라는 사실을 겐신의 가슴속에서는 북두칠성을 헤아리는 것처럼 분명하게 알 수 있었다.

뭍 위의 섬들

전략적인 눈으로 평야를 바다라고 본다면, 곳곳에 산재해 있는 언덕이나 산은 그것을 대양의 섬들이라고 보아 그 이용가치를 생각할 수 있게 된다.

겐신이 사이조산에 진을 친 것은 전진 거점으로 일찌감치 그 땅의 유리함을 점한 것이며, 신겐이 평지에서 진을 거두어 가이즈

성으로 들어간 것도,

'사방이 드러난 땅에서 오래 머무는 것은 위험하다.'
라고 생각했기 때문이리라.

그런 의미에서는 성도 역시 하나의 섬이라고 할 수 있으리라. 천연의 험지에 인공을 가미한 뭍의 요새이자 항구다.

가이즈 성은 3면에 산을 업고 있으며, 서쪽만이 항구의 입구처럼 평야와 이어져 있었다. 그 아래를 지쿠마가와가 흐르고 있어서 천연의 커다란 바깥해자를 이루고 있었다.

"가이즈 성을 보기 전에는 성에 대해서 이야기하지 말라."

이는 축성술에 커다란 관심을 가지고 있던 당시의 무장들 사이에서 흔히 오가는 말이었다.

가이의 명장인 바바 민부쇼유 노부하루가 고심 끝에 쌓은 것이라고 하는 자도 있으며, 아니 야마모토 간스케의 구상이라고 말하는 자도 있다.

그야 어찌됐든 이곳은 에치고노쿠니에 대해서 언제나 말없이 존재를 과시했다. 다케다 군의 촉수였다.

다케다 군 입장에서 보자면 일이 있을 때마다 에치고와의 접경지대인 이 멀리까지 고후에서 출동하여 온다는 것은 보통 일이 아니었다.

따라서 요새에 상비군을 둘 필요가 있었으며, 또 대군이 출동했을 때의 거점이 되기도 하고, 그것이 장기전이 된다면 그 창고의 식량, 여물, 무기, 탄약 등이 매우 중요한 역할을 담당하게 되어 있었다.

이러한 조건을 갖출 필요는, 물론 우에스기 군에게도 있었다.

고후에서 여기까지의 거리를 헤아려보자면, 우에스기 군의 본국에서 여기까지가 거리는 훨씬 가까웠지만 길이 매우 좋지 않았기에 역시 본국을 떠나 외지에서 전투를 치르는 것이나 다를 바 없었다.

따라서 그에게도 미노치군(水內郡)의 북쪽에 다부사야마(髻山) 요새가 있었다. 그러나 겐신은 그러한 거점을 멀리 뒤에 두고 적지 깊은 곳까지 남하해 있었던 것이다.

또한 아사히야마(旭山) 성은 젠코지와 사이가와 중간에 있어서 다부사야마 요새보다 이 전장에서 가깝기에 그곳에 크게 의지해야 할 거점임에도 불구하고 겐신은 그곳조차 멀리 지나친 채 돌아보지 않았다.

처음 신겐이 자우스야마에서 아마미야 나루터로 옮겨 진을 치고 그 아사히야마 성과 사이조산 사이를 차단했을 때도, 사이조산의 겐신은 기꺼이 사지를 택하여 그 고립을 영광으로 여기고 있는 것처럼 보였다. 40여 년의 반평생을 오늘까지 거의 전장에서 보내온 신겐도 아직 이러한 적은 본 적이 없었으며, 그러한 진법이 있다는 사실조차 알지 못했다.

탁목의 전법

총안의 바깥은 젖빛으로 흐려져 있었다. 안개인지 보슬비인지 모를 것이 내리고 있는 모양이었다.

"효부는 어떻게 생각하는가? 기탄없이 말해보게."

신겐의 눈빛이 쏟아졌다. 호박구슬 같은 눈이었다. 그 눈의 움직임을 중심으로 오늘도 군사회의가 열렸다.

가이즈 성 안이었다. 커다란 부처의 뱃속에라도 있는 것처럼 어두컴컴하여 동굴 같다는 느낌이 들었다.

낮이었으나 곳곳에 초가 놓여 있었으며 음울하게 반짝이고 있었다.

회의에 참석한 것은 일족, 숙장, 성주인 고사카 단조 등, 극히 한정된 사람들뿐이었다.

오부 효부 도라마사(飫富兵部虎昌)는 고슈의 맹호라 불리는 용장이었다. ─신겐이 묻자 그는 자신의 별명에 어울리게 망설이지 않고 이렇게 말했다.

"이처럼 헛된 장기전도 매일 열리는 회의도, 저로서는 쓸모없는 일이라 말씀드릴 수밖에 없습니다."

"쓸모없는 일이라."

"그저 사기를 저하시키기만 할 뿐입니다. 1만 8천의 군이 고후를 출발할 때는 그대로 사이조산을 단번에 짓밟고 대거 에치고의 땅까지 밀고 들어갈 듯한 기세였습니다. 그런데 그렇게 하지는 않고 덧이 진형을 바꾸고, 적을 엿보고, 겐신의 마음을 가늠하는 등 평소와 달리 망설임을 내보이시며, 또 이 성으로 들어와 이처럼 매일 회의로 시간을 보내고 계시기에─ 당연히 군은 무료함에 지치려 하고 있습니다."

오부이기에 이러한 직언을 할 수 있었던 것이리라. 신겐은 말없이 두툼한 턱을 위로 약간 쳐든 채 듣고 있었다.

─그래서?

라고 다음 말을 기다리는 듯한 얼굴을 하고 있자니 효부가 더욱 강한 어조로 말했다.

"아무런 생각이 없는 그림자도 생각이 있는 것처럼 바라보면 여러 가지로 해석할 수 있는 법입니다. 적이 사이조산에 진을 친 것을 놓고 겐신의 마음을 헤아리려 하는 것은 마치 달밤의 그림자는 전부 미심쩍은 것이라 의심하는 어리석음과도 같은 것입니다. 제가 보기에 겐신에게는 아무런 책략도 없는 듯합니다. 그에게는 아무런 계책도 없으며, 그저 아군의 쓸데없는 생각에 지나지 않습니다. 스스로 자신의 그림자를 바라보며 그것을 해석하려 고심하는 것과 다를 바 없습니다."

"흠, 그 말에도 일리가 있소."

신겐은 굳이 타박하지도 않았으며, 반대 의견을 내지도 않았다. 천천히 사나다 유키타카(真田幸隆)를 돌아보며,

"그대는?"

하고 물었다.

유키타카는 짧게,

"효부의 말씀 지당하다 생각합니다."

라고만 대답했다.

"쇼요켄은 어떻게 생각하시오?"

옆에 있는 동생을 향하여 신겐은 다시 같은 질문을 했다.

다케다 쇼요켄도 대략 오부 효부의 말을 지지하고,

"이러는 사이에 에치고에서 다시 대부대가 원조를 와서 아군의 뒤를 끊거나, 혹은 더욱 뜻밖의 작전을 펼칠지도 모를 일입니다. 그렇게 된다면 이는 적에게 선수를 빼앗기는 셈이 됩니다."

라고 덧붙인 뒤,

"또한 이곳 신슈는 거의 대부분이 이미 고슈의 세력 하에 있는데 그러한 신슈로 깊숙이 들어와 진을 친 겐신에 대해서, 더구나 적보다 훨씬 더 많은 대군을 가진 저희 고슈 군이 의심하고 망설여 언제까지고 손도 쓰지 않고 행동도 하지 않는다면, 마치 겐신의 기량을 두려워하고 있는 것처럼 보여 신슈 각 군의 민심에 영향을 주지 않을까 염려됩니다. 따라서 결단은 하루라도 빠른 편이 좋으리라 여겨집니다."

"흐음."

신겐은 그 말에도 고개를 끄덕였다.

그리고 혼잣말처럼,

"회의 때면 언제나 이 신겐에게 좋은 의견을 들려주던 노인인 오바타 야마시로 뉴도는 병들어 세상을 떠났고, 하라 미노도 역시 지난번의 와리가타케 공략 때 커다란 부상을 입고 누워 있어서, 바로 지금 두 사람의 말을 듣지 못하는 것은 참으로 쓸쓸한 일이군. ―이번에는 도키에게 묻겠네. 도키, 그대의 생각은?"

이라며 야마모토 간스케 뉴도 도키 쪽으로 얼굴을 돌렸다.

간스케는 견실한 노인이었다. 이 나이 든 참모의 의견은 언제나 신겐과 상반되는 경우가 많았다. 왜냐하면 신겐은 과감하게 결단하고 바로 행동하는 데 반해서 이 노인은 매우 신중했기 때문이었다.

그러나 이번에는 반대였다. 언제나 적극적이었던 신겐은 여전히 움직일 기색을 보이지 않았으나, 늘 소극적이기만 하던 야마모토 도키는 입을 열어 이렇게 명쾌하게 권했다.

"어느 분이셨는지 처음에 적은 계책이 없다고 갈파하신 말씀,

그 한마디에 모든 것이 담겨 있다고 저도 생각하고 있습니다. 단, 그 계책 없음은 무지에, 무모함에 기인한 것과는 전혀 다릅니다. 생각건대 겐신의 그것은 이번 일전에 생사를 걸고 다시는 살아서 에치고의 땅을 밟지 않겠다— 이기지 않고는 밟지 않겠다—고 무시무시할 정도로 다짐을 한 결사의 계책 없음이라 봐야 할 듯하니, 저희 아군도 그들에게 뒤지지 않을 만큼 필사의 각오로 임하지 않으면 안 되리라 여겨집니다. 그리고 그 사실을 알았다면 아무것도 망설일 것이 없습니다. 저들의 소망대로 단번에 분쇄, 격멸을 맛보게 하는 것이 아군에게도 유일한 방침이라고 말씀드릴 수밖에 없습니다."

"그렇다면 대부분의 사람들이 속전속결에 나서자는 의견인가?"

"우선……."하고 서로가 서로의 얼굴을 둘러보고,

"그렇게 결정된 듯합니다."

"알겠네."

신겐이 두툼한 무릎을 움직여 자세를 바꾸었다. 그리고 처음으로 자신의 결의를 밝혔다.

"회의도 오늘로 마지막이오. 겐신에게 아무런 계책도 없음을 이 신겐도 지금은 알게 되었소. 겐신 스스로가 시체로 이 땅을 메우러 왔다면 신겐도 흔쾌히 후회 없는 일전을 치를 생각이오. —도키, 이번 싸움에서는 탁목(啄木)의 전법을 써보려 하는데 어찌 생각하시오?"

"탁목의 전법이라 하셨습니까? 과연 밝은 헤아림. 이러한 때에 저러한 적, 지극히 절묘합니다."

그때 성 바깥의 해자 부근에서 뭔가 부르짖는 커다란 목소리가 들려왔다. 자리에 있던 고사카 단조가 무슨 일일까 싶어 자리에서 일어나 총안으로 얼굴을 내밀고 아래를 내려다보았다. 신겐 이하 각 장수들도 모두 한동안은 입을 다문 채 단조의 등을 바라보고 있었다.

"흥분했군. ……아군의 보병들이 또 싸움이라도 하고 있는 것 아닌가?"

오야마다 빗추노카미가 뒤에서 묻자 단조는 총안에서 거두어들인 머리를 흔들며,

"아니, 아닙니다. 그제 밤에 은밀하게 풀어놓았던 정찰부대가 적에게 당해서 그 숫자가 줄었을 뿐만 아니라, 나머지 예닐곱 명도 모두 크고 작은 상처를 입은 채 지금 막 성문까지 돌아온 것입니다. ―저 모습으로 봐서는 아주 깊은 곳까지 들어갔다가 우에스기 군의 전초부대에 포위당해 간신히 살아 돌아온 듯합니다. 자세한 내용은 듣고 와서 다시 보고하도록 하겠습니다."

이렇게 말하고 신겐의 허락을 얻은 단조는, 서둘러 혼자 그 자리에서 물러났다.

탄 금

서로 치열하게 정찰부대를 주고받았다.

목숨을 걸고 적의 본진 가까이로 다가가는 것 외에 적의 핵심을 알 방법은 없었다.

정찰은 원래 소수의 인원으로 가는 것이 일반적이다. 한 명이나 두 명이 가는 경우도 있다.

그러나 가이즈 성에서 내보낸 소수의 정찰병 가운데서는 살아 돌아온 자가 없었다.

이에 고사카는 그제 밤에 25명이나 되는 정찰부대를 내보냈다. 이 정도면 적의 척후부대를 만나도 그들을 섬멸하고 보초병들 사이를 뚫고 들어갈 수 있을 것이며, 운이 좋으면 사이조산의 본진까지 접근했다가 한두 명쯤은 어떤 정보를 가지고 돌아올 수 있으리라 기대했던 것이다.

"마타로쿠, 돌아왔는가."

단조는 누에서 내려서자마자 지체하지 않고 성곽의 한 방으로 정찰부대의 대장인 다카이 마타로쿠(高井又六)를 불러들여 보고를 재촉했다.

마타로쿠도 왼쪽 팔에 부상을 입어 붕대 대신 헝겊으로 팔꿈치를 단단히 감싸고 있었다.

"다다를 넘어 오무라까지 갔었습니다만."

"뭐라, 오무라까지밖에 가지 못했단 말이냐."

"적의 복병에게 포위당해 한껏 고전을 면치 못하다가 7명만이 간신히 살아돌아왔습니다."

"나머지는 전부 목숨을 잃었느냐?"

"아닙니다. 그 전에 따로 2명을 농부의 모습으로 꾸며 호센지(法泉寺) 산 쪽으로 크게 우회해서 도쿠치 방면으로 숨어들게 했습니다. 그들이 살아 돌아온다면 사이조산의 상황도 알 수 있으리라 여겨집니다."

단조는 낙담했다.

병사를 잃었으나 얻은 것은 없었다. 이에 주군 앞에, 그리고 회의의 자리에 보고할 아무런 재료도 없었으나, 그로부터 이틀 뒤의 새벽에 더는 기대를 품고 있지 않았던 정찰병 가운데 한 명이 돌아왔다. 마타로쿠의 정찰부대와 헤어진 뒤, 산을 우회하고 또 우회하여 계획한 대로 사이조산의 본거지를 엿보고 온 수훈자였다.

그러나 그처럼 기껏 호랑이 굴까지 들어가 힘들게 적의 실상을 보고 왔으면서도, 공교롭게도 그 수훈을 세운 정찰병은 이 부근에서 태어난 나무꾼 출신으로 아둔하고, 우직함만이 장점인 사내였기에 단조의 질문에 대한 대답은 매우 애매하고 알아듣기 어려운 것이었다.

다음에 그 질문과 그의 대답을 기술하겠는데, 이런 식이었다.

"자네는 사이조산까지 갔다왔는가?"

"네. 갔다왔습니다."

"사이조산의 어느 부근까지?"

"산 위에서부터 곳곳을 돌아다녔습니다."

"어떻게 해서 적에게 붙잡히지 않은 게지?"

"저도 잘 모르겠습니다."

"사이조산에는 무엇이 있었는가?"

"우에스기 군의 무사들이 아주 많았습니다."

"산 위까지 올라갔었다면 겐신이 있는 본진도 보았겠군."

"네. 산 위에서 하룻밤을 보냈습니다."

"본진을 엿보았는가?"

"한밤중에 거문고 소리가 들려오기에 이건 좀 이상하다 싶어

나무 사이를 살금살금 기어서 거기까지 가보았습니다."

"거문고 소리가? ……. 거문고 소리는 또 뭔가? 꿈이라도 꾼 거 아닌가?"

"저도 처음에는 꿈인가 싶었습니다만, 들여다보니 대장인 겐신이 조그만 당금을 무릎 위에 올려놓고 뜯고 있었습니다. 그래서 역시 꿈은 아니로구나 생각했습니다."

"들여다보았다니, 어디를?"

"모닥불이 타고 있는 본진 안을."

"그랬더니 겐신이 깊은 밤에 홀로 거문고를 뜯고 있었다는 말인가?"

"혼자가 아니었습니다. 막사의 구석 쪽으로 물러나 젊은 장수, 머리가 하얀 장수 등 대여섯 명이 있었는데, 하나같이 졸고 있는 것인지 울고 있는 것인지 머리를 숙인 채 꼼짝 않고 앉아 있었습니다."

"겐신이 뜯는 거문고를 듣고 있었던 거겠지."

"그럴지도 모르겠습니다."

"그 신하들에게 겐신이 무슨 말인가를 했는가?"

"거문고를 뜯더니 비구름이 낀 하늘의 달을 올려다보며 작은 목소리로 노래를 불렀을 뿐입니다."

"진중의 사무라이들은 모두 활달해 보이던가?"

"말만은 기세 좋게 울부짖고 있었습니다."

"말을 묻는 게 아닐세, 적의 사기는 어떻게 느껴졌는가?"

"잘 모르겠습니다."

"군량은 있는 듯하던가, 없는 듯하던가?"

"없었습니다."

"없었는가."

"없었습니다."

"사기가 높은지 어떤지 잘 모르겠다던 자네가 군량의 유무에 대해서는 잘도 아는군."

"병사나 사무라이들이 먹는 것을 보니 현미가 아니었습니다. 좁쌀이나 마로 쑨 죽이었습니다. 그리고 짐말의 뼈가 버려져 있었습니다. 말고기도 먹고 있었습니다. 산속 어디에서도 쌀자루나 콩자루는 보이지 않았습니다."

"어떻게 해서 무사히 돌아올 수 있었는가?"

"아마미야에서 하류로 죽 내려가 하치만바라 맞은편을 걸어서 돌아왔습니다."

아무리 꼬치꼬치 캐물어도 결국은 이런 정도였다.

그러나 그 말을 전해들은 신겐은,

"그도 역시 용사다."

라고 말했다.

그리고 두둑한 포상을 명한 뒤, 적의 상황에 대한 그 알쏭달쏭한 자료를 면밀하게 살펴보아, 그로서는 뭔가 충분하게 얻어낸 것이 있는 듯했다.

달이 바뀌어 벌써 9월 초순이었다. 지난 달 16일부터 이곳에 진을 친 지도 이미 20여 일이 지난 우에스기 군은 상당한 양의 군량을 저 산으로 옮기지 않은 이상, 식량의 결핍이 시작되었으리라는 점은 쉽게 상상해볼 수 있었다.

목숨을 버리겠다는 결사의 의지로 포진한 그의 군도 그 사이에 사기가 떨어졌으리라. 필사의 기백도 한순간의 것이다. 그 날카로운 기운이 사그라지고 나면, 다시 평소의 번뇌로 되돌아간다.

지금 겐신 이하 그의 부하들은 스스로 흔쾌히 여겼던 무계책의 진에 오히려 허무함을 느끼고 위험을 깨달아, 물러나려 해도 물러나지 못하고 나아가려 해도 나아가지 못한 채 사이조산 일대를 산송장의 무덤으로 만들고 있는 것이다. 그렇다, 틀림없이 그럴 것이다.

신겐은 그렇게 생각했다.

그리고 그들을 격멸하려면 서둘러서도 안 되리라, 오히려 앞으로 며칠은 더 그냥 보내는 것이 상책일지도 모르겠다고 생각했기에, 남몰래 그가 획책하고 있는 탁목의 전법이라는 것을 빈틈없이 계획하고, 또 충분한 효과를 거두기 위한 인원의 할당, 부장의 배치, 시각, 행동, 지리 등을 낱낱이 연구하여 준비에 착수했다.

그 탁목의 전법이라는 것은, 나무의 빈 구멍 깊이 숨어 쉽게는 밖으로 나오지 않는 벌레들을, 나무껍질의 측면에서 부리로 두드려 겁을 먹은 벌레들이 줄줄이 밖으로 나오면 그것을 마음껏 집어삼키는 새의 탁목이라는 지혜를 그대로 이념으로 삼아 천지도 떨 만한 일대 살육전을 펼치는 전법이었다.

백옥 1만 3천 알

장기전이 펼쳐지면 지치기 쉽다.

적에게는 강한 병사여도 따분함과 싸우는 것은 쉬운 일이 아니다.

지치고— 질린다.

이 해이해진 마음에서 안개처럼 피어오르는 적은 걸핏하면 불평을 늘어놓게 하고, 두려움을 자아내고, 전우의 흠을 들춰내어 불화를 일으키게 하고, 또 향수를 느끼게 하는 등— 온갖 번뇌의 약점을 파고들어 하늘을 찌를 것 같던 사기까지 무너뜨리려 덤벼든다.

단 하루만 해도 길고 긴 전장이다. 그것을 스무 날이고 한 달이고 대치만 한 채 가만히 숨을 죽이고 있는 병사들은, 밖에서는 싸우지 않지만 사실은 개개의 마음속에서 전투 이상의 싸움을 하고 있는 셈이다.

—극기!

자신과의 싸움이다. 이는 또 바깥의 적에게 이기기보다 더 어렵고 그 이상으로 격렬한 기력을 필요로 하는 것이며, 장기전이 될수록 더욱 강력해져서 하루하루 소리 없는 고투를 펼치게 만든다.

그러나.

신기하게도 이 사이조산의 병사들에게서 그러한 침전은 보이지 않았다.

하루하루 상쾌한 가을을 보내고 있었다. 비가 내리는 날도 안개가 낀 날도 1만 3천여 명의 마음이 지그시 하나의 덩어리가 된 채 소슬함 속에서 피어오르고 있었다. 이를 부동의 태세라고 해야 할지, 아침안개가 햇빛에 걷힐 때면 전군이 하나가 된 정신 속에서 김이 피어오르고 있는 것처럼 보였다.

별다른 이유가 있었던 것은 아니었다.

권태나 향수나, 또 두려움 등처럼 밑도 끝도 없는 미혹은 생명의 안전감이 비교적 높은 곳에 몸을 두었을 때일수록 집요하게 작용하는 법이다. 최전방보다는 중군, 중군보다는 후미에서 더 크게 느끼는 것처럼.

그러나 이 사이조산에는 선봉도 없고 후미도 없었다. 적의 가이즈 성과 겨우 10리도 떨어져 있지 않았다. 맑은 날 산에서 바라보면 그 하얀 성벽도, 그 깃발도 선명하게 보였다. 오늘 아침에 숨을 쉬던 목숨도 저녁에는 어떻게 될지 몰랐으며, 밤이면 머리맡으로 스며드는 꿈도 내일을 기약할 수 없는 목숨에게는 이슬의 반짝임과도 같은 것이었다. ―그것을 이상히 여기는 것은, 무사태평한 일상의 안일한 관념에 지나지 않는다. 여기까지 다다르고 나자 개개의 생명 모두가 마치 잘 다듬어놓은 백옥처럼 되어 있었다. 온갖 집착도 깎여나가 오히려 담백하고 천진한 웃음 속에서 생활할 수 있게 되었다. 하물며 이 순간, 오로지 오늘을 위해서만 평소 기량을 갈고 닦아온 에치고 우에스기의 무사들이 이러한 때에 목숨 이상의 목숨으로 여기고 있는 무사의 '길'을 잊을 리 없었다.

한 줄기 국화

"조급해하지 마, 곤로쿠."

"괜찮습니다."

"이만, 내가 바꿔줄까?"

"아닙니다, 얼마 남지 않았으니."

곤로쿠는 몸을 거꾸로 처박아 자신이 판 구덩이 속으로 머리를 들이밀고 있었다. 구덩이 속에서 주인에게 대답하고 있었다.

귀신잡는 고지마 야타로도 함께 몸을 웅크려 옆에서 지름 2자쯤 되는 구덩이를 들여다보고 있었다. 곤로쿠의 손이 그 발밑으로 흙을 닭처럼 긁어내기 시작했다.

─그때 뒤편의 나무 사이로 바스락바스락 조용히 걸어오는 사람이 있었다. 옻나무의 붉은 잎이 그 사람의 어깨 위로 떨어졌다.

"야타로, 무얼 하고 있는 겐가?"

목소리에 놀라 두 사람은 고개를 돌렸다. 구덩이에서 고개를 쳐든 곤로쿠는 흙투성이가 된 그 얼굴과 두 손을 든 채 나쁜 짓이라도 하고 있었던 사람처럼 깜짝 놀라 뒤로 펄쩍 물러났다가 그대로 자리에 엎드려버렸다.

"오, 주군이셨습니까?"라고 야타로도 다소 당황한 듯한 얼굴로, "심심한 나머지 천연의 마를 캐고 있었습니다. 이 젊은이가 마를 캐는 명수라고 자랑하기도 했고, 또 크게 영기를 길러야겠다 싶어서."

겐신은 쓴웃음을 지었다. 본진 바로 아래에 있는 절벽이기는 했으나 근시도 데려오지 않고 혼자였다. 다가가 마를 캐기 위한 구덩이를 바라보며,

"그런가, 천연의 마라. 이거 끈질기게 잘도 팠군. 자, 어서 파게, 파. 신경 쓰지 말고."

라고 말한 뒤,

"─고마운 일이군. 땅 속에도 이렇게 하늘이 내린 녹이 있다니.

땅 위의 것들은 수십 일 동안 여기에 머물렀기에 으름, 호두, 팽나무 열매, 머루, 먹을 수 있는 것은 주아에 이르기까지 전부 먹은 듯한데, ……야타로, 아직 있는가?"

"네, 아직 많습니다. 먹으려고만 한다면 풀의 뿌리든, 흙이든."

"후훗, 후…….'

하고 웃으며 끄덕이고는,

"기슭에 있는 자들도 모두 건강한가?"

"그렇습니다. 단 한 사람도 따분해하는 자는 없습니다. ……그런데 주군께서는 혼자 무엇을 하러 나오셨습니까?"

"나도 무료함을 달래기 위해서일세. 들국화를 찾으러 나왔네. 그런데 이 산에는 들국화가 참으로 드문 듯하군."

"안 보입니까?"

"……안 보이네."

"기슭 쪽에서 보았습니다. 꺾어오겠습니다."

"그런가? 한 줄기면 되네. 눈에 띄면 가져오도록 하게."

"잠시 후에 천연 마와 함께 가져가도록 하겠습니다."

"천연 마도 주려는가?"

"올리겠습니다."

"마침 잘 됐군. 마다하지 않고 받겠네. 들국화 한 줄기도 기다리고 있겠네."

겐신은 발걸음을 돌려 다시 혼자서 산 위의 본진─ 진소가 위치한 좁다란 평지를 향해 천천히 올라갔다.

중 양

아침에는 그렇게도 맑던 가을 하늘이 정오 무렵부터 흐려지기 시작했다. 묘코(妙高)도 구로히메(黑姬)도, 멀리 있는 산은 전부 안개에 휩싸였다. 지난 며칠 동안 고원지대의 날씨가 좋지 않았는 지 바로 아래에 있는 지쿠마가와도, 건너편에 있는 사이가와도 물이 매우 불어난 것처럼 보였다.

"이젠 됐네. —모두에게 오라고 하게."

겐신의 목소리였다. 소나기가 쏟아질 것처럼 비를 머금은 바람에 주위 막사들이 쉴 새 없이 펄럭이는 소리 가운데서의 명령이었다.

시신이 대답을 하자마자 곧 어딘가로 달려갔다.

산 곳곳에 흩어져 있는 각 부대의 진소로 가는 것인 듯했다. 잠시 후 부름을 받은 각 장수들이 하나둘 이곳으로 들어왔다. —나오에 야마토노카미, 가키자키 이즈미, 아마카스 오우미노카미, 나가오 도오토우미 등, 이른바 막하의 중신들뿐이었다.

"오오, 이건."

들어오자마자 각 장수들은 모두 눈을 둥그렇게 떴다. 널따란 멍석이 깔려 있었기 때문이었다. 게다가 각자가 앉아야 할 자리에는 생목으로 깎아 만든 쟁반과 술잔이 준비되어 있었다. 상 위의 쟁반에는 마치 출진이나 승전을 축하할 때처럼, 다시마와 밤 등이 놓여 있었다. 식초에 무친 감과 마른 생선을 구워 마련한 안주 등도 보였다. 아주 조금씩이기는 했으나 천연 마를 갈아놓은 것도 있었다.

"무슨 일로 부르시는가 싶어서 왔습니다만……. 이건 또 어떤 기쁜 일을 축하하기 위한 자리입니까?"

아마카스 오우미노카미가 물었다.

10명의 숙장들이 빠짐없이 그 자리에 앉은 것을 보고 겐신이 빙그레 웃으며,

"산속이라 달력은 없지만 지난달 14일에 가스가야마 성을 출발하여 오늘로 정확히 25일째, 달도 바뀌어 9월 9일. ……뜻밖에도 장기전이 되어버렸소. 그대들도 밤낮으로 전쟁만 생각하느라 피로가 쌓였을 것이오. 아울러 오늘은 축하하고 즐거워해야 할 날이오. 군량미조차 부족한 가운데 아무것도 없지만 한잔씩들 드시오. 자, 그럼 편안하게 술잔을."

하고 말했다.

겐신의 말 속에 담긴 두터운 정이 먼저 느껴졌기에 각 장수들은 술잔을 입술에 대기도 전부터 가슴이 뜨거워졌다.

나오에 야마토노카미가 다시 물었다.

"오늘은 즐거워해야 할 날이라고 말씀하셨습니다만, 뭔가 축하할 일이라도 있으셨는지요? ……."

"이거, 이거."

겐신은 고개를 젓고,

"그대들도 잊으셨는가? 9월 9일, 중양절. 오늘은 예로부터 국화를 보는 날로 여겨지지 않았는가?"

"아아! ……." 모두 무릎을 치고,

"그래, 그랬군. 그렇습니다. 오늘은 국화를 보는 날입니다."

사람들의 시선이 그제야 비로소 멍석 중앙에 있는 작은 상 위로 쏟아졌다. 호리병 모양의 조그만 꽃병에 한 줄기 노란 들국화가

꽂혀 있었다. 그것이 단순한 의미의 국화가 아님을 비로소 깨달은 것이다.

"9월 9일, 9는 양수라고들 하네. 중양이란 양기가 겹쳐졌다는 뜻이겠지. 또 국화는 장수의 상징이라고도 하네. 중국에도 고사가 있네. 어느 날 여남의 항경이라는 사람의 집으로 한 선인이 찾아와 말하기를, 이번 가을에 재액이 있을 테니 그것을 면하려면 빨간 비단 주머니에 수유(茱萸)를 넣어 팔꿈치에 걸고 높은 산으로 올라가라고 일러주었네. 항경이 그 말대로 했더니 아니나 다를까 그해에 역병이 각 마을을 덮쳐 가축과 닭, 개까지 쓰러졌고 오직 항경의 집안만이 난을 면해 목숨을 부지했다고 하네. —우리나라에서도 헤이안30) 무렵부터는 궁궐과 귀인은 물론 사민의 집에서도 국화를 보며 마음의 낙으로 삼고, 국화주를 마셔 건강을 도모했네. 또한 이날 높은 곳에 오르면 행운이 따른다고 하네. ……겐신은 지금 뜻하지 않게 사이조산 위에 머물며 또 하루를 살아냈고 하늘의 은혜로 이렇게 건강하네. 즐거워해야 하지 않겠는가. 어찌 축하하지 않을 수 있겠는가."

겐신은 청산유수였다.

또 술도 잘 마셨다.

각 장수들의 마음을, 장기전에서 오는 우울함을 달래주기라도 하려는 듯.

국화를 바라보며 각 장수들도 모두 술잔을 거듭 기울였다. 즐거워하는 목소리가 넘쳐났으며 우울함은 날아가버렸다. 그러나 —그래도 여전히 떠나지 않고 어딘가에 남아 있는 일말의 근심이 문득

---

30) 平安. 헤이안 시대(794~1192)를 말한다.

문득 찾아드는 것은 어쩔 수 없는 일이었다.

"나리……. 어리석은 생각을 말씀드리고 싶습니다만, 허락해주시겠는지요?"

더는 참을 수 없다는 듯 나오에 야마토노카미가 마침내 입을 열었다. 마침 말을 잘 꺼내주었다는 듯, 오른쪽 옆에 있던 나가오 도오토우미노카미가 곁눈질로 야마토노카미를 격려했다. 그리고 모든 사람들의 눈이 겐신의 얼굴로 일제히 쏠렸다.

봉과 같은 겐신의 눈은 발그레 붉은 기를 머금고 있었다. 모두의 모습에 그도 천천히 술잔을 내려놓은 뒤,

"사네쓰나(実綱), 무슨 말이 하고 싶은가?"
라며 가만히 귀를 기울였다.

헌책백간

나오에 야마토노카미 사네쓰나는 겐신의 할아버지 때부터 3대를 섬겨온 숙장 중의 숙장이었다.

그의 재간과 충절은 사람들 모두가 인정하고 있는 바였다. 신겐의 신애도 이만저만한 것이 아니었다. 그럼에도 불구하고 이번에 출진한 이후로는 아직 단 한 번도 이 원로의 헌책조차 귀 기울여 듣지 않았다. 또한 특별히 의견을 구하려 하지도 않았다.

야마토노카미에게조차 그랬으니, 다른 장수들은 말할 필요도 없어서 그 어떤 회의도 열지 않았다. 게다가 이 위험한 땅은 진지로써

하루하루 최악의 조건을 더해가고 있었다. 하루 머물면 하루만큼의 위험이 더해졌다고 해도 좋을 정도였다. 1만 3천의 목숨이 지금 당장 굶주려 여기에 묘비를 늘어놓는 것 아닐까 여겨질 정도로 현실은 급박했다.

"—이곳에서의 진퇴를 어떻게 하실 생각이십니까? 평소의 호기, 웅대한 뜻을 저희 신하들은 조금도 의심치 않고 있사옵니다만, 무엇보다 가져온 군량이 이미 완전히 바닥을 드러냈기에……."

"그 일인가?"

라며 겐신은 매우 가볍게,

"그 일에 관해서라면 이곳에 진을 친 당초에 이미 말을 해두지 않았는가. 겐신에게는 아무런 계책도 없다, 계책 없음을 계책으로 삼겠다, 일을 꾀하지 않는 공백의 상태. 그런 것은 몇 번이고 말할 필요도 없네. 단 한마디면 깨달을 수 있지 않겠는가."

라며 평소와 달리 꾸짖는 듯한 투였다.

"네……."라고 삼가는 듯하면서도 이렇게 주종이 한자리에 모인 절호의 기회를 놓칠 수 없다는 듯 야마토노카미는 끈질기게,

"외람된 말씀이오나, 목숨을 함께 하겠다고 맹세한 신하들이 저희 주군의 커다란 도량을 어찌 모르겠습니까. —그러하오나 적인 신겐은 지난달 24일 이후 가이즈 성으로 들어가 모든 전비를 갖추고 식량을 채워 만전을 기한 채 여전히 움직이지 않으며 언제까지고 장기전으로 몰고 가 아군을 지치게 만든 뒤, 조금이라도 빈틈이 생기면 번개같이 일격을 가할 필승의 승기를 엿보아 일을 이루려는 이른바 만전을 기한 뒤 기회를 엿보는 자중의 자세를 굳게 지키고 있습니다. —고개를 돌려 아군을 살펴보면, 이제 와서 젠코지 방면

으로부터 군량을 운반하려 해도 도중에 다케다 군의 기습이 있을 것은 자명한 일. 또 그들 통로도 차단되어 본국과의 서신 왕래조차 여의치 않다는 사실은 전에도 종종 말씀드린 대로 입니다. 이처럼 식량은 말할 것도 없어서, 사졸들은 이미 죽은 말을 먹고 나무의 껍질을 삶아 먹으며 본진이 움직일 때까지는, 하고 약한 모습을 드러내지 않은 채 가만히 참고 있습니다만, ㅡ그처럼 기약 없는 인내가 언제까지 계속되지는 않을 것입니다. ㅡ모쪼록 현명한 판단으로 생각을 바꾸시어 지금이라도 어떤 선처를 내려주시길, 저희는 지난 며칠 동안 늘 그 일만을 생각하며 근심을 이길 수가 없어서 사실은 모두 함께 모여 청을 드리러 와야겠다고 사견을 주고받고 있었습니다."

"그 정도인가? ……이거 참, 하나같이 참을성 없는 성격인 듯하군. ㅡ그렇다면 묻겠네. 그대들 생각부터 먼저 말해보게. 대체 지금 어떻게 해야 승산이 있을 것 같은가?"

"저희의 어리석은 생각에, 이 사이조산의 진은 적 속으로 너무 깊이 들어와버렸고, 적의 대군이 이미 가이즈 성으로 들어가 각 도로를 점령했으니, 지금에 와서 태세를 바꾸기는 쉽지 않을 테지만, 그래도 지금이라면 아직은 방법이 없는 것도 아니라 여겨집니다."

"임기응변으로 임해야 한단 말인가?"

"그렇습니다. 여기에서 위축되어 부족한 식량으로 근근이 연명하기보다는 오히려 당당하게 정공법을 취해 가이즈 성을 공격하고 각 도로에 흩어져 있는 적군을 하나하나 격멸하는 편이 훨씬 영예로운 싸움이 아닐까 생각합니다."

"아니, 아니. 가이즈를 공략할 생각이었다면 신겐이 고후에서 나서기 전에 공략했을 걸세. 그마저도 그가 만일 소나기처럼 달려와서 고후의 대군으로 단번에 후방을 공격한다면 아군은 반드시 패할 것이라고 생각하여 하지 않았던 겐신이 이제 와서 그처럼 무모한 싸움을 어찌 선택하겠는가?"

"그것도 불리하고 또 무모하다고 생각하신다면 이번 출진은 길을 익힌 것이라 여기시고 일단은 병사를 거두었다가 내년 봄에 다시 출진하시는 것이 어떻겠습니까?"

"그럴 마음은 없네."

"이러한 생각은 조금 지나친 것일지도 모르겠으나, 다케다 군은 저희의 2배, 그 절반을 가이즈 성에 남겨두고 나머지 절반으로 갑자기 에치고를 공격하여 만에 하나라도 가스가야마를 포위한다면⋯⋯."

"하하하하. 만일 그렇게 한다면 그건 재미있는 싸움이 될 걸세. 신겐이 에치고로 공격해 들어간다면 겐신도 역시 단번에 고후를 석권하여 그의 성으로 들어가기란 참으로 쉬운 일일세. ─게다가 우리 가스가야마에는 아직 2만의 병사가 있고 1년분의 화살과 총알을 비축해두었네. 걱정할 것 없네, 그 약아빠진 신겐이 그처럼 눈에 뻔히 보이는 짓을 하겠는가?"

어느 틈엔가 해는 저물어가고 있었다. 막사 안은 이미 어두워졌다. 저물어가는 햇빛이 싸늘하게 새어나오는 구름 아래, 각 장수들은 모두 답답하다는 듯한 눈빛으로 자리에서 일어났다. 겐신의 말은 오늘도 끝내, 내게는 계책이 없다는 것뿐이었다. ─그리고 언제부턴가 사람의 소리도 들리지 않는 진중에서는 2군데에 피워놓은 모닥불과 흔들리는 저녁의 어둠과 때때로 나뭇잎이 비처럼 쏟아지는 희미한 소리만이 들려올 뿐이었다.

멀리 보이는 연기

아직 9월 9일, 중양절의 저녁이었다. 감수성 풍부한 겐신의 마음에는 아직도 옅은 취기가 남았는지 저녁을 먹고 난 뒤 홀로 당금을 무릎 위에 올려놓고 손가락으로 7줄을 튕겨가며 낮은 목소리로 옛 노래를 읊조리고 있었다.

오토모 야카모치[31]가 일족의 자제들에게 주기 위해 만들었다고 하는 「일족을 깨우치는 노래」였다.

모닥불 속의 소나무장작이 가랑비에 탁탁 튀었다.

젖을 정도는 아니었다. 나뭇잎과 섞여 후두둑 내리더니 그 비구름 사이로 중양절 밤의 달이 하얗게 이 산하를 비추기 시작했다.

"기러기 울음소리로군."

문득 눈을 들었다.

겐신의 얼굴로 하얀 달빛이 쏟아졌다.

막사 구석으로 멀리 떨어져 있던 나이 든 근시와 젊은 사무라이가 함께 얼굴을 들었다. 주군의 입술이 닫히고 거문고 소리가 멈췄기 때문이었다.

---

31) 大伴家持(717? ~785). 나라 시대의 정치가, 가인. 『만요슈(万葉集)』의 편집자로 알려져 있으며, 그의 작품이 가장 많이 수록되어 있다.

"응? ……. 누구지?"

겐신은 문득 본진 위 커다란 나무의 꼭대기에 사람이 하나, 까마귀처럼 앉아 있는 것을 보고 응시하기 시작했다.

그러다 곧 그것은 아군 감시병이 밤낮 교대로 가이즈 성을 쉴 새 없이 감시하고 있는 모습이라는 사실을 깨달은 듯,

"저 사람을 불러오게."

라고 명령했다.

그 말을 듣고 근시 가운데 한 명이 바로 달려가 곧 나무 위에 있던 감시병을 데리고 왔다. 겐신 자신이 직접 불러서 묻는 것은 전에 없던 일이었기에 사내는 뭔가 잘못이라도 꾸짖으려는 것이 아닐까 겁을 먹은 모습이었다.

"오늘 같은 밤에도 가이즈 성이 보이는가?"

겐신의 질문은 평범한 것이었으며 그 목소리도 부드러웠다.

감시병이 비로소 마음이 놓인다는 듯한 모습으로 대답했다.

"달이 있는 동안에는 희미하게 보이지만, 달이 숨어버리면 거의 아무것도 보이지 않습니다."

"그야 그렇겠지."라며 웃고,

"쉬지 않고 나무 위를 지키는 것도 쉬운 일은 아니군. 오늘 밤에는 가이즈 방면에 아무런 이변도 없는가?"

"네, 아무런 이상도 없습니다."

"그런가. 지쿠마가와의 강변에도?"

"조금 전에 성의 서쪽 문에서부터 강변의 낮은 지대에 걸쳐서 평소 보이지 않던 연기가 드리워져 있었습니다. 처음에는 밤안개인가 싶었으나."

"—연기였나?"

"그렇습니다."

"지금도 보이는가? ……아직도 연기가 보이는가?"

"아직 희미하게 피어오르고 있습니다. 제가 생각하기에는 야식을 짓기 위한 연기가 아닐까 싶습니다. 오늘처럼 비구름이 낀 밤에는 평소처럼 피어오르지 않고 성벽에서 낮게 퍼져가기에 처음에는 조금 이상하다고 생각했습니다만…….."

"됐네, 물러나게!"

이는 거의 호통에 가까웠다. 무엇이 흥분하게 만들었는지 당금도 무릎에서 떨어진 대로 그냥 내버려둔 채 겐신은 순간 자리에서 벌떡 일어나 아무 말도 없이 진막 밖으로 성큼성큼 나가버렸다.

시시각각 바뀌는 명암

겐신은 우두커니 서 있었다.

본진이 설치되어 있는 평지보다 조금 더 높은 곳에 위치한 산의 돌출부까지 올라가, 그 끝자락에 언제까지고 가만히 서 있었다.

측근의 무사들과 하타모토들은,

"대체 무슨 일이 일어난 거지?"

라며 부근의 막사, 움막 안에서 우르르 그의 뒤를 따라와 멀리 떨어진 곳에 몸을 웅크렸다.

"……"

여기서 보이는 지쿠마, 사이가와의 상류, 그 너머 약 10리쯤 떨어진 곳에 가이즈 성이 있었다. 멀리로 보이는 산에서부터 이곳 사이조산의 기슭까지, 그 일대에 펼쳐진 널따란 분지의 평야도 전부 한눈에 내려다보였다.

"……?"

겐신의 눈동자는 저 너머 가이즈 성에 고정되어 있었다. 언제까지고 그 응시가 계속되었다.

그러나 밤은 어두웠다. 게다가 비구름이 낀 하늘.

그 구름 사이로 얼핏 달이 비쳤다가 한순간에 다시 구름 속으로 숨었다. 천지는 불규칙하게 밝아지기도 하고 어두워지기도 하기를 반복하고 있었다.

"스루가, 우사미 스루가 있는가?"

"있습니다."

"나오에와 아마카스도 이리로 와보게."

겐신이 뒤로 돌아 손짓해서 불렀다.

우사미 스루가노카미, 나오에 야마토노카미, 아마카스 오우미노카미 세 사람이 얼른 옆으로 다가가 겐신의 얼굴을 올려다보았다. ─겐신의 눈은 여전히 멀리로 향한 채 곁으로 다가온 사람 누구도 쳐다보려 하지 않았다.

"나리. ……오늘 밤, 적이 있는 가이즈에서 뭔가 이변이라도 감지하셨습니까?"

"저길 보게─."

그때 달이 겐신의 얼굴에서부터 산하 전체를 비추기 시작했다. 멀리를 가리킨 겐신의 손까지 하얗게 보였다.

"아까부터 지금도 여전히 가이즈에서 연기가 피어오르고 있네. 평소의 저녁밥을 짓는 것이라고 보기에는 아직 시간이 조금 이르네. 게다가 더욱 짙게 피어오르고 있으니 평소의 밥 짓는 연기라고 하기에도 조금 지나친 듯하네. —생각건대 내일, 모레 먹을 식량까지 준비하고 있는 듯하네. 필시 오늘 밤 안으로 가이즈의 대군이 성에서 나와 우리에게 싸움을 걸 것이라 여겨지네. —기쁘지 않은가? 드디어 때가 왔다네."

이렇게 말을 마치고 다시 한마디,

"우리도 준비에 들어가세."

빙그레, 진심으로 기쁘다는 듯 말했다.

계책 없음은 역시 단순한 계책 없음이 아니었다. 이 기회를 기다리려던 긴 호흡이었다. 북을 칠 때도 '박자'를 계산한다. 온갖 예능에도 '박자'는 필요하다고 한다. 병법의 묘도 '박자'에 있다.

"방비는 언제나 빈틈없이 갖추어져 있습니다. 적이 온다면 더할 나위 없는 행복, 첫 번째, 두 번째 작전을 펼칠 사이도 없이 단숨에 몰살하도록 하겠습니다."

우사미와 아마카스 모두 순간적으로 방어전에 임하는 것이라고 생각한 모양이었다. 겐신이 말한— 준비, 라는 말의 의미를.

그랬기에 말이 떨어지자마자 이렇게 대답했더니, 아니라고 고개를 저으며 얼마간 웃음기 머금은 표정으로 겐신이 말했다.

"여기는 임시 기지, 단지 그의 움직임을 기다리기 위해 머물렀던 것뿐일세. 그가 이제는 움직이기 시작했으니 겐신에게도 스스로 취해야 할 위치가 있네. 방어전, 다시 말해서 소극적인 자세는 취하지 않을 걸세. 겐신의 소망은 가스가야마를 떠날 때부터 추호도 바뀌지 않았네. 즉, 언제까지나 공세, —파고들고 또 파고들어 신겐의 진중에 겐신의 진을 놓는 데 있네."

그리고 휴대용 벼루를 가져오게 하여 붓을 쥐더니 곧 출동 준비와 마음가짐을 항목별로 적어,

"이걸 당장 각 부장들의 부대에 알리게."

두어 장수들의 손에 넘겨주었다.

기(奇)와 정(正)

군령장은 곧 군법이다.

지금 겐신이 건네준 군령장에는 다음과 같이 적혀 있었다.

1. 아군은 사졸에 이르기까지 지금부터 즉각 식사를 할 것.

1. 휴대품은 식량으로만 한정할 것. 필요한 양은 내일 하루분이면 충분하다.

1. 늘 강조한 일이나 갑주를 느슨히 하지 말 것. 짚신의 끈을 단단히 조일 것. 손에 드는 무기는 각자 평소 손에 익은 것으로 할 것. 기이함을 좋아하여 자신에게 과한 것은 들지 말 것. 손에 익지 않은 무기는 자신에게 손해다.

1. 자초시(오후 11시)에 퇴진.

1. 진소를 출발하기에 앞서 모든 곳의 모닥불을 특히 크게 피워둘 것. 종이로 만든 깃발은 전부를 세워놓을 것.

1. 적 선봉의 보초병, 세작이 이미 산에 잠입한 것에 대비할 것.

아군이 산을 나선 뒤에도 100명의 날랜 자들을 남겨둘 것. 적의 첩자가 있으면 남김없이 처단할 것.

1. 내 주위의 호위무사는 많을 필요 없다. 12명으로 한정할 것.

지사카 나이젠, 이치카와 슈젠, 와다 효부, 우노 사마노스케, 오쿠니 헤이마, 와다 기베에, 이모카와 헤이다유, 나가이 겐시로, 이와이 도시로, 다케마타 조시치, 기요노 구니오, 이나바 히코로쿠.

이는 서면으로 알린 내용이고, 그 외에 전령이 기슭에 있는 각 부대에까지 돌아다니며 전한 내용은,

"대장께서 내일 급히 본국으로 돌아가시겠다는 뜻을 밝히셨다. 따라서 지금부터 서둘러 짐을 꾸려 수레에 싣기 바란다. 일이 급해지면 자초시에 즉각 출발 명령이 떨어질지도 모른다. 언제라도 바로 떠날 수 있도록 준비하라. 만약 도중에 적군이 나서서 길을 막으면 이를 뚫고 젠코지로 모이기 바란다."

이는 물론 직전까지 아군의 사졸에게조차 병략을 눈치 채지 못하게 하기 위한 만전의 방책에서 나온 말이었다.

한편-.

그날 밤의 그 무렵, 고슈 군이 머물고 있는 가이즈 성에서도 전의와 살기가 넘쳐흐르고 있었다.

2만의 군세는 이미 한 사람도 남김없이 각반까지 두르고 성곽 안의 광장에,

대기(大奇)의 부대

대정(大正)의 부대

둘로 나뉘어 있었다.

병사들은 밥도 배불리 먹었다. 휴대용 식량도 충분히 소지했다.

화승총부대는 2자 5치 길이로 잘라 다발 진 화승을 2개로 접어 각자 허리에 찼으며, 가죽 총알상자를 2개씩, 그것도 좌우의 허리띠에 묶었다.

대부분은 나가에 부대였다. 2간, 2간 반 길이의 긴 창을 **빽빽하게** 들고 있는 고슈 군의 자랑거리인 중견으로, 이른바 기마정예 중의 정예는 대부분 여기에 속해 있었기에,

"이번 기회에."

라고 팔을 쓰다듬으며 눈앞에 닥친 일전에서 커다란 공을 세우겠다고 마음먹고 있었다.

"어떻게 된 거지?"

"아직인가?"

밀치락달치락, 2만의 병마가 한정된 성곽 안에서 밀고 밀리며 초조하게 오로지 진군의 명령만을 기다리고 있었다.

신겐도 이미 무장을 갖춘 채 망루에 걸상을 놓고, 눈 아래에서 복작이고 있는 아군과 멀리 사이조산 쪽으로 오늘 밤 한층 더 형형한 눈빛을 가져가고 있었다.

이러한 때에조차 고슈 군의 정찰병은 어떻게 냄새를 맡고 오는 것인지 사이조산의 동정에 대해서,

"적은 지난 저녁부터 짐을 꾸리기 시작하여, 아무래도 지금 있는 곳에서 움직일 듯한 기색입니다."

라거나, 또,

"에치고 군은 내일 진을 물려 본국으로 돌아갈 듯합니다."

라는 식으로 정탐한 내용을 가지고 왔다.

"역시."

라며 신겐은 작전이 계획대로 되어가고 있음을 기뻐했다.

지는 달

고슈 군의 작전 내용은 대략, 전군을 둘로 나누어 예의 탁목 전법으로 적의 한쪽 방면을 두드리고 한쪽 방면을 포착하여 섬멸하겠다는 것이었다.

전체 2만 가운데 1만 2천을 대정의 부대로 삼아, 산길을 따라 다다고에를 거쳐 기요노(淸野)로 나가 이른바 정공법으로 이른 아침에 당당하게 사이조산을 공격하게 했다.

다른 8천여의 부대는 방향을 완전히 바꾸어 히로세 나루터를 건너 가와나카지마의 평지로 진출, 우에스기 군이 반드시 사이조산을 내려와 이곳으로 쏟아져나올 것이라 보고 이른바 기법(奇法)을 써서 그들을 요격하겠다는 전략이었다.

"지금 시각은 어떻게 되었는가?"

신겐이 종종 물었다.

시신 가운데는 천상(天象), 풍향, 기온, 청우(晴雨) 등만을 가늠하는 고문이 있었다. 그는 유학자 풍의 노인으로 언제나 야마모토 간스케 뉴도 도키 옆에 있었다.

"해정시(10시)도 벌써 지나려 하고 있습니다."

대답한 것은 간스케 뉴도였다. 신겐은 고개를 끄덕인 뒤 다시,

"달이 지는 시각은?"

하고 물었다.

간스케가 다시 고문에게 물은 뒤 대답했다.

"오늘 밤 9월 9일에 달이 지는 시각은 자정시를 한식경쯤 지났을 때입니다."

"그럼 얼마 남지 않았군."

"얼마 남지 않았습니다."

"민부, 바바 민부 있는가?"

"네, 부르셨습니까."

"자정시가 되면 바로 나각을 불도록 하게. 출진의 북을 울리도록 하게."

"알겠습니다."

"성문을 나설 때는 대정의 1만 2천을 먼저 내보내게. 앞을 다투어 서두르지 않도록."

각 장수들은 이미 어떻게 움직여야 할지를 충분히 알고 있었다. 그래도 신겐은 거듭 다짐을 두었다.

이렇게 전군이 모였는데도 덧없이 시간만 보내고 있는 것은 밤이 깊어지자 하늘의 날씨가 갑자기 바뀌기 시작했기 때문이었다. 초저녁에는 어지러운 구름 사이로 달빛이 얼핏얼핏 흘러나올 뿐이었는데, 어느 틈엔가 널따란 하늘의 구름은 한쪽으로 몰려가고 하늘 가득 별빛이 반짝이기 시작했다. 정법이네 기법이네 습격의 방법은 따질 것도 없이 싸움을 걸려 하는 쪽에서 보자면 달빛이 밝은 밤을 피하려 하는 것은 당연한 일이다.

그러나 그것도 자정 무렵까지의 일이었다.

"큰북을 울려라."

바바 민부가 신호를 내리자 그와 동시에 망루의 세 방면을 향해 서 있던 3명의 나발수도 나각으로 입술을 가져가 온몸의 힘을 담아 나각을 울렸다.

길고 짧게. 다시 길게—

곧 발아래의 성 안 가득히 갑옷 부딪치는 소리와 말발굽 소리가 쩔그럭쩔그럭, 따각따각, 눈을 뜬 파도처럼 흘러가는 것이 들려왔다.

"그럼 저는 먼저 나서겠습니다."

야마모토 뉴도 도키가 우선 자리를 떠났다.

뒤이어,

"—출발하겠습니다."

라며 오부 효부, 가스가 단조, 바바 노부하루, 사나다 유키타카, 오야마다 빗추노카미, 아마리 사에몬노조, 아이키 이치베에, 오바타 야마시로노카미 등이 신겐에게 속속 인사를 하고 신겐 주위에서 떠났다.

그들 각 장수들은 모두 사이조산의 정법 공격대에 속해서 산을 넘어갈 사람들이었다.

신겐 자신은 선발대 1만 2천이 성에서 나가는 것을 지켜본 뒤약 일다경쯤 사이를 두었다가 가이즈 성을 나섰다. 기법의 요격부대 8천을 스스로 이끌고 선발대와는 전혀 다른 길로 들어서 히로세 나루터를 지나 하치만바라로 향한 것이었다. 그곳까지의 거리는 얼마 되지 않았지만, 1만 2천의 병마, 뒤이어 8천여 명이 줄지어 성문을 나서기까지는 상당한 시간이 필요했던 듯, 목적지인 가와나카지마 앞의 하치만바라에 도착한 것은 벌써 새벽에 가까운 시각

(오전 3시 반)이었다.

그곳에 도착하자마자 신겐은,

"본진은 하치만 신사의 경내로."

라고 바로 지정한 뒤,

"요소요소에 흙을 쌓아올려 둑을 만들고 참호를 파라."

고 명령했다.

아직 칠흑같이 어두운 땅 위에서 공병들이 부지런히 활동하기 시작했을 무렵, 신겐 본영의 막사는 하치만 신사 경내에 벌써 쳐졌으며, 그 손자의 깃발과 스와묘진의 깃발도 이미 부르르 몸을 떨어 소리를 올리기 시작했고, 막하의 12장수와 100여 기의 하타모토들을 비롯하여 8천의 전 장병은 눈썹을 안개에 적시고 짚으로 엮은 정강이 보호대를 수풀의 이슬에 묻은 채, 자칫 흥분하기 쉬운 기운을 단전에 가만히 모으고 있었다.

어제 저녁까지 비가 내린 탓인지 오늘 밤의 안개는 특히 짙었다. 지척도 분간할 수 없을 정도로 짙은 안개였다. 그랬기에 크고 작은 깃발과 투구의 차양에서도 보슬비가 내릴 때와 다름이 없을 정도로 쉴 새 없이 물방울이 뚝뚝 떨어졌다.

버려진 모닥불

산길을 따라 우회로를 택한 정법 공격대의 진로는 상당히 험한 길이었다.

사이조(西条)에서부터 길은 오르막이었으며 다다고에는 특히 길이 좁았다.

달이 지기를 기다렸다가 출발했기에 횃불을 충분히 준비하기는 했으나 그것도 너무 밝게 피워 빛이 흘러나가면 적의 정찰병이 냄새를 맡을 우려가 있었다.

산이 크지는 않았지만 오르막도 있고 골짜기도 있었기에 기요노에 나서기까지 병마는 땀을 흠뻑 흘렸다. 가까운 거리였으나 시간이 걸린 것은 말할 필요도 없으며, 힘에 겨워서 인마는 이미 전투를 벌일 때와 다를 바 없이 숨을 몰아쉬었다.

"지독한 안개로군……."

"하늘의 가호야. 가까이 다가갈 때까지 적은 아무것도 모를 거야."

도중에 아마리, 사나다의 2개 부대는 다른 길로 접어들었다.

모노미히라(物見平) 위에서부터 사이조산의 후방으로, 적의 허를 찌르기 위해서였다.

천지가 희붐하게 밝기 시작하여 날은 이미 9월 10일.

이번 대전의 첫 번째 함성이 그날 새벽, 이 공격부대의 입에서 와아 하고 터져나왔다.

이른 새벽의 습격이었다.

진격을 알리는 나각, 징, 큰북. 한꺼번에 천지를 흔들며 측면, 정면에서 사이조산으로 달려 올라갔다.

1만 2천이 올리는 함성은, 함성만으로도 천지를 흔들었다.

마치 재처럼 새들이 날아올랐다. 산 가득한 나무들이 떨었으며 잎이 비처럼 떨어졌고 짙은 안개가 소용돌이쳤다.

"응?"

"으응?"

"비었다."

"종이 깃발이다."

여기저기서 똑같이 놀라는 소리, 똑같이 공허한 외침이 들려오기 시작했다. 무시무시한 기세로 밀고 들어온 이 산에는 이미 사람의 그림자조차 없었던 것이다. 화가 치밀어오르게 하는 종이 깃발의 모습, 아직 활활 환하게 타오르며 부아를 끓어오르게 하는 버려진 모닥불.

"빠져나갔다!"

짚신을 신은 수많은 발이 산속의 위장 진지를 차고 밟아 무너뜨렸으며, 그러다 다시 서로에게 주의를 주었다.

"방심해서는 안 돼."

"적이 어디에서 나타날지 알 수 없어."

"분하다. 겐신은 아군의 움직임을 이미 알고 있었구나!"

둔하구나 둔해, 고슈의 군.

겐신은 이렇게 미소 짓고 있으리라. 그의 이동은 어젯밤 달빛이 아직 밝을 때부터 행해졌다. 조용히, 깔끔하게, 신속히.

병사는 하무를 물고 말은 입을 묶고, 달빛 아래 산을 내려가 지쿠마가와를 건너기 시작했을 무렵 마침내 달이 졌다. 나가에의 칼날, 대검의 칼집을 어두운 가을의 물에 적시며 전군이 기다란 뱀처럼 숙연히 고마가세(狗ヶ瀨)의 맞은편 강가로 올라서고 있었다.

"오우미, 오우미!"

하며 겐신이 문득 빠른 여울목 앞에서 말을 세웠다. 그리고 아마카

스 오우미노카미를 후속부대 가운데서 불러,

"—이리 오게."

라며 자신의 안장 옆까지 오게 하더니, 말 위에서 몸을 구부려 무엇인가 그의 귀에 속삭였다.

동맥 · 정맥

"—그대의 부대는 우리 본진을 따르지 말고, 여기서 상류 쪽으로 몇 정 앞에 있는 주니카세(十二ヶ瀨)를 건너 이 지쿠마의 북쪽 강변인 고모리(小森) 부근에 진을 치게."

"넷."

"그리고 이 널따란 어둠 속의 들판과 깊은 안개 속의 강가를 전부 적의 그림자라 생각하여 주의를 게을리 해서는 안 되네. 탐색을 하려는 세작이라 여겨지면 한 사람도 남기지 말고 베게."

"분부대로 행하겠습니다."

"고슈 군의 주력은 아마도 히로세의 하류를 건너 하치만바라로 움직일 것이라 여겨지네. —그들의 좌익, 즉 그대가 진을 친 곳에서 북동쪽에 위치한 평야 일대가 적과 가장 접근한 지역이 될 게야. 적의 동정에 귀를 기울이고 있다가 변화가 있을 때마다 겐신에게로 전령을 보내게."

"넷, 분부하신 뜻 잘 알겠습니다."

아마카스 오우미노카미는 말 위의 겐신에게 경례를 하고 떠났다.

—분부하신 뜻. 그것은 겐신이 원하는 포진의 전개를 의미하는 것이었다. —겐신이 포진을 전부 완료하기까지, 그 반 시진 가량의 조심스러운 시간 동안 이른바 감시부대로 고슈 군에 대비하고 있으라는 명령이었다.

약 1천의 아마카스 부대가 지쿠마의 남쪽 강변을 달려 주니카세로 서둘러 갔다.

하류에 위치한 아마미야 나루터에서 그것을 응시하고 있자니 곧 고모리 강변을 향해서 강을 건너는 아마카스 부대의 모습이 하얀 비말과 밤안개에 휩싸여 사람인지 물인지, 물인지 안개인지, 그저 환영이 움직이고 있는 것처럼 보일 뿐이었다.

"—됐다!"

겐신의 말도 발을 적시며 강의 물결을 텀벙텀벙 건너갔다.

강물이 마르면 강변의 물은 커다란 한 줄기 흐름밖에 보이지 않지만, 수원지의 산악에 비가 내려 물이 불어나면 이 널따란 분지는 곧, 마치 인간의 동맥과 정맥처럼 무수한 물줄기들을 만들어낸다. 때는 마침 가을, 사방의 물소리가 가장 세찬 계절이었다.

아직 어두운 하늘

아마카스 오우미노카미의 부대를 제외하고, 나오에 야마토노카미의 치중부대를 선두로 전군이 도하를 마쳤다. 말과 사람 모두 물에 젖어 반짝이고 있었다.

"쉿……. 말이 울지 못하도록 하라."

말의 부리망이라도 벗겨진 것인지 흥분한 한 마리가 귀와 갈기를 부르르 떨며 커다란 소리로 울부짖었다. 당황하여 그것을 꾸짖으며 부장 하나가 달려들어 말의 머리를 품에 끌어안았다.

─울지 말아라. 제발 부탁이니.

말에게 간청을 하듯 달래주었다. 지금부터의 전진은 한 걸음 한 걸음, 그야말로 은밀함을 필요로 했다.

반짝반짝, 병사의 허리에서 빨갛게 쏟아지는 빛은 화승의 불이었다. 적에게 절대로 들키지 않기 위해서는 그것도 감추어야 했지만, 적은 이미 바로 코앞까지 와 있을지도 모를 일이었다. 적을 발견한 뒤 화승에 불을 붙여서는 늦는다.

왼쪽은 북국으로 향하는 가도인 듯 가로수가.

앞쪽에는 사이가와의 물소리, 그리고 단바지마(丹波島)의 나무들인 듯한 그림자.

워낙 안개가 깊었으며 날이 밝기 전의 어둠이었기에 확실한 목표는 보이지 않았지만 선봉인 가키자키 이즈미노카미가 더듬더듬 방향을 잡아 나아가는 뒤를 따라서 전군 1만 2천여의 병사와 말과 수레가 모든 소리를 죽여가며 마침내 가와나카지마를 밟았고, 북진 또 북진하여 사이가와 강변까지 그대로 행군했다.

어젯밤에 사이조산의 진에서 물러나며 갑자기,

'총군 에치고로 귀국.'

이라고 들었기에 그렇게만 믿고 있던 대부분의 사졸들은 물론, 여기에 이르기까지 사이가와를 다시 북쪽으로 건너 젠코지 방면으로 가는 것이라는 생각을 조금도 의심하지 않았으나, ─선두에선 치중부대, 그리고 선봉인 가키자키 이즈미의 부대, 2진인 혼조의 부대, 3진인 무라카미의 부대, 그리고 시바타의 부대, 나가오의 부대, 뒤 이은 중군의 겐신 이하 하타모토들까지 사이가와의 물을 앞에 하자 앞선 자의 등을 떠밀 것처럼 되어 발걸음을 멈추고 말았다.

떼 지어 몰려 있는 말과 말, 병사와 병사 사이 앞쪽으로 세차게 흐르며 반짝이는 강물은 보였으나 가키자키 부대의 순무가 그려진 깃발과 중군의 가운데 둥근 원이 있는 깃발, 비샤몬 깃발이 요란스럽게 울부짖고 있을 뿐, 언제까지고 말은 앞으로 나아가지 않았으며 병사들은 강을 건너지 않았고 그저 뒤에서 줄줄이 밀려드는 병마가 이곳에 1만여의 그림자를 늘어놓아 순식간에 시커먼 대집단을 안개 속에서 불려가고 있을 뿐이었다.

"─건너기 시작했는가, 선봉은?"

"아직이야. ……아직인 듯해."

"어떻게 된 일이지, 대체."

"모르겠어. 중군의 주군을 둘러싸고 각 대장들이 모여 있어."

"긴급회의인가?"

후방의 보병들 사이에서 술렁술렁 이런 말들이 조금씩 들려오기 시작했다 싶을 무렵, 마침내 겐신의 목소리와 그 모습이 전군을 향해서,

"치중부대를 제외하고 선봉대부터 순서대로 사이가와를 왼쪽에 두고 동쪽의 하치만바라를 향해서 서서히 우회 전진하라."

라고 커다랗게 호령했다.

말의 짚신이 다시 돌을 차기 시작했다. 대열은 급하게 각도를 꺾어 오른쪽으로 오른쪽으로 돌아들었다. 그리고 이번에는 지금까

지의 1렬 종대를, 발걸음을 옮겨 선회하며 변경하여 각 부장의 지휘 하에 3행 4단의 형태로 진을 분명하게 바꾸기 시작했다.

당시의 시각은 인시(오전 4시)이거나, 묘시(오전 6시)까지는 아직 시간이 있을 무렵.

물론 하늘은 여전히 어두웠다.

그 어둠과 안개 때문에 이때는 아직 에치고와 고슈 양 군 모두가 서로를 깨닫지 못했으나, 바로 전방에 있는 하치만바라에서는 다케다의 대군이 이미 포진을 마쳤으며, 신겐이 본영으로 정한 하치만 신사 주위에서는 부지런히 참호를 파고 흙으로 둑을 쌓기 시작했을 무렵이었다.

이는 물론 나중에 알게 된 사실이지만 서로간의 거리는 양 군의 선봉과 선봉이 겨우 10정 정도밖에 떨어져 있지 않았다.

외딴집

"응? ……뭐지?"

쓰루나는 베개에서 머리를 들었다.

부상을 입은 이후 20여 일, 병상에만 누워 있었던 탓인지 여행으로 거뭇하게 그을었던 뺨과 목도 눈이 부실 정도로 하얗게 변해 있었다.

"오오, 말의 울부짖음……, 저 목소리……, 보통 일이 아니야."

귀를 기울이고 있다가 마침내 깜짝 놀랐는지 어딘가 쑤시는 듯한

몸을 힘겹게 병상 위로 일으키며,

"신관님. 신관님!"

하고 옆방에 대고 불렀다.

여기는 하치만바라의 한가운데, 한 무리 나무들에 둘러싸인 집이었다. 집 옆에는 고색창연한 기둥문이 있었다. 그리고 평소에는 나이 든 신관과 가족들이 살고 있었다.

20일쯤 전의 황혼, 쓰루나는 지쿠마가와 강변에서 총알을 맞아 쓰러졌고 마침 그 자리에 있던 풀 베는 자들이 이 신관의 집까지 짊어지고 와 목숨을 건진 것이었다.

그 후부터 지금까지—

그녀는 친절한 신관의 보살핌으로 상처를 치료하고 있었으나 총알을 뽑아낸 것이 민간인에 의한 치료였기 때문인지 왼쪽 발등에서부터 복사뼈까지가 심하게 부어서 여전히 10걸음도 걸을 수가 없었다.

"신관님! 아주머니."

대답이 없었다. 그녀는 기었다. 그리고 옆방을 향해 다시 외쳤다.

"드디어 전쟁이에요. 바로 이 옆에서 싸울 모양이에요. 아이들을 지금 빨리 다른 곳으로 보내지 않으면 다칠 거예요. 유탄이나 빗나간 화살이 여기로도 날아올 거예요……. 아주머니, 일어나셨어요?"

다리가 아팠다. 일어서려 했으나 일어설 수가 없었다. 기어가서 장지문을 열었다.

그리고 다시 방 하나를 기어서 지났다.

대답이 없는 것도 당연했다. 나이 든 신관도 딸도, 그 아이들도 어디로 갔는지 침실은 텅 비어 있었다. 그녀는 잠시 어리둥절한 듯했으나, 또 한편으로는 안심이 되기도 하는 모양이었다. 딸은 아이들을 업고, 딸의 남편은 나이 든 신관을 부축하여 일찌감치 어딘가로 피난한 것임에 틀림없다고 생각했기 때문이었다.

"여기에 진을 친 것은 고슈 군일까, 에치고 군일까?"

그녀 자신은 이 외딴집에 홀로 남겨졌다는 사실을 그다지 슬퍼하지도 않는 것 같았다.

바깥의 삼나무 숲은 쏴아 하늘을 향해 울부짖었으며, 낙엽 소리가 안개를 휘감았다. 바람이 이 집을 감싸고 돌아가는 소리 속에는 병사들의 발소리도 뚜렷하게 섞여 있었다.

이 집의 가족들이 달아날 때 열어놓고 간 것이리라. 툇마루의 덧문도 열려 있었으며, 부엌의 문은 쓰러져 있었다. ―물항아리가 있는 어두운 쪽에서 커다란 사람의 그림자가 불쑥 움직였다. 그리고 덜그럭덜그럭 소리를 내더니 거기서 작은 들통을 찾아내 바로 뒤뜰에 있는 우물 쪽으로 가는 자가 있었다.

두레박을 기울여 들통에 물을 담고 있었다. 갑옷을 입어 더욱 커다랗게 보이는 무사의 그림자였다.

"앗, 아버지. 아버지 아니십니까……."

쓰루나가 절규하듯 외쳤다.

두레박의 손잡이를 쥔 채 투구의 차양과 볼가리개 사이, 거의 눈과 코밖에 드러나 있지 않은 무사의 얼굴이 실내로 향하더니 한동안 쓰루나의 모습을 가만히 응시했다.

갑옷을 입은 아버지

무사는 벙어리나 귀머거리처럼 아무런 반응도 보이지 않았다. 두레박을 놓았다. 그 손에 물통을 들었다. 그리고 아무런 말도 없이 앞으로 걸어나갔다.

"……저기!"

그녀는 툇마루에서 달려 내려갔다. 달려 내려갔다기보다는 굴러 떨어졌다.

순간 발의 붓기도 아픔도 그녀에게는 느껴지지 않았다. 물통을 들고 삼나무 숲 사이의 오솔길을 맞은편으로 걸어가는 무사에게 매달리며,

"아, 아버지 아니신가요? 장군님은 고슈의 하타모토이신 하지카노 덴에몬 나리 아니신가요?"

"아니야."

"아니요, 맞아요."

"아니, 아니야."

"하지만 갑옷의 가슴에 있는 문양은 하지카노 집안을 상징하는 양하(蘘荷)의 싹 모양인걸요."

"양하의 싹 모양은 다른 집안에도 있어."

"없는 걸로 알고 있어요. 고후의 집을 떠난 지 아직 4, 5년밖에 되지 않았어요. 어떻게 집안의 문양을 잊었겠어요."

"누구냐, 넌."

"쓰루나예요. 아버지. 친딸인 저는 그 눈빛과 목소리만으로도 알아볼 수 있어요. 왜 쓰루나로구나, 라고 말씀하시지 않으시는

거죠?"

"모르는 사람이다."

"매정한 말씀이세요. 나이도 아직 열네 살밖에 되지 않았을 때, 아버지를 따라 젠코지로 참배를 가던 도중 갑자기 엄한 눈빛으로 고슈를 위해서다, 주군에 대한 충성이다, 너를 버리겠다, 길 잃은 아이가 되어 에치고로 들어가라고 말씀하셨잖아요. ……저는 다른 사람의 손에 넘어갔고 가스가야마의 하타모토인 구로카와 오스미의 집에 하녀로 들어갔어요. ……그리고 헤어질 때 아버지께서 간곡하게 부탁하신 말씀을 지켜 우에스기 집안에서 일어나는 일들, 성 아래 마을의 움직임, 집안에서 오가는 말들을 자세히 글로 적어 쉬지 않고 고후에 밀고했어요. 그런데……."

어딘가에서 총 소리가 들려왔다. 탕하는 소리가 널따란 들판을 지나 안개를 흔들며 이곳의 숲까지 뚫고 들어왔다.

"놓아라. 여기가 어디인 줄 아느냐."

덴에몬이 발걸음을 옮겼다.

쓰루나의 등으로 통 속의 물이 넘쳐흘렀다. 자신의 딸보다 그 물이 훨씬 더 중요하다는 듯, 하지카노 덴에몬은 돌아볼 생각도 하지 않고 삼나무 사이를 달려갔다.

묘한 기운

노송나무 껍질로 지붕을 이고 나무 장식을 세워놓은 건물 하나가 보였다. 하지만 신사의 오래 된 신당이었다. 그것과 등을 마주하고 남쪽을 향하여 꽤 넓은 지역의 곳곳에 진막이 설치되어 있었다.

신겐이 있는 본영은, 그곳에서 사방 1정에 이르는 전부가 그것이라고 해도 좋았다. 어디에 있는 어느 막사 안에 신겐의 걸상을 놓았는지 깃발이나 기치에만 의존해서 찾아서는 알 수 없을 정도로 똑같은 진막이 여러 개 있었다.

"드실 물을 가져왔습니다."

하지카노 덴에몬이 그 가운데 한 곳으로 들어갔다. 거기에는 틀림없이 신겐의 걸상이 놓여 있었다. 걸상을 비워둔 채 신겐은 서 있었다. 그는 온몸으로 전쟁의 기운을 느끼고 있었다. 지난 밤 이후부터 급격하게 빨라진 피의 흐름이 자연스레 입 안을 마르게 하는 것이리라. 그는 아까부터 자꾸만 물 한 모금을 마시고 싶어 했다. 잡병이라도 보내 떠오게 하면 됐을 테지만, 주군이 마실 물이었기에 아무나 보내기는 마음이 놓이지 않았다. 내 손으로— 라며 덴에몬 자신이 발걸음을 옮겨 마침내 찾아서 떠온 우물물이었다.

"아아, 달구나. 만족스럽다."

국자의 물을 절반쯤이나 단숨에 들이켜더니 신겐은 그것을 통으로 되돌렸다.

덜그럭, 국자의 자루가 통에 부딪혀 소리를 냈다. 그것이 어떤 암시라도 되는 양, 털이 자라 있는 그의 커다란 귀가 꿈틀 움직였다.

"……뭐지. 덴에몬, 자네는 못 들었는가?"

"무엇을 말씀이십니까?"

"이상한 일이로군……. 무엇이라고 말할 수는 없지만."

"총 소리라면 조금 전 돌아오는 길에 들었습니다만."

"아니, 그건 덴큐 노부시게의 진지에 있는 소심한 보초병이 무엇인가를 실수로 잘못 보고 당황해서 쏜 총이었네. ㅡ그런 걸 말하는 게 아닐세. 그보다 훨씬 많지만 색도 없고 소리도 없는 것일세. 뭐라고 해야 할지. 이 짙은 안개의 흐름 속 새하얀 어둠이 우리 진영 위로 그것을 점점 짙게 드리우고 있는 듯한 기분이 드네. ……맞아, 역시 병마의 움직임일세. 분고, 분고!"

막사의 입구 한쪽에서 네다섯 명의 하타모토들과 나가에를 쥐고 경호를 서고 있던 모로즈미 분고노카미가 네, 하고 앞으로 대여섯 걸음 나서며 대답했다.

"중요 지점의 참호는 다 팠는가? 둑은 다 쌓았는가? 아니면 아직 진행 중인가?"

"아직 나이토 장군의 진 앞, 오가사와라 장군의 진 옆 등에서 보병들이 서둘러 일을 하고 있습니다."

"……그렇다면 그 소리인가? 헉헉 숨을 내쉬는 소리인가."
라고 다시 생각을 고친 신겐은 잠시 걸상에 앉아 마음을 가라앉히려는 듯한 모습이었다. 그러다 이번에는 정찰부대의 대장인 모치즈키 간파치로(望月勘八郎)를 갑자기 불러들여,

"그대 부대에서 나간 정찰병들이 아마미야 나루터나 고모리 방면의 상황에 대해서 뭔가 전해온 것 아직 없는가? 돌아온 자는 있는가?"
라고 물었다. 간파치로는,

"아직 한 명도ㅡ."라고 약간 송구하게 됐다는 듯 대답하고,

"제가 직접 다녀올까요?"
라며 신겐의 안색을 살폈다. 바로 그때 신겐의 촉수가 무엇에 닿았

는지, 그 커다란 눈을 허공으로 치켜뜨며 걸상에서 몸을 벌떡 일으켜,

"그건 있을 수 없어."

라고 혼자서 커다란 목소리로 말했다.

"사이조산을 습격하러 간 아군으로부터도 아무런 전갈이 없고, 정찰병도 모두 돌아오지 않았다고 하니, 적 겐신의 군대가 여기로 왔을 리 없을 텐데……, 어째서지? ……분주한 저 인마의 소리는?"

그의 말에 막사 안의 장사들도 모두 귀를 기울였다. 덜그럭덜그럭 갑주 부딪히는 소리가 들려왔다. 틀림없이 군대가 점차 다가오고 있는 듯한 땅의 울림이 들려왔다. 신겐 주위에 갑자기 긴장의 빛이 감돌았다.

"당황해서는 안 된다."

신겐은 순간 침착한 모습을 내보였다. 그의 얼굴빛과 그 커다란 풍채를 보고 모두가 마음을 가라앉혔다. 신겐이 사람을 부르기 시작했다.

"우라노 민부, 민부자에몬 있는가? 당장 상황을 둘러보고 오게. 인사 같은 건 필요 없네, 당장."

넷, 하는 대답이 들리더니 곧 민부자에몬의 상반신이 막사 위 높은 곳으로 모습을 드러냈다. 말의 등 위로 뛰어오른 것이었다.

채찍을 한번 가하는가 싶더니 곧바로 되돌아왔다. 안장에서 휙 뛰어내려 바로 신겐 앞에 무릎을 꿇고 앉아 고했다.

"역시 적군입니다."

"뭐, 역시 우에스기 군인가?"

"길게 종대로 늘어서 북쪽을 향해 사이가와 쪽으로 향하고 있습

니다."

"그 선봉은 사이가와를 건넜는가, 건너지 않은 채로 있는가?"

"그 부근에서 오른쪽으로 꺾어져 점차 커다란 상현달 같은 모양을 그리고 있습니다만, 그 발걸음으로 봐서 전투가 시작되어도 그렇게 갑자기 활발하게 움직일 것 같지는 않으나……."

하고 말끝을 흐리며 우라노 민부자에몬은 신겐의 눈을 보았다. 신겐은 그의 눈 안에 있는 것을 "흠." 하고 커다란 끄덕임과 함께 읽어냈다.

정찰한 내용을 보고할 때도 요령이 있는 법이다. 아군의 사기를 떨어뜨릴 만한 말, 당혹감을 주는 말, 그리고 적의 강점 등은 함부로 입에 담지 않는 것이 요령이다. ―그렇다고 해서 진실을 말하지 않는다면 주장의 판단을 흐리리라. 눈으로 전하는 경우도 있고, 입으로 일부러 주군 주위의 사람들을 속이는 경우도 있을 수 있다. 요령은 임기응변의 기지에 있는 것이라 해도 좋으리라.

수레바퀴전법

―아뿔싸, 겐신이 산에서 내려왔구나.

신겐의 가슴속에는 틀림없이 이런 놀라움이 있었다.

그러나 그의 눈썹은 동요하지 않았다.

그리고 직감하고 있었던 것이다. 사태가 중대하고 급박하다는 사실을.

"……."

우라노의 보고를 듣고 난 뒤, 순간 그는 그 커다란 눈을 눈꺼풀 속에서 휙 움직였다. 흐음, 하고 코에서 새어나오는 숨소리가 들렸다. 그리고 오른손에 든 지휘용 부채의 손잡이가 무릎에서 떨어졌는가 싶더니,

"무로가 뉴도(室賀入道), 혹시 모르니 다시 한 번 살펴보고 오게. ─겐신 정도의 대장이 스무날 넘도록 진을 치고 있다가 단 한 번의 싸움도 없이 본거지로 그냥 돌아갈 리가 없네. 게다가 밤새 지쿠마를 건너고도 이 부근에서 여전히 날이 밝기를 기다리고 있다니, 평범한 퇴진으로는 보이지 않네. ─민부가 잘못 본 것이라 여겨지네. 얼른 가서 겐신의 움직임을 다시 한 번 살펴보고 오게."

라고 한쪽 구석에 있던 자의 얼굴을 가리키며 명령했다.

"넷, 보고 오겠습니다."

무로가 뉴도는 이 지역의 사무라이였다. 이 부근의 지리에 밝았다. 말 등에 뛰어오르자마자 채찍을 휘둘러 달려나갔다. 뒤이어 바로 하라 하야토노쇼를 부르고, 다시 야마모토 간스케 뉴도 도키를 불러 두 사람을 걸상 좌우의 가까이로 오게 한 뒤, 무엇인가 부지런히 속삭임을 주고받았다.

─그 무렵, 상대방의 얼굴에서는 벌써 어슴푸레한 새벽의 기운을 느낄 수 있었다. 틀림없이 어둠이 걷혀가고 있었던 것이다. 그러나 더욱 깊어가는 안개 때문에 사물의 색조차 구별하기 어려웠다. 아니, 이런 안개 속에서는 시선만 방해를 받는 것이 아니라 소리조차 잘 들려오지 않는 법이다. 아군 속에서 들려오는 말의 울부짖음이나 바로 옆에서 나는 소리조차 극히 둔탁하게밖에는 들려오지 않는

법이다.

신겐은 그것을 충분히 계산에 넣었다. 평소 가지고 있는 시각과 청각의 통념으로 인해 오류를 범하지 않도록 세심하게, 그리고 지금까지 알고 있던 병법의 지식을 총동원해서 오감을 돕도록 했다. ─그럼에도 불구하고, 그래도 여전히 적과의 거리를 가늠하는 데, 그조차도 과오를 범했다는 사실이 그 직후에 명백해졌다.

"보고 왔습니다."

무로가 뉴도가 막사로 돌아오자마자 커다란 목소리로 외쳤다. 사태가 급박한 것 이상으로 급박했기에 무릎을 꿇고 앉아 상세히 보고할 틈조차 없었다.

"에치고 군 전부가 아군을 오른쪽에 두고 두툼하게 몇 겹이고 종대로 늘어서서 이쪽으로는 눈길도 주지 않고 사이가와 쪽으로 서서히 움직이고 있는 듯 보이지만, 사실은 회오리바람처럼 커다란 소용돌이를 하치만바라 가득 그리며 점점 저희 군과의 거리를 좁혀 오고 있습니다."

듣자마자 신겐은 날갯짓하는 독수리 같은 모습으로,

"역시 그런가. 그것이 바로 구루마가카리[32]라는 것이다."

라고 자리에서 일어서며 말했다.

"그렇다면 하야토노쇼. 지금 간스케가 말한 것처럼, 적이 그 정도의 각오를 가지고 결전의 진형으로 나온다니, 우리도 이대로의 태세로는 버틸 수 없을 걸세. 얼른 간스케의 지도에 따라서 각 부대에 진형을 바꾸라고 전하게."

---

32) 車掛り. 수레바퀴가 돌듯 상대를 공격하여 끊임없이 새로운 부대가 공격에 나서는 전법. 이하 수레바퀴전법.

있는 듯 없는 듯

그날 벌어진 가와나카지마 전투의 서전은 우에스기 군의 '수레바퀴전법'으로 시작되었다고 주장하는 사람, 아니 '수레바퀴전법'의 진형이 아니었다고 주장하는 사람 등 예로부터 여기에 관해서는 병법가들 사이에서도 시끄러울 정도로 논의가 행해졌다.

그러나 우에스기 겐신이,

'이 일전에 모든 것을!'

이라고 굳게 다짐하고 스스로 세심한 주의를 기울여 적의 중추로 직접 돌격해 들어가리라 꾀한 것만은 틀림없는 사실이다.

평소의 견고한 포진이나 일정한 거리를 필요로 하는 대진으로 신겐의 중군까지 파고들겠다는 목표를 달성하려 했다면 그것은 애초부터 불가능한 일이리라.

따라서 짙은 안개를 다행으로 여기고, 전군의 방향을 사이가와 쪽으로 향하게 하여 귀국을 위해 퇴각하는 것처럼 보이며 끊임없이 병사들을 걷게 하였으나 사실은 거대한 바퀴 모양의 진을 선회시켜 마치 태풍이 위도를 이동하는 것처럼 신겐의 진을 향해 나아갔다는 것은 그의 결의로 미루어보아도, 전략적으로 생각을 해보아도 당연한 계책이지 결코 근거가 없는 것은 아니다.

그것을 부정하는 논자의 말에 의하면,

'이날 서전에서는 겐신 역시도 신겐의 소재를 정확히 알지는 못했다. 왜냐하면 고슈 군 2만여는 가이즈 성을 나올 때 두 갈래로 나뉘어 그 한쪽은 산지를 따라 사이조산으로 기습공격을 감행하기 위해 향했으며, 다른 한 부대는 히로세를 건너 하치만바라로 나아갔다. 따라서 신겐과 그의 직속부대가 산 위의 요격부대에 있는지, 이 야전 대기조에 있는지는 제아무리 겐신의 형안이라 할지라도 아직은 분명히 알 수 없었을 것이다. 그런데도 수레바퀴전법 같은, 죽음을 각오해야 하는 필살의 진형으로 적에게 맞설 이유는 어디에도 없다.'

이 말에도 일리는 있는 듯하지만, 이는 겐신의 창끝만을 보고 겐신의 심리까지는 생각하지 못한 것이라는 느낌이 있다. 사이조산을 떠나기 전에도, 그리고 행군하여 도하하는 중에도 그가 풀어놓은 정찰대는 시시각각으로 꼬리에 꼬리를 물고 무엇인가를 보고했을 것이다. 그 보고 하나하나를 통해서 신겐이 어느 진에 있는지 확실히 알지는 못했다 할지라도 겐신이 그것을 판단하는 데 필요한 시사 내지 재료는 충분히 제공했을 것임에 틀림없다.

뿐만 아니라 우에스기 가의 한 노신이 구술한 것이라 일컬어지는 한 책에 의하면 겐신은 이 평야로 나선 뒤에도 그 목표를 적확히 파악하기 위해서 특히 하타모토인 야마요시 겐바(山吉玄蕃)와 스가 다지마(須賀但馬) 두 사람에게 명령하여,

"깊숙이까지 침투하여 살피고 오너라."

라고 고슈 군의 초계지대까지 들어가게 했다는 사실도 있다.

깊숙이 침투하여 살피고 오라는 것은 단순한 정찰 정도를 말하는 것이 아니라 그야말로 적 가운데로 들어가는 '잠입'의 기술로, 이른바 변둔은형(變遁隱形)의 기술을 필요로 하는 목숨을 건 정찰이

다.

안개 깊은 새벽녘의 천지. 아군의 모습이나 각 진의 막사조차 흐릿한 가운데에서는 그러한 들쥐와도 같은 적군이 어디에 어떻게 숨어 있을지 결코 예측할 수 없다.

물론 거기에 대비해서 이곳의 중군, 신겐이 있는 곳에서도 이제는 고슈 군 최대의 상징으로 여겨지고 있는 손자의 깃발과 홋쇼의 기치, 그리고 스와묘진의 깃발과 마름모꼴 꽃무늬 가문을 새긴 깃발도 전부 숨겨,

'신겐 여기에 있다.'

고 적이 한눈에 알아볼 만한 어리석은 태세는 취하고 있지 않았다.

지네의 깃발들

이는 여담으로 훨씬 훗날의 일이지만, 오다 노부나가(織田信長)가 오케하자마(桶狹間)에서 요시모토의 중군으로 돌격했을 때에도 그 진영 속으로 뛰어들기 전까지는 요시모토가 어디에 있는지 정확히는 알지 못했다. 여기저기 그를 찾아다니다 아름답게 옻칠한 가마가 보였기에 비로소 여기에 있다고 믿고 노부나가의 부하들은 한층 더 용기를 얻어 공을 다투었을 정도였다.

그 외에도 누구보다 더 조심스러웠던 신겐에게는 8명의 그림자 무사가 있었다는 말이 전해지기도 하는데 정말 그렇게까지 했는지는 모르겠다. 하지만 이에야스(家康)나 노부나가 등의 진중 생활을

살펴보아도 본진에는 대리인을 두고 자신은 은밀하게 전선의 선봉으로 섞여들어가 직접 지휘를 한 예가 얼마든지 있으니, 8명의 그림자무사를 늘 데리고 다녔다는 말이 사실인지는 모르겠으나 대리인을 쓴 경우는 종종 있었다고 보아도 커다란 잘못은 아니리라 여겨진다.

거기에 또 '수레바퀴전법' 진형 자체의 효과에도 의문을 제기하는 설이 있다. 그러나 야마가 소코(山鹿素行)의 병서에,

〈수레바퀴전법은 적이 3단, 4단의 진형을 취하고 있을 때는 매우 효과적이다. 이는 작은 수레라고도 한다. 그러나 큰 수레를 사용하여 적의 진형이 10단, 11단이 되면 얻는 것이 없다.〉

라고 적혀 있는 것을 생각해보면 수레바퀴전법의 가치는 충분히 인정하고 있지만, 상대방의 진형에 따라서 가치가 달라진다는 점을 강조하고 있다. 이 설에 반대하여 수레바퀴전법을 부정하는 논자로는, 동시대 인물인 오기유 소라이(荻莠徂徠)가 있다. 소라이는 이때 다케다 군이 취한 진형은 이른바 어린(魚鱗) 12단이라는 두터운 태세였기에 겐신이 수레바퀴전법을 썼을 리 없다는 점을 강조하고 있다.

그러나 진형이라는 것은 언제나 변화를 내포하고 있는 것으로 허즉실(虛卽實)이자 정즉기(正卽奇)라고 할 수 있다. 언제라도 빠르게 변화하는 것이 진형의 본질로 학익진이든 사형진(蛇形陣)이든 조운진(鳥雲陣)이든 그대로를 고집해서는 죽은 진이지 살아 있는 진이 아니다.

─수레바퀴전법!

신겐이 이렇게 직감한 순간 하라 하야토노쇼에게 서두르라고

재촉하며 아군의 각 부대에 전령을 급히 보내게 한 것은 말할 필요도 없이 그에 대한 '변화'를 곧바로 명령한 것이었다.

게다가 그때 신겐의 얼굴에도 약간 당황한 기색이 나타난 것은 그 순간까지도 그는 자신이,

'에치고 군보다 선수를 치고 있다.'

고 믿고 있었기 때문이었다. 사이조산으로 기습공격대를 보낸 일도 그렇고, 기습에 의해 적이 무너져 이곳으로 쏟아져 나오기를 기다리는 요격의 진도 그렇고, 전부 선수를 치며 두는 장기와 같은 것이라고 국면을 보고 있었던 것이다.

그런데.

그 입장이 역전되고 말았다.

겐신은 이미 망설임 없이 이곳으로 매진해 들어오고 있는데 신겐은 사태 직전에 아군의 포진을 바꾸지 않으면 안 된다는 필요에— 즉, 후수를 두어야 하는 입장에 놓여버린 것이다.

적어도 용병의 신묘한 지혜와 기술에 있어서 나이 어린 겐신에게, 이번에 둔 수에 대해서 멋지게 한 방 얻어맞은 신겐은 그 노련한 분별력과 최후의 필승에 대한 신념이 있었다 할지라도 인간적으로는,

"겐신 놈, 참으로 깜찍하구나."

라는 분노를 느끼지 않을 수 없었다. 그렇다면 본때를 보여주마— 하는 패기에 넘쳐나지 않을 수 없었다.

달 관

"진형을 바꾸라는 명령이다."

"진형을 바꾸십시오."

지네가 그려진 깃발[33]을 등에 꽂은 기마무사들이 몇 명이고 아군의 각 부대를 향해 달려나가, 그 진지마다에 화급하게 전했다.

"야마가타 장군의 부대는 선봉의 한가운데로 밀고 나가 백도라지 깃발을 표식으로 사용하라는 군령입니다."

"다케다 덴큐 노부시게 장군, 그리고 아나야마 겐바 장군의 부대는 야마가타 나리의 백도라지 깃발을 보고 그 좌측에."

"우측은 모로즈미 분고 장군. 나이토 슈리 마사토요 장군."

"중앙에 신겐 공, 하타모토들."

"뒤이어 왼편 측면은 하라 하야토 장군. 다케다 쇼요켄 장군."

"오른편 측면은 다케다 다로 요시노부 장군. 모치즈키 간파치로 장군. ―그리고 후진으로는 아토베 오이노스케 장군, 이마후쿠 조칸사이 장군, 아사리 시키베노쇼(淺利式部少輔) 장군……."

서둘러서, 높다랗게, 그리고 급히 여기저기서 지네 깃발의 전령들이 이렇게 외치며 돌아다니는 사이에 선봉인 야마가타 사부로베에의 부대와 그 외의 부대는 협곡에서 쏟아져나오는 구름처럼 발빠르게 움직이기 시작했으나― 이미 시기를 놓쳤다고 할 수 있으리라.

겐신의 무시무시한 수레바퀴 진형의 유동이 벌써 눈앞까지 접근해 있었던 것이다.

---

33) 다케다 신겐의 전령들이 사용하던 깃발.

그 접근법은 이른바 돌진직격 방식이 아니었다. 거대한 쇠사슬의 연속된 고리가 쉴 새 없이 빙글빙글 돌며 접근해오기에, 전투력의 예각이 어디에 있는가 하면, 그렇게 들어오는 동안 적의 선봉과 맞부딪치는 곳이 바로 그대로 예각이 되는 것이다.

드디어 그 한쪽 끝과 한쪽 끝이 서로 어딘가에서 맞닿은 모양이었다.

아직은 다케다 군이 전 진형의 새로운 태세를 완전히 갖추기 전이었다.

당연히 일부 진지에서 혼란이 일어나기 시작했다.

아뿔싸, 하며 신겐도 이때는 피가 거꾸로 솟는 듯한 느낌이었을 것이다. 그 때문인지는 모르겠으나 그가 있는 막사 가까운 곳에서 갑자기 큰북의 웅장한 소리가 연달아 울리기 시작했다.

그러나― 전투 준비를 알리는 신호였다.

아직 저돌적으로 공세를 취하라는 의미의 북소리는 아니었다.

"누구 없느냐! 아무도 없느냐!"

그의 곁에서 하타모토들이 사람을 찾고 있었다. 야마모토 도키와 하라 하야토 등도 모두 각자가 맡은 구역으로 서둘러 돌아갔기에 거기서는 이미 자취를 감춘 뒤였다.

"네, 부르셨습니까."

지네 깃발을 등에 진 자들이 두엇 달려왔다. 그들은 눈도 그렇고 입술도 그렇고 낯빛도 그렇고, 이미 평상시의 것이 아니었다.

"다시 명령이다! 선봉의 좌우 각 부대 모두 각자 위치에서 굳건히 버텨 함부로 진지를 떠나서는 안 된다. 무슨 일이 있어도 물러나서는 안 된다. 적의 맹공에 오로지 그 위치만을 사수하며 응전해야 한다. 서둘러 각 부대의 대장들에게 알리라."

본진으로부터 거듭된 명령을 받은 전령들이 다시 등의 지녀 깃발을 펄럭이며 각자 달려나갔다.

그가 큰북을 사용했기에 이쪽에서는 일부러 징을 썼다고도 한다.

어쨌든 이제는 분명히 서로의 적을 서로가 마주하게 되었다. 눈에, 귀에, 발끝에, 온몸의 털이 곤두선 전신의 모공에.

어느 틈엔가, 하늘에는 해가 솟아 있었다.

해의 위치를 보니 시각은 마침 진초시(오전 7시) 무렵이라 여겨졌다. 안개는 아직 걷히지 않았지만 젖빛에 투명함을 띠기 시작했으며, 끓는 물에서 솟아오르는 김처럼 어지럽게 오르내려 그 가운데 막이 엷은 부분이 눈앞에 다가오면 가와나카지마 일대에서부터 사이가와 · 지쿠마가와는 말할 것도 없고 멀리 묘코와 구로히메의 연이은 산세까지 밝게, 혹은 희미하게 떠올랐다.

"거의 다 왔어. 이제 거의 다 왔어."

"4, 50간."

"아니, 30간 정도밖에 되지 않아."

선봉 중에서도 가장 앞쪽에 몸을 웅크리고 앉아 있는 것은 야마가타 사부로베에 휘하의 일개 소대인 화승총부대였다.

"······아직. 아직 아니야."

탄약을 장전한 채, 야트막한 구덩이 속에서 총구를 적에게 향하고 있으면서도 거리를 생각해서 쉽게는 발사하지 않았다.

"20간까지 기다려라. 올 수 있는 데까지 오게 두어라."

부대의 우두머리이리라. 뒤편에서 말했다.

조준을 한 채 자세를 취하고 있는 부대원에게는 참으로 길게 느껴졌다.

그렇게 기다리는 사이에도 조금만 방심하면 가을 풀을 흠뻑 적신 이슬에 화승의 불이 꺼지기도 하고 탄약이 젖어버리기도 했다.

"아직인가?"

"아직이야."

당시 화승총의 사정거리는 대략 30간쯤이라 알려져 있지만, 그처럼 간신히 날아간 총알은 갑옷의 다리 가리개나 몸통의 가죽에 맞아도 그냥 튕겨져나온다. 또한 총알도 3돈에서 7돈쯤 되는 납덩어리를 기껏해야 3발 정도 쏠 수 있으면 그나마 나은 편이고, 쏘고 난 뒤에는 총열과 약통 등을 닦아내지 않으면 사용할 수 없다.

이처럼 손이 많이 가는 물건이었으나 이는 얼마 전부터 전장에 모습을 드러낸 최신예 무기였다. 재력이 풍부한 고슈라 할지라도, 또 문화적으로 민감한 겐신이라 할지라도 그 전군에 겨우 백 정이 안 되거나, 많아야 백이삼십 정밖에 배치되어 있지 않은 무기였다.

따라서 그 1발에는,

"헛되이 쏘지 않겠다."

라는 마음가짐과,

"어차피 쓰러뜨릴 거라면 대장을."

이라며 거물을 표적으로 삼으려는 마음이 담겨 있었다.

종전의 활보다는 틀림없이 정확하게 소망을 이룰 수 있었다. ─ 그랬기에 화승총부대의 대장은 화살부대의 대장 이상으로 서전에서 공을 세우지 못하면 주군에게 체면이 서지 않는다 생각하고 있었다. 겨우 2, 30명의 부대원을 거느리고 있을 뿐이었으나 그들이 전군의 사기에 커다란 영향을 주기 때문이었다.

—발소리. 발소리. —이제는 적의 발소리까지 귀에 들어오기 시작했다.

꿈틀꿈틀 움직이는 것은 우에스기 군 병사들의 모습만이 아니었다. 안개의 농담도 굉장한 기세로 소용돌이치고 있었다. 그 사이로 햇빛이 비춰들 때마다 뭔가 무수한 것이 안개 속에서 번쩍번쩍 빛났다.

우에스기 군 중에서도 유명한 나가에 부대였다. 커다란 칼에 긴 자루가 달린 것처럼 생긴 무기를 든 용맹한 무사들이었다. —그런가 싶더니 그 선회하던 대열은 눈앞을 격류처럼 흘러 지나가고, 곧 다른 부대 하나가 모습을 드러냈다. 휘황찬란하게 저물녘 소나기처럼 창을 일렬종대로 치켜들고 발걸음을 맞춰 다가오고 있었다.

"—쏘아라!"

화승총 부대장의 열린 입에서 혼신의 힘을 담은 목소리가 터져나왔다.

타당! 탕! 퉁!

제각각 서로 다른 소리였다. 탄약의 상태가 다르고 젖은 총알 등도 섞여 있기 때문이었다. 20여 정 되는 총신 중에는 발사되지 않은 것도 대여섯 정은 있었다.

그러나 이 둔탁한 음향도, 그리고 순간 뿌옇게 피어오른 탄연도 갑주를 입은 무사들의 피를 들끓어오르게 하기에는 충분했다. 적이고 아군이고 할 것 없이, 대략 25, 6간 정도 떨어져 있는 양쪽 진영에서 와아 하는 함성이 한꺼번에 솟아올라 아침의 천지를 뒤흔들었다.

죽음의 땅에 선 목숨

두툼한 적의 전열이 서서히— 그러나 세찬 파도 같은 모습으로— 이른바 무사 압박이라 불리는 방식으로 조금씩 밀고 들어오면, 어느 쪽이 먼저인지도 모르게 한쪽 진열에서 소리 높여 와아 하고 함성을 지른다. 맞은편에서도 거기에 응해 와아 고함을 친다.

와아아……, 와아아.

외치면서, 절규하면서 한 걸음, 한 걸음 서로 다가가 서로의 간격을 좁힌다. 이 양 군 사이의 접근은 쉽사리 다음 장면을 전개하지 않는다. 한 걸음 내딛고는 와아 큰 소리로 부르짖고, 뭉그적 반걸음 나가서는 와아아 하고 외친다.

다리로 적을 향해 간다기보다 있는 힘껏 내지르는 목소리의 힘으로 적에게 다가간다고 말하는 편이 맞을 정도로 목청껏 외치는 것이다.

아니, 서전에 필요한 용기를 짜내기 위해서는, 힘껏 내지르는 목소리만으로는 아직 부족하기에 가장 앞 열의 뒤편에서는 이때 격렬하게 큰북을 울린다. 큰북을 치는 데에도 요령이 있어서, 북을 치는 자 자신이 천지에 기원하겠다는 정도의 기백과, 채에 사력을 담아서 치지 않으면 아군 무사들의 발걸음을 하나하나 적을 향해 나아가게 하지는 못한다고 일컬어진다.

이렇게 말하면 마치 모두가 서전을 두려워하는 듯하여 당시의 거친 무사답지 못한 것 같다고 말할지도 모르겠으나, 제아무리 전장의 경험이 많은 호기로운 자나 참된 용사라 할지라도 전장에 임해서 처음으로 적의 모습을 보고, 처음으로 양 군이 접근해가는 순간만은 몇 번을 경험해도,

　　─솔직히 무섭다.

라고 모두가 말한다.

이는 훨씬 훗날의 인물이기는 하나 동군[34]에 속했던 미야케 군베에(三宅軍兵衛)가 다른 사람들에게 들려준 말을 기록한 한 고서에도, 군베에의 술회라며 전선에 임했을 때의 두려움을 다음과 같이 기록했다.

〈─적도 빈틈없이 창을 겨누고 있고 아군도 빈틈없이 창을 겨누고 있소. 뭉그적거리는 듯한 발걸음으로 조금씩 다가서며 서로 함성만을 몇 십 번이고 주고받는데 그러는 사이에 큰북 소리도 귀에 들어오지 않고, 자신의 목소리인지 남의 목소리인지도 분간할 수 없게 되며, 눈앞이 캄캄해지고 창을 든 손은 굳어버리고 감각도 없어져서 순간 천지도 새카만 어둠처럼 여겨지오. 이미 적의 얼굴까지도 눈앞에 뚜렷하게 보이나 적의 전열에서도 한 걸음조차 앞으로 나서는 자가 여전히 없고 아군의 전열에서도 창끝만 나란히 하고 있을 뿐 한 발짝도 달려나가는 자가 없소. 여기는 천 길 낭떠러지나 허공이 아닐까 여겨질 정도로 발은 허공에 뜬 듯하고, 심신 모두 아득해질 때 누군지도 모를 자가 자신의 이름을 밝히며 가장 먼저 뛰쳐나가 몰려 있는 적 속으로 달려들면 그 순간부터 비로소 자신조차 잊은 듯한 마음과 함께 그 용사에게서 힘을 얻어 적 속으

---

34) 훗날 벌어진 세키가하라(関が原) 전투(1600)에서 도쿠가와 이에야스를 총대장으로 한 세력.

로 뒤이어 뛰어들게 되오. 따라서 가장 먼저 뛰쳐나가는 공적이야 말로 대수롭지 않게 여길 수 없는 것이오. 무예에 뛰어난 자라 할지라도 쉽사리 할 수 있는 일이 아니며, 평소 용감한 자라 할지라도 그 자리에 임해서는 대체로 다른 자와 다를 바 없어서, 나도 몇 번이고 전장을 경험했지만 서전만은 몸이 떨려오는 것을 어찌할 도리가 없소.〉

군베에 정도의 무사도 이렇게 말했다. 위의 이야기는 오사카 여름 · 겨울의 진에서 마쓰다이라(松平) 가의 편에 가담하여 용전했을 때의 경험을 사람들이 묻는 대로 들려준 것인데, 아마도 군베에뿐만 아니라, 오사카의 진에서만이 아니라, 전투의 시작이라는 것은 대체로 이랬으리라 여겨진다.

단칼에

얼마 되지 않는 숫자이기는 하나 이미 화승총의 영향이 나타나기 시작한 무렵에 행해진 가와나카지마에서의 접전은, 당연히 진형의 편성에 있어서도 그 이전의 진형과 형태가 달라지기 시작했다.

대체로 화승총부대를 가장 앞에 두었으며 그 다음에 활을 든 부대, 장창부대, 무사—처럼 4단으로 구성하는 것이 상식이었다.

그리고 일반적으로는 적과의 거리가 2, 3정일 때부터 화승총부대가 발포를 시작했다.

그 거리에서 탄환은 아직 적에게 도달하지 않지만, 큰북과 마찬

가지로 부대의 함성에 더욱 기세를 더할 목적으로 우선 쏘는 것이다.

4, 50간쯤 되면 착탄이 가능해진다. 서로 활발하게 쏜다.

하지만 탄을 넣는 일이나 총열의 소제에 시간이 걸리기 때문에 화승총부대도 대략 3열로 서서 3교대, 쏘고 나서 뒤로 물러나면 다음 열에서 장전한 채 기다리고 있던 자들이 대신 앞으로 나서서 쏘았다. 그리고 다시 물러나고— 이런 방법을 취하고 있었다.

그리고 반정 안쪽으로 접근하면 이번에는 화살을 빗발처럼 쏟아부었다.

다시 10간쯤 접근하고 7간, 5간까지 좁혀졌을 때 비로소 나가에부대나 창을 든 부대가 돌격을 개시하여 마침내 백병전이 시작되는데, 이때 제2진 전법이라고 해서 나각을 빠르게 불고 큰북을 급하게 두드리면 보병이고 사무라이고 전부 한꺼번에 적 속으로 뛰어들어 대검, 창, 맨손 등 무기나 전법에 상관없이 승기를 잡고 적을 제압하는 이른바 난전 상태에 들어가게 된다.

그러나 9월 10일 아침, 가와나카지마에서의 서전은 이러한 일반적인 전법과는 전혀 다른 것이었다.

왜냐하면 고슈 군은 적이 수레바퀴전법으로 나온다는 사실을 알고 평소 이상으로 엄중하고 견고한 진으로 맞섰지만, 겐신은 처음부터,

'이번에야 말로.'

라고 다짐하고 있었으며, 그 전법도 상식에 사로잡히지 않고,

'단칼에 싸워서 단번에 승패를 결정짓겠다.'

고 각 대장들과 좌우의 하타모토에게까지 이미 그 방침을 단적으로

이야기한 뒤였다.

단칼에 싸우겠다는 말은, 즉 제2진을 두지 않고 싸우겠다는 뜻이었다. 4단으로 늘어서는 진형도 서전도 필요 없다는 뜻이었다. 서전에서부터 바로 결전에 들어가는 필사의 전투를 노린 것이었다.

그 최전선에 선 것이 가키자키 이즈미노카미의 부대였다.

순무 문양의 깃발을 힘차게 흔들며 급습을 가했고, 좌우에서 혼조 에치젠노카미(本庄越前守), 야마요시 마고지로(山吉孫二郎), 시키베 슈리(色部修理), 야스다 하루베(安田治部) 등이 함성을 지르며 달려드는 형태를 취했다.

놀라운 사실은 주장인 겐신 자신이 가키자키의 부대 바로 뒤편에 자리했다는 점이었다.

전방에 있는 아군이 적과 맞부딪쳐 산개하면 겐신이 있는 위치가 바로 적 앞에 노출되어버린다. 대담하다고 해야 하는 건지, 뭐라고 해야 하는 건지 모르겠다.

'그렇게까지─.'라고는 신겐도 생각지 못했다. 모장인 야마모토 간스케, 하라 하야토 등의 예지로도 가늠하지 못했다. ─이에 고슈군은 평소처럼 두툼하고 견고한 포진으로 우선 그 전열에 배치한 화승총부대가 적의 선회하는 진을 향해서 화승총 사격을 개시했는데 우에스기 쪽에서 빠른 징소리가 울리고 함성이 들끓어오름과 동시에,

"단칼에 싸워라! ─물러나서는 안 된다, 뒤로는 한 걸음도!"

대장 겐신이 스스로 이렇게 외치며 그 말 앞에서 붉은 바탕에 용(龍)이라고 적힌─'어지러이 걸린 용'의 깃발을,

"공격하라. 공격하라."

하고 커다란 소리로 외치며 깃대가 부러져라, 깃발이 찢어져라 높다랗게 흔들고 흔들어 독려했다.

'어지러이 걸린 용'의 깃발이란, 우에스기 가에서는 돌격의 깃발이라고도 불리는 결사의 깃발이었다. 이 깃발이 나부끼면, 그 깃발 아래서 전군은 곧 죽음 외에 아무것도 없다고 맹세한 것이나 다를 바 없이 된다. 설령 적의 어떠한 강압에 부딪친다 할지라도, 한 걸음이라도 뒷걸음질 치거나 반걸음이라도 물러나면 다시는 사람들에게 무사로서의 얼굴은 들 수 없게 된다. —이러한 것이 우에스기 집안에 흐르는 염치의 정신— 수치를 수치라 여기는 기운 가운데 하나였다.

작별의 말

죽음을 향해서 달려든다.

아니, 죽음을 붙들기 위해서 뛰어든다.

이렇게 말해도 아직 부족하다. 어떻게 말해도 충분치 않으리라.

일시에 하얀 칼날의 물결이 우르르 적 속으로 목숨을 버린 채 달려들어갈 때의 모습은. —그야말로 지상에 있는 어떤 생태의 현상과도 비교할 수 없다. 장엄, 웅대, 비통, 유쾌. 표현할 단어조차 없을 정도다. 좀 더 커다란 의미를 담아서 말하자면 인간이 행할 수 있는 생명의 극치를 발한 순간의 '아름다움'이 여기서 극에 달했다고밖에 말할 수 없으리라.

이때 가장 빨랐던 것은 우에스기 군의 가키자키 이즈미노카미의 부대로, 부장 이하 모두가 말을 타지 않고 달려서 맹렬히 돌격해 들어갔다. 보병은 물론 사무라이까지 모두 투구를 앞으로 숙인 채 총알에도 화살에도 개의치 않고 와아 함성을 지르며 우르르 똑바로 달려나갔다. 그리고 맞부딪쳤다.

단칼에 승부를 지으려 몸을 던져 달려드는 자들을 맞이한 고슈 군의 부대는 야마가타 사부로베에 마사카게(昌景)의 휘하였다.

"아뿔싸! 노조에(濃添), 활과 화승총부대를 뒤로 물려라. 나가에 부대, 앞으로……. 앞으로 나서라!"

백도라지 깃발 아래서 사부로베에 마사카게가 몸을 벌떡 일으켰다.

노조에 마고하치(孫八)가 그 명령을 다시 커다란 목소리로 전열을 향해 외쳤으나 아군은 이미 혼란 상태에 빠졌다.

서전에서 허를 찔리고 말았다. 우선 화승총을 쏘면 적도 일단은 화승총으로 응전할 것이라고만 생각했는데, 그 사나운 적은 이미 아군 가운데로 들어와 있었다.

"우에스기 가의 오다이 기스케(小田井喜助)!"

"가스가야마의 인재라 일컬어지고 있는 소모야 곤노스케(祖母屋権之介)가 바로 나다."

"고시 사마노조(古志左馬之丞)다! 에치고 무사의 솜씨를 보아라."

오른쪽에서 들려오는 소리도 적. 왼쪽에서 외치는 목소리도 적. 야마가타 마사카게가 아뿔싸, 라고 외친 것조차 이미 너무 늦었다. 배의 바닥을 뚫고 콸콸 흘러 들어오는 물처럼, 우에스기 병사들이 순식간에 전 진지로 흩어져 여기저기서 처참한 모습, 이미 시체가 되어버린 수많은 병사들의 피에 안개가 걷힌 틈으로 피보다 붉게 보이는 아침 해가 쏟아지고 있었다.

들판의 혹처럼 야트막한 언덕 위에 서서 이 서전을 지켜보던 고슈 군의 젊은 장수가 하나 있었다. 신겐의 동생인 다케다 덴큐 노부시게였다.

그는 8백 명쯤의 병사들을 데리고 아군인 야마가타의 위치보다 훨씬 왼쪽에 진을 치고 있었는데,

"응? 우에스기 군의 사기, 이번에는 심상치가 않구나. 서전부터 저처럼 무시무시하게 싸우는 적의 모습은 지금껏 본 적이 없다. 오늘은 아마도, 패배를 모르는 다케다 군에게 있어서도 구사일생의 난전이 될 듯하다. 그렇다면 덴큐 노부시게도 오늘은 죽음을 각오하겠다."

중얼거리더니 그는 말에 채찍을 가했다. 적을 향해 달려나가는가 싶었으나, 형 신겐이 있는 본진 앞에서 내리더니 막사 안으로 들어가 곧 신겐 앞에 섰다.

그리고 사태의 시급함과 지금 아군의 진이 최악의 상태에 놓였음을 고한 뒤,

"지금은 승패를 걱정하는 것이 중요할 듯 여겨집니다. 다케다 가의 위기, 매우 급박하다고 해도 과언이 아닙니다."
라고 형에게도 결심을 종용했다.

신겐은 오히려,

"덴큐인가? 무엇 때문에 왔는가?"
라고 매우 침착했으나 노부시게가 눈에 눈물을 글썽이며,

"이번 생에서의 작별 인사를—."

하고 인사를 하기 위해서라기보다 눈물을 감추기 위해서 고개를 숙이자, 신겐은 매섭게 노려보며,

"너는 아직도 이 전장에 육친이 있다고 가슴속 어딘가에서 생각하고 있었던 것이냐! 신겐에게는 소중한 2만의 병사만이 있을 뿐, 동생 따위 있는지 없는지 생각한 적조차 없다. 쓸데없는 정은 진무(陣務)에 방해가 될 뿐이다. 당장 물러나라!"

라고 꾸짖었다.

"생각이 짧았습니다. 용서해주십시오."

덴큐는 눈물을 닦고 형의 본진에서 나와 말을 달렸다. 그러자,

"노부시게 공 아니십니까."

라고 뒤에서 말을 건 자가 있었다. 둘러보니 그곳은 야마모토 간스케 도키의 진 앞이었다.

"아아, 도키인가."

"벌써부터 난전이 시작된 모양입니다. 이러한 중에 뜻밖에도 모습을 뵙게 되다니, 끊을 수 없는 이번 생의 인연인 듯합니다. 오랜세월 두터운 은혜를 입었습니다만, 도키도 오늘은 긴 작별의 인사를 드려야 할 듯합니다. 오래도록 건승하십시오."

이곳의 진지도 이미 앞쪽의 목책을 돌파당해 적인지 아군인지도 모를 시체가 수를 헤아릴 수 없었으며 부러진 창과 짓밟힌 깃발 등, 처참한 기운이 가득했다.

"무슨 소린가, 뉴도. 저승길은 어차피 하나밖에 없네. 그건 그렇고 그대의 진지까지 벌써 적에게 이렇게 어지러워지고 말았는가."

덴큐가 뒤돌아 대답하자,

"아직은 괜찮습니다. 저, 야마모토 도키 그렇게 쉽게 무너지지는 않습니다. 한때는 적인 혼조 에치젠, 가키자키 이즈미의 부대에 다소 타격을 입기는 했으나 필사적으로 밀어붙여 적이 물러나는 틈을 이용해서, 저희 선봉인 야마가타 마사카게의 패배를 극력 만회하려 하고 있는 중입니다."

"……오오, 저쪽의 파도와도 같은 사람들의 소용돌이가 그것인 가?"

"버텨내기만 한다면 의심의 여지도 없이 아군의 승리입니다. 어젯밤에 사이조산으로 기습을 갔던 1만여의 아군이 이곳으로 달려올 때까지 버티기만 한다면 그때부터 오늘의 승기는 저희 고슈군에게 있을 것입니다."

라고 말한 순간 그의 뒤에서 전령 한 명이,

"군사님. 야마가타 부대의 오른편, 나이토와 모로즈미 두 부대가 적의 시바타 오와리노카미와 그 외의 맹공을 받아 무너지고 말았습니다. 그 방면으로 얼른 병력을 투입하라는 명령입니다. 한시라도 빨리."

라고 외친 뒤, 다시 달리기 시작했다.

"아아, 우익까지."

라고 이 군사는 전령의 말을 듣자마자 창을 지팡이 삼아 벌써 예순이 넘은 자신의 몸을 장년처럼 벌떡 일으켰다.

그리고 대여섯 걸음 절뚝거리며 걷다가 다시 한 번 덴큐를 돌아보고,

"그럼, 안녕히."

라고 말했다.

덴큐는 아파오는 듯한 눈으로 그 뒷모습을 가만히 바라보았다. 도키 뉴도의 몸에서는 벌써 몇 군데 창상과 총상이 보였다. 그러나 조금도 굴하는 모습은 보이지 않았으며, 곧 쉰 목소리를 짜내 전장의 흙먼지 속으로 무엇인가를 외쳤다.

흐르는 목

덴큐 노부시게의 그날 차림새는, 병꽃나무의 꽃 모양으로 미늘을 짠 갑옷에 뿔이 달린 투구를 굵은 목에 걸치고 긴 창을 옆구리에 끼고 명마 가이쿠로(甲斐黑)에 걸터앉아 있었다. 투구를 뒤로 쓰고 흐르는 피를 막기 위해 두른 머리띠에 헝클어진 머리를 쓸어올리고 씩씩하게 스스로 진두에 섰다가 무슨 생각을 했는지,

"겐노조, 겐노조."

하고 말 옆에 있던 가신 가스가 겐노조(春日源之丞)를 불러 등에 걸치고 있던 남보라색 호로35)를 쥐어뜯듯 벗더니,

"이건 아버지 노부토라의 유품일세. 아버지의 필적도 남아 있는 호로이니 적에게 **빼앗겨서는** 훗날 이름을 더럽히게 될 게야. 네게 이것을 맡길 테니 나의 아들 노부토요(信豊)에게 전해주기 바라네."

라며 던져주었다.

겐노조가 당황하여 줍고는,

---

35) 母衣. 무사들이 갑옷 뒤에 덮어씌워서 화살을 막던 천.

"제게 이것을 맡겨 도련님께 전하라는 명령은, 살아서 고후로 돌아가라는 말씀이십니까? 외람된 말씀이오나 다른 사람에게 명령하시기 바랍니다. 오늘의 이 전장에서는 한 걸음도 물러날 수 없습니다."

라며 외치듯, 울부짖듯 말 위의 주인에게 대답했다.

덴큐는 짐짓 화가 난 척,

"나의 안목으로 너를 택한 것이니, 다른 사람에게 명할 정도라면 애초부터 네게 명령하지도 않았을 것이다. 당장 고후로 돌아가라."

내뱉듯 말하자마자 그 모습은 난군 속으로 달려들어갔다.

에치고의 무사인 노지리 야스케(野尻弥助), 세키카와 주다유(関川十太夫), 가시와 구란도(柏蔵人), 구마사카 다이고(熊坂大伍) 등의 무리가,

"덴큐가 저기에 있다."

"신겐의 동생."

이라며 보자마자 다른 상대들은 버리고,

"내 손으로."

하며 달려들어,

"그대의 목을 얻지 못한다면 단둘이 승부를 겨루다 내 목숨이 끊어져도 여한이 없소."

라고 앞을 가로막았으며, 또 뒤를 좇아 어디까지고 끈질기게 따라다녔다.

덴큐는 창을 빼앗겼다. 바로 장검을 뽑아 구마사카 다이고를 베었다.

세키카와 주다유가,

"훌륭하군. 그렇다면 나는."

하며 창을 비스듬히 내질렀다. 뜻밖에도 덴큐가 그 창을 얼굴 앞에서 낚아챘기에, "이얏!"하고 있는 힘껏 잡아당기자 말의 머리를 넘어 앞으로 털썩 떨어졌다. 노지리, 가시와 등이 앞 다투어 목을 베려 하자, 덴큐의 부하 10여 명이 한 덩어리로 우르르 달려와 난투가 벌어진 사이에 덴큐의 몸은 어딘가로 사라져버리고 말았다.

"달아났다."

찾아보니 덴큐는 지쿠마가와 바로 옆까지 말을 타고 물러나 있었다. ―따라잡을 수 없으리라 생각했기에 에치고의 병사 하나가 화승총을 쏘았다. 덴큐는 강 속으로 물보라를 일으키며 떨어졌다.

텀벙텀벙 허연 물결을 일으키며 강 속으로 에치고의 병사들이 한꺼번에 달려갔다. 덴큐의 목을 베기 위해서였다.

덴큐의 몸은 물 위로 떠올랐다 잠겼다 하며 흘러갔다. 우사미 스루가노카미의 가신인 우메쓰 소조(梅津宗三)라는 자가 마침내 시체를 끌어안았다. 그리고 곧 강을 빨갛게 물들였다. 목만을 베어 옆구리에 끌어안고 다시 텀벙텀벙 강에서 나왔다.

―그러나 강 속에서 뭍으로 한 걸음 내디딘 순간, 덴큐의 가신인 히구치 사부로베에(樋口三郎兵衛), 요코타 몬도(横田主水) 등이,

"목을 내놓아라."

라며 칼을 휘둘렀다.

우메쓰 소조가 칼을 옆으로 휘둘러 한 사람을 베고 나머지 한 사람도 단칼에 쓰러뜨린 뒤, 뭔가 커다란 소리로 외치며 아군을 향해 달려갔다. 아마도,

"신겐 공의 동생인 사마노스케 덴큐 노부시게의 목을 우사미

스루가노카미의 가신인 우메쓰 소조가 베었다!"
라고 외친 것일 테지만, 헐떡임과 흥분과 비정상적인 소리들 사이
였기에 뭐라고 외치는 것인지 잘 들리지 않았다.

그 우메쓰 소조를 우에스기 군 안쪽까지 깊숙이 따라들어가 뒤에
서 불시에 비스듬히 쳐서 쓰러뜨린 병사 하나가 있었다. 곧바로
그의 손에서 주군인 덴큐의 목을 낚아채자마자 얼굴을 눈물로 적시
며 다케다 군의 진지 쪽으로 달려들어갔다. 전투가 끝난 뒤 알게
된 사실인데, 그 병사는 덴큐가 평소 눈여겨보기는 했으나, 야마데
라 묘노스케(山寺妙之助)라는 시동 아래에 속해 있던 신분이 지극
히 낮은 어린 자였다.

울부짖는 들판

고슈 군의 장수인 모로즈미 분고노카미는 전날부터 설사를 했다.
괴로움을 견딜 수가 없으면 때때로 방패 위에 몸을 눕힌 채 지휘를
했으나, 이제는 그 병고도 억누른 채 스스로 창을 쥐어 적을 막고
있었다.

그곳으로 공격해 들어온 우에스기 군은 고슈 군의 중앙을 돌파하
기로 되어 있는 가키자키 이즈미 부대의 예봉이었다.

"잡병들의 저지에는 신경 쓸 것 없다. 2진, 3진을 그대로 뚫고
나가 오로지 하치만의 숲만을 목표로 삼아라. 바로 거기에 신겐의
본영이 있다."

부르짖음 속으로 누구인지는 모르겠으나 적장의 목소리가 들려왔다.

모로즈미 분고노카미는 온몸의 털이 곤두섰다. 적은 전위와의 싸움에서 이기려 하지 않고 오로지 신겐이 있는 진만을 목표로 삼고 있는 듯 여겨졌기 때문이었다.

"여기가 무너져서는."

둘러보니 그의 부하들이 곳곳에서 사력을 다해 전투를 벌이고 있었다. 창과 창을 맞대고 있는 자, 부러진 창을 버리고 단숨에 칼을 뽑아 휘두르며 핏줄기 속으로 사라지듯 달려가는 자.

새빨간 내장을 드러낸 말이 그 사이를 미친 듯이 달려갔다. 말에서 떨어지는 자, 말에게 짓밟히는 자, 말의 등자를 힘껏 밟고 말 위의 적을 끌어내리려는 자. 그를 안장 위에서 베려다 오히려 아래에 있는 적에게 찔려 무참히 전사하는 자.

혹은 무기를 버리고 서로 엉겨붙어 싸우고 있는 자들. 풀과 흙과 피로 뒤범벅이 된 채 사력과 사력이 맞붙어 마침내 한쪽을 쓰러뜨린 뒤 그 목을 베어든 순간 다시,

"전우의 적."

하며 새로운 적이 나타났다. 삽시간에 또 하나, 또 하나, 끝도 없이 생명은 떨어졌으며 시체가 산더미처럼 쌓였다.

풀잎의 이슬은 말랐고, 걷힌 안개 대신 말이 피워올리는 먼지와 핏줄기가 들판을 가득 메웠다.

말로 표현하기 어려운 인간의 절규와 활시위 당기는 소리와 총성과 말의 울부짖음과 그에 따르는 땅의 울림 속에서 순간,

"덴큐 노부시게를 베었다."

라고 외치는 우에스기 군의 개가와,

"노부시게 나리께서 전사하셨다."

며 슬퍼하는 아군의 목소리가 번갈아 모로즈미 분고의 귀에 들어왔다.

모로즈미 분고의 전사

전사를 하는 자들은 그날 전에 무엇인가 예감과도 같은 말을 한다고 한다.

"오늘 아침부터 자꾸만 오늘의 전장은 덴큐가 죽을 곳이라고 거듭 말씀하셨습니다만, 동생 분께서는 이미……."

이제 다케다 군은 전면적으로 패색이 짙었다.

"그렇다면 나도 함께 길을 떠나겠다."

라고 모로즈미 분고도 죽음을 서둘러 마침내 뒤도 돌아보지 않고 차례차례로 적을 맞아 쓰러뜨렸다.

그 기세에 밀려 가키자키 이즈미의 부대도 한때는 뿔뿔이 흩어졌으나 같은 우에스기 군인 시바타 오와리노카미의 부대가 모로즈미 부대의 측면을 공격해왔다.

가키자키의 부대도 반격을 가했다. 당연히 협공을 받게 되어 분고노카미도 고전을 면치 못했다.

"이름 있는 사무라이처럼 보이시는군. 시바타의 가신인 마쓰무라 신에몬(松村新右衛門)이라고 하오. 그 목을 건네시오."

분고노카미 뒤에서 이렇게 외치며 달려오는 자가 하나 있었다.

돌아보니 말에 타지 않은 무사였다. 기다란 떡갈나무 자루의 창을 들고 있었다.

"무례한 놈!"

하고 외치며 말머리를 돌려 등자 아래로 칼을 휘두른 순간, 신에몬의 창이 상대방 말의 머리 옆쪽을 때렸다. 분고는 공중제비를 돌며 안장에서 떨어졌다.

"베었다, 베었어. 다케다 군의 사무라이 대장인 모로즈미 분고의 목을—."

미친 듯이 기뻐하며 잘라낸 목을 치켜들어 적과 아군에게 보이는 동안 그 마쓰무라 신에몬은 이미 분고노카미의 가신인 이시구로 고로베에(石黒五郎兵衛), 야마데라 도에몬(山寺藤右衛門), 히로세 고조(広瀬剛三) 등에 둘러싸여 그들의 창 속에 털썩 쓰러지고 말았다.

간스케 뉴도

진시(오전 8시) 무렵부터 본격적인 싸움에 들어간 양 군은 오시(정오)가 되어서도 여전히 들판 가득 흙먼지를 피워올리며 난투를 벌였고 한순간도 사투의 절규를 그치지 않았다.

예전의 그 어떤 난투에서도 무너진 적이 없었다고 일컬어지는 고슈 군의 철벽, 우시쿠보슈(牛久保衆)마저 그 대형을 잃고 각자

사투를 벌이는 모습을 보고 고슈 군 병사는 모두,

"이제 여기까지인가?"

라고 아군의 패배를 각오할 수밖에 없었다.

우시쿠보슈란, 산슈(三州) 우시쿠보 출신인 야마모토 도키 뉴도를 비롯하여 오사라기 쇼자에몬(大仏庄左衛門), 이사하야 고로(諫早五郎) 등, 모두 동향의 맹장, 용병들로 조직된 까만 복장의 부대였다. 삿갓도 투구도 갑옷도 깃발도 전부 검은색이었으며,

"우리가 무너지는 날은 고슈 군이 전멸하는 날이다."

라고 그 우시쿠보슈들은 늘 호언장담했다.

오늘이 마침내 그날일까?

우시쿠보 부대도 지리멸렬의 상태에 빠졌으며, 게다가 목격한 사람은 없으나 수장인 야마모토 간스케마저 난투 속에서 목숨을 잃고 말았다.

전후 벌어진 에치고 군의 논공행상에 의하면, 야마모토 뉴도를 벤 자는 가키자키 이즈미노카미의 가신인 하기타 요소베에(萩田与三兵衛), 요시다 기시로(吉田喜四郎), 가와타 군베에(河田郡兵衛), 사카노키 이소하치(坂乃木磯八) 네 사람인 것으로 되어 있다.

그 장소는— 아자토후쿠지(字東福寺)의 누마기묘진(沼木明神) 옆이며, 또 그 목을 실검한 장소는 하치만바라 안의 미즈사와(水沢)라 일컬어지고 있는데, 그때 실검한 목 가운데 삭발한 것은 하나가 아니라 사실은 3명의 머리를 실검했으며 그 가운데 하나가 닮은 듯하다고 하여 야마모토 뉴도의 수급이라고 보고되었기에 우에스기 집안 안에서도 후에는,

'참으로 간스케 뉴도의 수급인지, 명확하지 않다.'

고 의문스럽게 여기기도 했다.

단, 야마모토 간스케라는 인물 자체의 실재조차 예로부터 의문시되어왔는데, 『부코잣키(武功雜記)』에는 가미이즈미 이세노카미(上泉伊勢守)와 그의 동생인 고하쿠(虎伯)가 교토에서 돌아가는 길에 산슈 우시쿠보에 있는 마키노(牧野)의 집에서 야마모토 간스케를 만났다는 사실이 기재되어 있으며, 『호쿠에쓰군키(北越軍記)』에는 있었던 것처럼 기록되어 있기도 하고, 없었던 것처럼 기록되어 있기도 하다. 『고요군칸(甲陽軍鑑)』에는 신겐 공 군법의 참석자로,

〈바바 미노, 군의 조직법을 말씀드렸다. 타국에서의 진소를 정하는 일, 그 외의 포진 등에 대해서는 하라 하야토와 늘 상의했다.〉라고 되어 있고, 이른바 유막의 군사로 빼놓을 수 없는 야마모토 간스케의 이름은 보이지 않는다.

따라서 『고요군칸』과 『부코잣키』의 기록만으로 어느 정도까지 실재를 믿어야 할지, 거기에는 역시 한계가 있다.

그러니 여기에서는 일단 간스케라는 인물이 존재했던 것으로 간주하고, 단지 그 최후의 모습을 자세히 묘사할 방법이 없음을 유감스럽게 생각한다는 사실만을 기술해두기로 하겠다.

핏속의 길

화승총의 불이 마른 잎에 옮겨 붙은 것인지, 짓밟힌 영내의 불기

운이 들불이 되어 번진 것인지, 가와나카지마 일대의 하늘은 먹물을 뿌려놓은 것처럼 연기로 가득했다.

그 연기 사이로 벌써 미시(오후 2시)에 가까우리라 여겨지는 태양이 한 알갱이 산호처럼 흐릿하게 떠 있었다.

가이의 용사인 하지카노 겐고로(初鹿野源五郎)를 시작으로 이름 있는 맹장들의 전사 소식이 속속 들려와 신겐의 동생인 덴큐 노부시게 외에도 모로즈미, 야마모토, 나이토 등의 사무라이 대장이 연달아 목숨을 잃었기에 고슈 군의 진영은 이제 완전히 소멸 직전의 양상을 보이고 있었다.

겐신은 이때 안장을 두드리며 주위의 하타모토들을 돌아보고,

"오늘이야말로 평소의 소망을 이룰 날이다."

라고 말했다.

물론 그는 오늘 아침부터 일정한 장소에 진을 두고 있지 않았다.

그 자신이 성난 파도를 이루며, 그 자신도 종횡무진 말을 달리고 있었다.

그의 말 앞뒤에서 그를 따르며 한시도 주군의 곁을 떠나지 않으려 한 것은, 말할 필요도 없이 어젯밤 사이조산을 처음 내려올 때부터 뽑힌 12명의 하타모토들이었다.

지사카 나이젠, 이치카와 슈젠, 오쿠니 헤이마 등— 그때 일고여덟 명의 얼굴은 아직 보였으나, 나머지 몇 명은 부상을 입었거나 목숨을 잃었는지 이제는 겐신의 앞뒤에서 모습을 볼 수 없었다.

"가자, 뒤떨어져서는 안 된다."

겐신이 그들에게 내뱉듯 말했다.

준마인 호조쓰키게(放生月毛)에 채찍을 한 번 휘두르자 그의

모습은 마치 흐르는 별처럼 눈앞에 있는 다케다 다로 요시노부의
부대 속으로 달려들어갔다.

"앗, 주군께서."

"그렇다면 예전부터 품고 있던 소망을 오늘 이루겠다는 각오이
신 듯하다."

하타모토들도 뒤따라 달려들어갔다. 그러나 앞장서 달려가는 겐
신도, 말에 타지 않은 그들도 물론 무인지경을 달려가는 것은 아니
었다. 앞에서 그들을 막았다. 옆에서 공격해 들어왔다. 뒤에서 그들
을 감쌌다. 그들을 흩어놓고, 찔러 쓰러뜨리고, 밟아 넘으며 분투에
또 분투, 끝도 없는 핏속의 길이었다.

겐신과 하타모토들의 뒤를 이어서 산개해 있던 다른 부대들도
당연히 우르르 뒤를 따라 달려가 여기서 한 줄기 격랑 속의 사나운
물줄기를 이루었다.

〈적과 아군 3천 6, 7백 명이 뒤엉켜 찌르기도 하고 찔리기도
하고, 베기도 하고 베이기도 하고, 서로 갑옷의 어깨를 잡은 채
엉겨붙어 나뒹굴기도 하고, 목을 베어 들고 일어나면, 그 목은 우리
주인의 것이니 내놓아라, 건네주어라, 하고 창을 휘두르며 베러
달려오는 등, 열예닐곱 살의 어린 무사들과 짚신을 관리하는 말단
의 병사에 이르기까지 각자 무리를 이루어 다투었으며, 손에 손을
잡고 싸웠고, 심지어는 서로 동시에 상대방을 찌르기도 하고, 서로
의 상투를 낚아채 적과 아군이 하나가 되어 엉겨붙기도 하는 등,
누구 하나 헛되이 죽는 자가 없었다.〉

이는 『고요군칸』에 기록된 내용인데, 격돌 당시의 모습을 충분히
짐작해볼 수 있으리라 여겨진다.

어쨌든 다케다 다로 요시노부의 부대는 순식간에 돌파 당하고 말았다. 뿔뿔이 흩어져 사분오열, 놀랄 사이도 없이 겐신은 이미 오늘 새벽부터 감지를 해두었던 신겐의 중군을 향해 똑바로 달려나갔다.

소나기 속의 번갯불

겐신은 말 위의 상반신을 가능한 한 웅크려 얼굴을 갈기 속에 파묻었다.

화살이나 총알을 피하기 위해서가 아니었다.

'신겐이 가까이에 있다.'

고 생각했기 때문이었다.

그 신겐을 보기 전까지는 적이 자신을 겐신이라 깨닫지 못하게 하기 위해서였다. 또 신겐 이외의 적과 서로 맞서고 싶지도 않았다.

따라서 복장도 진에 머물 때보다 한층 더 간소한 것이었다.

검은 실로 미늘을 짠 갑옷 위에 단자로 소매 없이 만든 겉옷을 걸치고 하얀 비단의 두건으로 눈과 코만 드러나게 얼굴을 감쌌을 뿐이었다. 특히 대장다운 화려한 모습은 어디에도 없었다.

그러나 말은 명마인 호조, 칼은 아즈키 나가미쓰[36]의 2자 4치.

'신겐은 어디에?'

라고 횃불 같은 눈으로 주위를 살피며 하치만 경내 가까이를 달리

---

36) 小豆長光. 가마쿠라 시대 후기, 비젠노쿠니의 도공.

고 있었다.

여기까지 들어오자 의외로 달려드는 적도 드물었다. 핏발선 눈으로 지나치는 장사는 몇 명이고 있었으나 설마 적의 대장인 겐신일 것이라고 생각하는 자는 하나도 없었다. 또 겐신 역시 눈길조차 주지 않았다.

오로지 신겐과의 목숨을 건 일전만을 염두에 둔 채, 부근의 삼나무 낙엽 위에 쓰러져 있는 깃발과 방패와 잡다한 병기 등을 넘고 또 넘으며 그를 찾아다녔다.

그때 다케다 신겐은 다로 요시노부의 부대를 물리친 적의 한 무리가 하치만의 숲 쪽으로 선풍처럼 달려오는 것을 바라보며,

"대체 적은 또 무엇을 꾀하려는 것일까?"

라고 이상히 여겨 곁에 있던 3명의 승장(僧將)과 몇 명의 하타모토와 하나가 되어 수선을 피우고 있었다.

부근에서 뭔가 이상하고 커다란 소리가 들렸기에 거기에 있던 자 모두가 일제히 뒤를 돌아본 순간,

"신겐, 거기에 있었느냐!"

라고 거대한 맹수에 걸터앉은 거대한 인간의 모습이 두 개의 눈에는 전부 들어오지 않을 정도로 바로 앞에서 커다랗게 보였다.

―앗, 겐신!

거기에 있던 자 모두 바로 직감했으리라. 유막 안이기도 하고, 주군 바로 옆이기도 했기에 사람들은 창이나 기다란 칼과 같은 무기는 가지고 있지 않았다. 또 순간적으로,

"아뿔싸."

하며 당황한 아군들 사이에서는 장검을 뽑아들 간격조차 서로 확보

할 수 없었기에,

"이놈!"

승장 가운데 한 사람이 그곳에 있던 걸상을 멀리로 집어던졌다.

맞았는지 맞지 않았는지, 걸상이 어디로 날아갔는지조차 알 수 없었다. 단지 빗줄기처럼 삼나무 잎이 쏟아져 내렸다. 그 커다란 삼나무의 옆으로 뻗은 가지 덕에 말 위의 겐신도 몸을 지탱할 수 있었던 듯 여겨졌으나, 다시 몸을 앞으로 숙이자 호조쓰키게의 앞다리는 벌써 혼잡한 사람들 속으로 들어와 있었다.

"흠!"

이라는 울림이 들려왔다.

겐신의 입에서 나온 소리인지, 내리친 아즈키 나가미쓰의 소리인지, 순간 승장 1명이 그 칼끝에서부터 비틀비틀 뒤쪽으로 쓰러져 막사의 끈을 끊으며 벌렁 나뒹굴었다.

그러나 그는 신겐이 아니었다. ─신겐은 몸을 피해 마치 수풀 속으로 몸을 숨긴 맹호처럼 두 눈을 번뜩이며 겐신의 모습을 바라보았다.

아니, 그 눈동자가 그를 볼 사이도 없었을 정도였다. 오른쪽을 흘겨보며 한칼 내질렀던 겐신이 몸을 왼쪽으로 돌려 신겐 쪽으로 향하자마자 다시,

"받아라!"

하고 외쳤다.

이번 것은 그야말로 겐신의 뱃속 깊은 곳에서 나온 목소리였다. 신겐은 순간적으로 오른손에 들고 있던 지휘용 부채를 뻗으며 얼굴을 왼쪽 어깨에 살짝 묻었다.

저려오는 손에서 지휘용 부채가 떨어졌다. 그리고 커다란 봉황이 날아오르듯 몸의 위치를 바꾸며 대검의 손잡이로 손을 가져갔을 때, 겐신의 두 번째 칼날이 그가 몸을 굴리고 난 뒤의 공간을 갈랐다.

그 순간이었다.

잡무를 보는 자들의 우두머리인 하라 오스미가 한쪽에 떨어져 있던 자개장식 손잡이가 달린 창을 주워들어,

"이놈."

하고 잡아먹을 듯한 소리를 올리며 달려와 주군 신겐의 위기 직전에 그 창을 말 위에 있는 적에게 내질렀다.

겐신은 돌아보지도 않고,

"기잔, 비겁하다."

세 번째 칼날을 휘두르며 말에 탄 채 신겐 위를 덮치려 했다.

오른팔에 부상을 입은 신겐이 그 팔꿈치를 쥔 채 몸을 돌려 등을 보였기 때문이었다.

그 뒤쪽 어깨를 노리고 아즈키 나가미쓰가 한 줄기 빛을 내뿜었으나 그와 거의 동시에 호조쓰키게가 크게 울부짖으며 앞발을 들고 곧추섰다. ─너무나도 서두른 나머지 처음 내지른 창으로 허공을 갈랐던 하라 오스미가,

"쳇!"

하며 창을 고쳐 쥐고 겐신이 탄 말의 엉덩이 쪽을 있는 힘껏 후려쳤기 때문이었다.

하타모토 대 하타모토

"보이질 않아."

"어디에 계시지?"

"벌써 목숨을 잃으신 건가?"

지사카 나이젠, 와다 효부, 오쿠니 헤이마, 귀신잡는 고지마 야타로 등 하타모토 8, 9명은 모두 말에 타지 않았기에 주군 겐신의 모습을 도중에서 잃고 말아,

"한시도 곁을 떠나서는 안 될 우리가 적 속에서 나리를 놓쳐 홀로 계시게 했으니 만일의 사태가 벌어진다면 그야말로 세상의 웃음거리, 후세까지의 치욕."

하고 사방팔방을 거의 넋 나간 사람처럼 돌아다니며 폭풍우에 울부짖는 나무들처럼,

"주군!"

"나리!"

하고 외치며 찾았다.

그때 같은 부대 소속의 사무라이인 이모카와 헤이다유, 나가이 겐시로 두 사람이 어디에서 왔는지 하늘에서 떨어진 참새처럼 맞은편 진막 뒤쪽을 향해 똑바로 달려나가는 모습이 보였다.

"앗, 헤이다유가."

"그렇다면 주군도 저 부근에."

무리들도 앞 다투어 그 막사 쪽으로 맹렬하게 달려갔다. 아니 우에스기 군의 하타모토 12명뿐만 아니라, 부근의 진소와 막사 사

이를 우왕좌왕하던 다케다 군의 하타모토들도 주군 신겐이 위치한 영중에서 뭔가 이상한 소리가 들려왔기에 모두가 같은 장소로 달려들었다.

그곳으로 달려들었을 때는 겐신의 하타모토도 신겐의 하타모토도 당연히 서로의 몸과 몸이 부딪칠 정도로 혼잡스러웠다.

그러나 그 누구도 옆의 적은 거의 의식하지 않았다.

다케다 군의 하타모토는 신겐의 신변을 걱정했으며, 우에스기 군의 하타모토 역시 겐신의 몸을 걱정하여, 양쪽 모두 그 불타오를 듯한 눈과 섬뜩한 모습 앞에는 오로지 주군의 안위만이 있을 뿐, 그 외에는 아무것도 없었다.

이때 겐신은 단기로 신겐의 진영 속에 뛰어들어 신겐을 찾아냈으며 아즈키 나가미쓰가 첫 번째, 두 번째 섬광을 내뿜었으나 겨우 신겐의 오른쪽 팔에 가벼운 상처만 냈을 뿐, 적인 하라 오스미에게 방해를 받았고 타고 있던 말이 창의 자루에 엉덩이를 얻어맞아 호조쓰키게는 그를 태운 채로 펄쩍 뛰어올랐다가 그 진영에서 옆쪽으로 맹렬하게 달리기 시작했다.

"앗!"

말로 표현할 수 없을 정도의 혼란 속이었기에 오히려 다행이었다고 할 수 있으리라. 나무뿌리에라도 걸린 것인지 호조쓰키게가 앞으로 고꾸라졌다. 그리고 겐신은 무서운 기세로 말에서 떨어졌다.

뒤를 쫓던 하라 오스미와 그 외의 몇몇 창들이,

"지금이다."

라며 앞 다투어 겐신을 향해 달려들었다.

"위급하다!"

우에스기 군의 하타모토가 어찌 그냥 보고만 있었겠는가. 우르르 옆에서부터 맥진(驀進).

"어림없다!"

라며 창끝을 모아 가로막았다.

호조쓰키게는 그 사이에 빈 안장을 얹은 채 나가사카 조칸의 진지 속으로 주위도 돌아보지 않고 미친 듯이 달려들었다.

그리고 겐신은 자신의 곁으로 누구보다 먼저 귀신잡는 고지마 야타로가, 주운 말의 고삐를 잡아끌고 왔기에 그 등에 뛰어오르자마자 채찍을 한 번 휘두른 뒤,

"후퇴, 후퇴."

하고 하타모토들에게 외치며 다시 몰려드는 적들을 뚫고 아군 속으로 달려 돌아갔다.

들판의 외침

파고들 때도 빨랐지만 물러설 때도 빨랐다.

겐신이 왜 그렇게도 후퇴를 서둘렀는가 하면, 그의 하타모토와 적의 하타모토가 창을 마주하고 맹렬한 사투를 벌인 순간, 다케다 군의 하라 오스미가 커다란 목소리로,

"드디어 아군이 승기를 잡을 때가 왔다. 저기 사이조산 쪽에서부터 밤사이 별동대로 나갔던 고사카 나리, 바바 나리, 아마리 나리, 오야마다 나리 등의 부대가 구름 떼처럼 이쪽으로 급히 달려오고

있다!"

라고 몇 번이고 외쳤기 때문이었다.

겐신이 오늘 아침부터 단번에 승부를 결정지으려 서둘렀던 것도, 그리고 마음속으로 끊임없이 생각했던 것도 사실은 그 다케다 군 별동대 10개 부대의 이동이었다.

게다가 참으로 아쉽게도 적의 수장인 신겐에게 끝내 결정적인 한 칼을 휘두르지는 못했지만, 적의 중군은 완전히 유린했다고 할 수 있으니 오랜 세월 쌓여 답답하던 숙한의 일부를 풀었기에,

"이제는."

하며 일찌감치 국면의 '전환'을 생각하여 서둘러 깨끗하게 물러나 버리고 만 것이었다.

겐신이 물러났기에 물론 하타모토인 이치카와 슈젠, 지사카 나이젠, 와다 효부, 이모카와 헤이다유 등도 모두 뒤를 따라 아군 쪽으로 달리기 시작했다.

달리기 시작하며 이모카와 헤이다유와 귀신잡는 고지마 야타로가,

"다케다 다이젠다유 하루노부의 목을 이모카와 헤이다유가 베었다!"

"신겐의 목을, 우에스기의 사무라이인 귀신잡는 고지마 야타로와 이모카와 헤이다유가 힘을 합쳐 베었다. 다케다 군 놈들은 목이 지나는 길을 방해하지 말아라!"

목청껏 소리 지르며 외쳤다.

물론 거짓말이었다.

그러나 하라 오스미가 앞서— 사이조산으로 갔던 아군의 별동대

가 바로 앞까지 왔다—고 외친 것도 순간적인 기지에 의한 것이었다. 이런 말들을 외쳐대는 것도 때로는 온몸으로 싸우는 것 이상으로 전투력을 드러내는 것이다.

창으로 싸우고, 말에 탄 채 싸우고, 맨손으로 싸우고, 칼을 휘둘러 싸우고, 적과 아군이 한데 어우러져 한껏 피를 뒤집어쓰며 서로 엉겨붙어 싸울 때도, 그냥 입을 다물고 있는 것만은 아니었다. 아니, 오히려 적이고 아군이고 저마다 무엇인가를 서로 외치고 서로 부르짖으며, 온갖 욕설과 환성을 내지른다. 그러나 그것은 무엇이라고 외치는 것인지 거의 의미를 알 수 없는 것이 많다. 어떤 무사는 염불을 외우며 싸우는 것이 버릇인 자도 있었다. 염불을 외우는 소리는 난전 속에서 곧잘 들을 수 있는 것이며, 자신의 조상 가운데 마음에 새긴 자의 이름을 주문처럼 연호하는 젊은 무사도 있고, 한편으로는 장작을 팰 때의 기합소리처럼 "으쌰."하며 외치기도 하고 "영차, 영차."하며 커다란 배의 노를 저을 때처럼 칼을 휘두르며 달려오는 저돌적인 무사도 있었다.

어쨌든 의식, 무의식과는 상관없이 온갖 소리를 내지른다. 그러한 가운데 서서 적의 마음을 움직이고 아군의 사기를 끌어올릴 만한 말을 시기적절하게, 순간적으로 할 수 있는 사무라이라면 그야말로 천군만마와도 같은 사무라이이거나, 담력과 지략을 겸비한 상당한 인물이라고 할 수 있으리라.

그야 어찌됐든 이날은 정오를 지나면서부터 열풍이 불기 시작해서 적이고 아군이고 인마의 모습은 흐릿하게 흙먼지에 휩싸였으며, 밤이 아닐까 싶을 정도였으나 하늘에는 햇무리가 있었다고 훗날 그때를 떠올린 사람들도 말했을 정도로 지독한 흙먼지에 뒤덮여 있었다.

군마의 발굽이 어지러이 땅을 헤집었으며, 그 땅을 병사들이 다시 박차고 달렸기 때문이었다.

이에 더욱 혼란을 가중시켰으며 거기에 여러 가지 유언비어가 오고갔기에 다케다 군 안에서도 우에스기 군 안에서도 그 전후로 같은 편을 베는 일이 상당히 일어났다.

그 가운데서도,

"신겐 공의 목을 베었다."

는 유언은 아주 잠깐이기는 했으나 마법의 주문처럼 다케다 군 사이에 퍼져 순식간에 적막한 낙담의 기운이 전군을 뒤덮었다.

마침내 정신을 차리고 신겐의 걸상을 원래 자리에 되돌려놓은 신겐의 본진에도 그 사실이 전해졌기에, 큰일이라며 나이토 슈리가 말을 타고 곳곳의 아군 사이를 돌아다니며 말을 전했다.

"나리는 무탈하게 자리를 지키고 계신다. 아무 일도 없이 지휘에 임하고 계신다. ─적의 허언에 동요하여 아군의 전의를 떨어뜨리는 자가 있다면, 아군이라 할지라도 베어버려라."

전군의 불안한 동요는 이 말로 마침내 가라앉힐 수 있었지만, 중군의 한가운데를 겐신의 말발굽에 유린당한 다케다 군의 수뇌부는 그 놀라움과 흐트러진 진형을 쉽게는 회복할 수 없었다.

그러나 이러한 인내와 자중은 역시 다케다 신겐이었기에 가능한 일이었다. 시종일관 방어에만 힘쓰며 고전을 면치 못하던 고슈 군에게도 곧 길보가 날아들었다.

"보이기 시작했습니다. 10개 부대의 아군이, 건너편 지쿠마가와의 하류에서도, 상류에서도."

형세를 살피기 위해 하치만 숲의 가지 끝에 올라 있던 자들이 커다란 목소리로 아래를 향해 이렇게 외치자 아래에 있던 부장이 곧 신겐의 진막을 향해 같은 목소리로 고했다.

새로운 전국

늦었다.

사이조산에서 발걸음을 돌린 우군의 지원은 너무나도 늦었다.

신겐을 비롯하여 고전을 면치 못하던 다케다 군의 장사들 모두,

'대체 뭘 하고 있는 거야.'

라며 지금까지 마음속으로 화를 내고 있었으리라.

그러나 사이조산으로 향했다가 겐신이 떠나고 난 뒤에 도착하여 헛되이 비어 있는 적진만 바라보았던 그들의 입장에서 보자면 어쩔수 없는 부분도 있었다.

아침부터 정오 무렵까지 안개가 깊어서 우에스기 군의 향방을 전혀 알 수 없었다는 것도 하나의 이유였으나, 무엇보다 다음 행동으로 옮기는 데 있어서 우에스기 군의 어떤 속임수가 있을지 알수 없었기에 주의에 또 주의를 기했다는 사실.

거기에 또 하나는, 산에서 내려와 강을 건너려 하니 맞은편 강가의 고모리 언덕에서 우에스기 군의 용장으로 이름이 알려진 아마카스 오우미노카미가 주니카세 일대를 지키며,

─적이 강을 건널 때는 강의 중간까지 오기를 기다렸다가 공격하

라.

는 손자병법의 말대로 진형을 갖춘 채 지키고 있었다는 사실도
있었다.

그랬기에 시각을 더욱 지체했으며, 각자의 의견을 주고받는 동안
멀리 가와나카지마 쪽에서 총성이 들려왔다. 함성이 일었다. 안개
대신 흙먼지가 자욱하게 끼어 있는 듯이 보였다.

"아뿔싸, 적의 주력은 오히려 숫자가 적은 아군의 주력에게 강공
을 가하고 있구나. 한시도 지체할 수 없다."

상류와 하류, 두 갈래로 나누어 도하를 시작했다. 단기로 건널
때와는 달라서 대비도 필요하고 시간도 걸렸다.

이곳의 병사들은 별동대라고는 하지만 먼저 하치만바라로 나가
있는 신겐의 주력보다 훨씬 많은 숫자여서, 10명의 장수가 이끄는
10개의 부대로 나뉜 총 병력 1만 2천이었다.

그랬기에 겐신은 이들이 사이조산에서 구름떼처럼 이동해오는
것을 가장 경계했던 것이다. 그들을 막기 위해 고모리의 언덕에
아침부터 진을 치고 만반의 준비를 하고 있던 아마카스 오우미노카
미는,

'지금이다.'

라는 듯, 적이 아직 이쪽 강가에 발을 딛기도 전에 그들을 향해서
화살과 총알을 퍼붓듯이 날렸다.

착탄거리 안의 수면에는 비가 쏟아지듯 물보라가 일었으며, 물은
붉은빛으로 변했고, 쓰러져서 잠길 듯 떠오를 듯 흘러가는 사람들
의 숫자를 헤아릴 수가 없었다.

애초부터 겐신은 자신의 전군 가운데 화승총부대를 거의 대부분

여기에 남겨두고 간 듯했다. 그 자신의 군대는 당초부터 '단칼에' 밀어붙이는 전법을 생각하고 있었기에 활과 화승총은 필요 없다고 여겼기 때문이리라.

그러나 도하 중의 희생은 처음부터 각오하고 있었던 일이며, 그것에 두려움을 느낄 별동대가 아니었다. 곧 하류 쪽에서는 바바민부, 아마리 사에몬 등의 부대가 뛰어올랐으며, 상류 쪽에서는 오야마다 빗추, 오바타 야마시로, 사나다 단조 등의 각 부대가 상륙했다.

이때 에치고의 아마카스 오우미노카미 부대에 속한 자들의 활약은 참으로 눈부신 것이어서 훗날까지도,

─우에스기 가에 아마카스가 있다.

고 천하에 널리 알려졌을 정도였으나, 유감스럽게도 본진과의 연락이 끊긴 채 고립되어 있는 1개 부대로는 아무리 분전을 거듭해도 1만 2천의 파도를 오랜 시간 막을 수는 없었다.

상류에서 뭍에 오른 적군은 이미 하치만바라에 도달했다. 거의 빈사 상태로까지 내몰렸던 야마가타 마사카게의 부대와 마침내 합류하여 그들이 맞서던 적인 에치고의 가키자키 부대─ 승세를 타고 있던 그들을 보자마자 반격을 가했으며 뒤를 쫓아 베었고, 뿔뿔이 흩어놓았다.

하류에서 올라와 새로이 가담한 고슈 군도 우에스기 군의 후면을 있는 힘껏 들이쳤다. 멀리 신겐이 있는 하치만 신사 방면에서 들려오는 본군의 ─와아, 와아, 하는 함성에 응하여 이쪽 들판 끝에서도 새로운 힘에 넘치는 함성을 올리며 우에스기 군의 측면에 맹공을 퍼부었다.

이곳으로는 에치고의 나오에, 야스다, 아라카와(荒川)의 각 부대가 달려왔다.

성난 파도처럼 밀고 밀리고, 핏줄기가 끝도 없이 솟아올랐다.

저물려 하는 태양

"야타로, 야타로!"

"넷."

"이 부근에 깃발을 세워라."

"알겠습니다."

겐신은 말에서 내려 벌판에 서 있었다. 멀리, 아군의 후방 쪽이었다.

귀신잡는 고지마 야타로가 비(毘) 자가 적힌 깃발과 태양이 그려진 깃발 2개를 높다랗게 세우고 있는 동안 겐신은 나각수인 우노 사마노스케에게,

"나각을 불어라."

라고 다시 명령했다.

어떤 신호의 나각을 불어야 하는지는 말하지 않았다. 그러나 사마노스케는 알고 있었다. 왜냐하면 지금 막, 주군의 좌우에서 하타모토인 오쿠니 헤이마와 와다 기베에 이치카와 슈젠 등 대여섯 명이 각 방면의 아군에게,

"당장 퇴각하라."

라는 명령을 전달하기 위해 팔방으로 달려나갔기 때문이었다.

"싸움도 여기까지다."

아직 열기가 식지 않아 땀이 배어나오는 얼굴에 바람을 맞으며 겐신이 커다랗게 중얼거렸다.

"가키자키 이즈미 나리와 그 외에 멀리 히로세 부근까지 깊이 공격해 들어간 아군이 걱정입니다. ―그저 나각을 불어 신호를 내리는 것만으로 충분할지요?"

지사카 나이젠이 까치발로 몸을 한껏 늘여 멀리를 바라보며 걱정스럽다는 듯 말했다.

"허나……."하고 겐신도 그것을 생각하고 있었던 듯했다. 지쿠마를 건너 고슈의 주력과 합류한 새로운 적군에게, 그곳의 아군은 퇴로를 차단당한 형세가 되어버렸기 때문이었다.

"아니, 괜찮을 게다. 다른 사람도 아니고 이즈미노카미 아니냐. 새로 가세한 적군의 옆구리를 찔러 돌파해 나올 것이 틀림없다. 그러면 고모리에는 아마카스가 있고 이쪽에 있는 나오에 야마토, 야스다, 아라카와 등의 부대와 하나가 되어 물러날 것이다."

아니나 다를까 아군은 그의 말대로 서서히 진을 물리기 시작했다.

그렇다고는 하나.

형세는 숨길 수도 없이 역전되어버리고 말았다. 지금까지는 겐신도,

'우리가 이겼다.'

고 분명히 믿고 있었으나, 1만 2천의 새로운 세력이 적군에 합류한 이상 아군은 창끝을 거둘 수밖에 달리 방법이 없었으며, 적은 반대

로 아침부터의 굴복에서 태세를 전환하여,

　─맛을 보여주겠다.

고 마음껏 공격에 나서서 그 기세를 몰아 이번에는 철저하게 맹추격을 해오리라.

　아니, 자칫 잘못했다가는 이 한순간에 아군이 전멸할지도 모를 일이었다. 단번에 승패의 기운이 뒤바뀌어 역전당한 진용은 그 정도로 위험한 흉상(凶相)을 띠고 있었다. 그러나 겐신의 얼굴에서는 여전히 여유가 보였다. 그는 자신의 깃발을 향해 사방에서 퇴각해오는 아군을 둘러보며 그 마음속으로는 이런 생각을 하고 있었다.

　'이겼다, 우리가 이겼다. ……허나, 이 승리를 어떻게 해야 쟁취할 수 있을까, 끝까지 우리의 것으로 삼을 수 있을까?'

　자신의 싸움은 여기까지라고 보았으나, 다케다 군의 싸움은 지금부터라고 해야 하리라. 일식이 일어난 것 같은 하늘을 올려다보니 태양은 이제 신시(오후 4시) 무렵이라 여겨졌다.

겐신인 줄 모르고

　누군가 있었다. 약 10기 정도.

　저물어가는 빨간 햇살을 받으며.

　그러나 수풀에는 땅거미가 내리고 있었다. 소슬하게 부는 바람은 어두웠다. 그리고 누구인지도 분간할 수 없는 그곳의 10기 정도는, 깃발을 세운 채 사방을 바라보고 있었다. 하얀 바탕의 깃발에 '비

(毘)'라는 글자 하나가 커다랗게 보였다.

"적!"

"상대하기 알맞은 대장!"

하며 다케다 군이 달려들어갔다.

겐신인 줄은 몰랐다.

또한 그 한 무리의 무사를 겐신 쪽에서도 아주 가까이 올 때까지는 다케다 군이라고는 깨닫지 못한 듯했다.

"시바타나 가키자키의 부대인가?"

이곳의 깃발을 보고 단걸음에 달려온 아군의 일부라고만 생각한 것이었다. 그러나 수백 걸음쯤 다가왔을 때,

"고사카다!"

라고 겐신 곁에서 나가이 겐시로가 외쳤기에 사람들도 마침내,

"이런!"

하며 무의식적으로 주군의 주위를 감쌌다.

고사카 단조의 부하는 2, 3백 명쯤이었다. 겐신의 하타모토들의 몇 십 배나 되었다. 그러나 고사카 부대 가운데 1개 조였을 뿐, 그 주력부대가 아니었던 것은 요행이었다.

"저 목을!"

하며 겐신을 향해서 달려왔으나, 적확한 목표와 신념이 있는 지휘자가 없었다. 이 난전 속에서 우연히 숫자가 적은 적의 한 무리를 발견했기에 섬멸을 위해 달려든 것일 뿐이었다.

"잡병 놈들!"

겐신을 지키는 자들은 사력을 다했다.

나가이 겐시로도 다케마타 조시치도 귀신잡는 고지마 야타로도

망설이지 않고 달려나가 적 속으로 들어갔다. 이처럼 소수의 병력으로 적과 마주쳤을 때 상대 병사의 숫자에 압도되어 몸을 웅크린 채 방어만이 최선이라며 좁은 땅을 지키기만 한다면 그 고립은 적의 표적이 되어 철저히 짓밟힐 수밖에 없다.

적은 그 두터운 포위망에 어울리지 않게 나가이, 귀신잡는 고지마, 다케마타 등의 분전 앞에 곧 흩어져 달아나기 시작했다.

두어 명이 맹렬하게 창을 내지르고 칼을 휘두르며 접근한 듯 보였으나, 겐신 주위에는 거의 에치고 군 가운데서도 뛰어난 하타모토들만 자리하고 있었다.

대수로울 것도 없는 일이었다. 그 대검과 그 장창의 커다란 날로 다가오는 자를 쓰러트리며 서로가,

"이얏!"

"얏!"

하고 호응하듯 외쳐대고 있었다.

겨우 10여 명쯤의 아군이었다. 분산되어서는 불리하며, 또 주군인 겐신의 방패가 되어야 할 진형을 무너뜨리지 않기 위해서이기도 했다.

겐신은 이미 말 위에 올랐다.

그리고 우노 사마노스케와 지사카 나이젠이 그 재갈을 쥐고 달리기 시작했다. 그 뒤를 따라서 이나바 히코로쿠, 와다 효부, 이와이 도시로 등이 달리다 다가온 적을 베고는 다시 달리고, 또 발걸음을 멈추어 적들을 베었다.

상처 입은 군의 장수는 어머니의 마음과 같다

사이가와 강변까지 겐신은 단숨에 말을 달려 돌아왔다.

바로 1각 전까지만 해도 단기로 고슈 군의 본영을 그 말발굽 아래 흩어놓고 신젠의 머리 위로 한 줄기 섬광을 내리쳤던 그가, 지금은 몸을 물리는 데 아무런 분함도 망설임도 없었다. 담담한 모습이었다.

"잠시, 잠시만, 지사카."

나이젠이 주저하지 않고 겐신의 말을 강물로 끌고 들어가 강을 건너려 한 순간, 그를 제지하여 겐신은 그곳에 다시 말을 세웠다.

"아아, 여기에 계셨습니까?"

앞서 곳곳의 아군에게 총퇴각의 명령을 전하러 갔던 오쿠니 헤이마와 이치카와 슈젠 등이 하나둘 돌아오기 시작했다.

또한 거기에 멈춰 서 있는 동안 고사카 부대의 선봉을 막아 마침내 혈로를 뚫었던 귀신잡는 고지마, 나가이, 다케마타 등의 몇몇도 피칠갑을 한 모습으로 모여들었다.

10명, 20명, 다른 아군들도 드문드문 모여들었다. 그러나 그 병종도 소속도 제각각이었다. 그것만 보아도 아군의 주력과 각 부대가 얼마나 뿔뿔이 흩어졌는지, 각자 맡은 자리에서 고전을 면치 못했으며 전체가 얼마나 혼란에 빠졌었는지를 가늠할 수 있었다.

물은 줄줄, 바람은 소슬, 땅거미와 함께 매우 차가운 기운이 덮쳐왔으며, 겐신의 가슴은 아직도 돌아오지 않은 휘하의 장병들 때문에 슬픔과 아픔을 느끼지 않을 수 없었다.

"시바타 오와리, 니이쓰 단고(新津丹後). 그리고 혼조 에치젠, 호조 아키(北条安芸) 등은 어찌 되었는지. 가키자키는 무사히 퇴로를 뚫었을지. 나오에는……."

귀신도 곡을 할 정도의 군신(軍神)이라 불리는 그가 어둑한 벌판을 둘러보며 자신도 모르게 이렇게 중얼거리는 모습은, 마치 돌아오지 않는 아들을 문 앞에 서서 기다리는 어머니처럼 다른 생각은 끼어들 여지가 없는 것이었다.

"괜찮을 겁니다. 걱정하지 않으셔도 됩니다."

오쿠니 헤이마가 근심을 덜려는 듯 말했다.

"사이조산에서부터 가세한 적은 상당한 대병, 게다가 힘을 쓰지 않은 상태이기에 쉽게는 막지 못할 테지만, 아군 모두 서서히 이 사이가와의 단바지마 쪽을 향해서 퇴각하고 있습니다. ―나리께서 여기에 계신 줄 모르고 이미 사이가와를 건너 멀리 후방으로 물러난 부대도 있으리라 여겨집니다."

헤이마의 말에 뒤이어 사람들도 한 목소리로 겐신에게 말했다.

"다수의 병력으로 여기에 머무시는 것은 오히려 아군의 집결에 혼란을 줄지도 모릅니다."

"한시라도 빨리 사이가와를 건너시어 안전한 곳으로 물러나도록 하십시오."

"여기에 계셔서는 언제 다시 위험이 닥칠지 모를 일입니다."

겐신은 간언을 받아들였다. 그렇다면, 하고 강을 건너기 위해 강가 쪽으로 말머리를 돌렸다.

이곳 단바지마라 불리는 삼각주의 상류 부근은 말의 다리가 바닥에 닿았으며, 사람이 건너도 목덜미 정도까지 물에 잠기면 건널 수 있는 곳도 있었으나, 거기서부터 하류 쪽은 훨씬 더 깊었다.

지쿠마는 유속도 느리고 깊이도 얕았지만, 거기에 비해서 사이가와는 훨씬 더 빠르고 물살이 거셌다. 이 부근에 있는 강들의 물이 말라 수량이 가장 적어지는 것은 한여름인 7월이다. 9월, 10월이 되면 산악지방에 우기가 찾아와 순식간에 4, 5자 정도 수위가 높아지는 것이 예년의 상황이었으며, 특히 단바지마부터 하류 쪽으로는 사람이 걸어서 건널 수 있는 곳이 한 군데도 없어지고 만다.

겐신이 근심한 것도 퇴로, 퇴로하며 자꾸만 중얼거린 것도, 그러한 점이 마음에 걸렸기 때문이리라.

물론 아군의 각 부장들도 모두 이 유역 강들의 깊이는 잘 알고 있었다. 그러나 동시에 그 정도의 상식은 다케다 군의 각 장수들에게도 있을 터였다.

따라서 이제 우세한 위치에 선 적들은 그 예봉과 포위망을 극력 사이가와의 하류 쪽으로 향하려 하리라.

겐신과 그의 하타모토들 이하 대략 100여 명쯤 되는 병력은 우선 겐신을 뒤에 남겨둔 채, 10명쯤 되는 하급 사무라이들이 창을 지팡이 삼아 텀벙텀벙 강으로 들어갔다. 얕은 곳을 찾아내 주군의 길을 안내하기 위해서였다.

그런데 안내를 위해 앞서 물에 들어갔던 자들이 강의 중간쯤에서 갑자기 물방울을 튕기며 쓰러졌다.

화승총이 아니었다.

가까이서 활시위 소리가 들려왔다. ―그리고 다음 순간, 다케다 다로 요시노부를 주장으로 하는 고슈 군의 정예가,

"포위하라!"

"선제공격을 가하라!"

질풍처럼 급습을 가했다. 그들은 앞서 습격을 받았던 고사카 부대의 1개 조따위와는 비교가 되지 않을 정도로 피비린내 나는 돌풍을 머금고 있었다. 아니 광기에 가까운 분노까지 띠고 있었다.

일부는 정강이까지 물에 잠겼으며 겐신은 아직 강변에 있었다. 강에 들어갔던 자들도 당연히 물보라를 일으키며 되돌아왔다.

다케마타 조시치는 이미 한 명의 사나운 적과 칼을 맞부딪쳐 그를 베어 쓰러뜨렸고, 바로 뒤이은 적과 맞붙었다가 공중제비를 돌며 물가까지 나뒹굴고 말았다.

"쳇!"

핏속에서 일어나 곧바로 몰려드는 고슈 군 속으로 뛰어들었다. 갑옷의 넓적다리 부근은 한쪽이 떨어져 나갔으며, 투구도 어디선가 잃어 머리카락이 바람에 나부끼고 있었다.

혼다 우콘노조(本田右近允)는 겐신의 눈앞에서 누구인지는 모르겠으나 고슈 군의 사나운 장수와 싸우고 있었다. 마치 독수리와 독수리가 맞붙은 듯한 모습이었다.

와다 효부, 우노 사마노스케 두 사람은 2자루 창을 하나로 하여 쉴 새 없이 새로운 적을 차례차례로 맞아들였다.

창으로 일격에. 이것도 작은 전법이라고 할 수 있을까?

그 외에도 겐신을 둘러싼 근시들은 누구 하나 시뻘건 피에 범벅이 되지 않은 자가 없었다.

100여 명이었던 자들이 적의 창칼에 쓰러져 순식간에 4, 50명으로 줄어들고 말았다.

적도 수많은 시체를 쌓았다.

그러나 쉽사리는 물러나지 않았으며, 기세가 꺾이지도 않았다.

그도 그럴 것이 그들은 아버지 신겐이 상처를 입고, 자신의 부대도 한때는 궤멸의 상태에 직면했던 다로 요시노부가 새로운 병력으로 재편성하여 싸움에 나선 부대였기 때문이었다.

'서전의 치욕을 씻지 못한다면, 살아서는 고슈 사람들의 얼굴을 볼 낯이 없다.'라고 의지를 굳게 다진 지도자와 그 정병들이었다. 단지 안타까운 점은, 수면도 이미 어두운 황혼에 잠겨 이때 다로 요시노부조차도 바로 눈앞에 있는 겐신이, 우에스기 겐신인 줄 모르고 그대로 놓쳐버리고 말았다는 사실이었다.

사즉생

겐신은 다시 말의 배에 채찍을 가해 달리고 있었다.

오늘 밤의 안개는 전부 피인가? 명월의 빛에도 피를 뿌려놓은 것처럼 섬뜩한 기운이 감돌고 있었다.

"사마노스케. 여기는 어디인가?"

"미마키(三牧)의 하타노세(畠の瀬)인 듯합니다."

"참으로 멀리까지도 물러났구나."

안장 위에서 분연히 달을 올려다보았다. 그리고 겐신은 한쪽 눈을 자꾸만 깜빡거렸다. 이마에서 뺨으로 흘러내리고 있는 피가 눈썹에 엉겨붙어 마르기 시작해서 시야를 가리는 듯했다.

"자네 한 명뿐인가, 뒤따라온 것은?"

"그런 듯합니다."

사마노스케도 침울했다. ―그러나 겐신은 무엇인가 우스워진 듯 갑자기 어깨를 흔들며 웃기 시작했다.

"강을 건너면 다카나시야마(高梨山)의 기슭이겠군. 나카노(中野)로 이어진 길이야. 그렇다면 강을 건너세. 사마노스케, 여울목을 찾아보게."

"넷!"

이 부근은 그다지 깊으리라 여겨지지 않았다. 사마노스케는 조용히 재갈을 당겨 말을 강 속으로 끌고 들어갔다.

물은 얼음장처럼 차가웠다.

그리고 하얀 물결이 안장에 부딪쳤다.

겐신이 중얼거렸다. 시라도 읊조리듯.

"죽음 속에 생이 있고, 생 속에 생은 없네. ―아아, 진중하라, 진중하라. 가을 물의 차가움이 느껴지는구나. 겐신, 아직 죽지 않은 듯하구나."

죽음 속에 생이 있고

생 속에는 생이 없네

이 말은 겐신이 평소에도 자주 사용하는 일상어였다. 그에 관해서 그의 가신들은 이러한 일화를 들은 적이 있었다.

겐신이 아직 스물네다섯 살이었을 무렵, 가스가야마 성의 아래에서 한 노승을 만났다.

"스님, 어디에 가십니까?"

겐신이 말 위에서 물었다. 승려는 린센지(林泉寺)의 소켄(宗謙)이었는데 고개를 들어 올려다보며,

"성주님께서는 어디에?"

라고 반문했다.

"저는 전장으로 가기 위해 나선 길입니다."

라고 겐신이 말하자,

"아아, 근심스럽구나."

화상은 인사만을 한 뒤, 연도의 군중들 속으로 섞여들고 말았다.

서둘러 말에서 내린 겐신이 근시인 혼조 세이시치로를 불렀다.

"조금 전의 화상을 뒤따라가 겐신 대신 교만함을 사죄하고 오게. 그리고 한 말씀, 겐신을 위해서 가르침을 달라고 하게."

"사죄를 하고 오란 말씀이십니까?"

막 출진하려는 참이었다. 세이시치로는 꺼림칙했으나 소켄의 뒤를 따라가서 그 뜻을 전했다. 소켄은,

"황공스럽게도."

라며 되돌아와서는,

"가르침 따위 아무것도 가지고 있지 않습니다. 야납(野衲)이 대답할 수 있는 것이라면 무엇이든 답하겠습니다."

라며 옷소매를 가지런히 하고 서 있었다.

말에서 내린 채 스승에 대한 예를 정중하게 취한 뒤 겐신이 물었다.

"병을 움직임에 있어서는 신속함을 규구(規矩)로 삼아야 한다고 합니다. —법도를 전함에 있어서는 무엇을 규구로 삼아야겠습니까?"

"병을 움직임에 있어서는 죽음을 으뜸으로 여깁니다. 법을 전함에 있어서도 죽음을 으뜸으로 여깁니다. 지금 존재하는 것 모두,

생을 알고 죽음은 모를 뿐. ―대수로울 것 없습니다, 선후를 잘못 안 것일 뿐입니다."

"한 가지 더 여쭙겠습니다."

"흠."

"약한 것을 보면 물러나고, 강한 것을 보면 나아간다. ―역(逆)입니까, 순(順)입니까?"

"죽음을 두려워하지 않는 자는 안전하고, 생을 탐하는 자는 위험합니다. 강약진퇴, 생사의 미오(迷悟) 모두 이 안에서의 일일 뿐. 나리께서는 어떠하십니까?"

갑작스러운 반문에 겐신은 한동안 입을 다물고 있다가 마침내 이렇게 대답했다.

"죽음 속에 생이 있고, 생 속에는 생이 없네."

그러자 소켄 화상은 껄껄 웃고,

"이젠 됐습니다. ……그럼, 다녀오시기 바랍니다."

인사를 하고 출진을 배웅했다.

그 후, 개선한 그는 미복(微服)을 하고 린센지로 찾아가 소켄 선사를 직접 만났으며, 이후 깊은 가르침을 얻었다고 한다.

겐신의 '겐(謙)'도 스승의 이름에서 한 글자를 청해 얻은 것이라 일컬어지기도 한다. 그의 유히쓰가 기술한 젊은 시절의 일지를 보면,

〈혼마루(本丸)에 계셔도, 평소 그 방에는 아무도 들어가지 못했다. 그 건넌방에서 모두 대기했다. 선학(禪學)을 닦는 데 방해가 되기 때문이다.〉

라고 기록되어 있다.

그가 선에 얼마나 마음을 쓰고 있었는지를 엿볼 수 있는데, 그 스승이 바로 린센지의 7대 주지인 소켄이었던 것이다.

그렇다고 해서 그가 오로지 선에만 경도되었던 것은 아니며 신도 (神道), 유교, 불교 모두에 깊은 관심을 보였다. 천지를 경외하고 인간의 범우(凡愚)를 분별하고 있었다. 불교만 해도 정토종, 법화종, 천태종, 정토진종 등 파벌의 구별 없이 진리를 탐구하여 그 진수를 깨달았으며 그 모두를 자신의 가슴에 담고 있었다.

흐트러지지 않는 한 줄기

저녁달이 나왔으나 하치만바라에서 단바지마에 걸쳐서 함성은 여전히 그치지 않았다.

여기저기서 격렬하게 맞부딪치는 칼 소리, 번뜩이는 창날의 빛이 서로 부르짖는 군대의 물결 속에서 마치 무수한 물고기가 튀어오르는 것처럼 번뜩일 뿐, 이제는 무사의 모습도 옷의 색도 깃발의 형태도 적인지 아군인지조차 거의 알아보기 어려웠다.

고사카의 부대, 아마리의 부대, 오야마다의 부대, 야마가타의 부대, 바바의 부대, 사나다의 부대 등의 새로운 세력은 곳곳에서 조그만 포위망을 만들어 그 안의 우에스기 군을 섬멸하고 있었다. 우에스기 군의 혼란은 누가 뭐래도 사이조산에서 방향을 틀어서 온 이 새로운 고슈 군에 대한 중압감이 원인이었다.

그러한 가운데서도 여전히 한 오라기의 흐트러짐도 보이지 않는

1천 5백 정도의 우에스기 군이 있었다. 고모리 부근에서부터 움직이기 시작하여 서서히 퇴각해온 아마카스 오우미노카미의 휘하였다. 나각을 불며 한 걸음 한 걸음 물러나, 사방에 흩어져 있던 아군을 모으고 전후좌우로 공격해 들어오는 적을 물리치며 당당하게 사이가와까지 물러났다.

"빈틈이 없는 퇴각이로구나."

하고 적인 사나다와 고사카 등도 그대로 지켜보았다. 그리고 그 2개 부대는 무슨 생각을 한 것인지 갑자기 말머리를 돌려 가이즈 성 쪽으로 물러나버렸다.

후에 고슈 군의 내부에서 사나다와 고사카 2개 부대의 퇴각을,

"어째서인가?"

라며 비난하는 자가 있었으나 신겐은 그에 대해서,

"아니, 7할은 아군이 승리한 것이라 보고 커다란 타격 없이 물러난 것은 오히려 잘한 행동이지, 비난받을 만한 행동이 아니다."

라는 현명한 판단을 내렸다.

사실 그 시각에 신겐의 본진은 이미 하치만 신사에서 물러나 그날 새벽에 건넜던 히로세를 다시 건너 하타모토까지 남김없이 가와나카지마를 떠난 뒤였기에, 주력보다 먼저 전장을 떠난 것은 아니었다.

그 자리에 여전히 남아 있었던 것은 전투에서 부상을 입은 자와 전사자들이었다. 밤이슬에 젖어가며 그 부근에서 활약을 하고 있던 자들은, 전쟁의 뒤처리를 맡아 사체와 부상자를 각자의 부대로 옮기는 병사들뿐이었다.

사이가와 강변에 커다란 깃발을 세워놓고 아군이 모여들기를

기다린 아마카스 오우미노카미는 그로부터 1각이 지나서도 여전히 은은하게 나각을 불었다.

그 소리를 듣고 곳곳에서 모여든 병사의 숫자가 3천여를 헤아리자 마침내 강을 북쪽으로 건너 구즈오(葛尾)에서 숙영했다.

이날 아침부터 7, 8시간에 걸친 격전에서 발생한 전사자는,

고슈 군 4천 6백 30여 명.

에치고 군 3천 4백 70여 명.

이러한 기록도 있고 또 다른 곳에는 고슈 군의 장졸을 합쳐 3천 2백여 명. 우에스기 군은 3천 1백 70명을 잃었다는 기록도 있다.

그러나 그 숫자야 어찌되었든, 고슈 군에서는 다케다 신겐과 그의 아들인 다로 요시노부가 부상을 입었으며 일족인 덴큐 노부시게, 그 외에 모로즈미 분고노카미, 야마모토 도키, 오가사와라 와카사 등의 쟁쟁한 막장들까지 다수 목숨을 잃거나 혹은 부상을 입은 데 반해서, 우에스기 군에 속했던 부장의 전사는 단 1명도 없었다는 점은 이론의 여지가 없는 사실이었다. 우에스기 군의 사상자는 사이조산에서 방향을 틀어 달려온 적의 부대가 새로운 세력으로 가담한 순간부터 발생한 것으로, 그 사상자의 대부분이 하급 무사였던 것은 허둥지둥 달아나는 난군 가운데 다케다 군의 좋은 먹잇감이 되어 포위당한 자와, 또 하나의 원인은 단바지마의 하류에 해당하는 사이가와의 깊은 유역으로 앞뒤 가리지 않고 뛰어들어 익사하거나 화살에 맞은 자가 있었기 때문이었다.

고독한 그림자

한 조각 달. 주종 두 사람.

귀에 들려오는 것이라고는 벌레의 울음소리뿐이었다. 이 부근에서는 민가의 불빛조차 보이지 않았으며, 오늘 하루의 대전도 모른다는 듯 그저 이슬에 젖은 풀만 무성했다.

"민가는 없는가?"

"걷다보면 나오겠지요."

"사마노스케, 춥지 않은가?"

"저는 말의 재갈을 쥐고 걷고 있기에 추위도 자연스레 잊었습니다. ……허나, 나리야말로 말 위에서 이슬에 흠뻑 젖어 몸이 식으셨겠지요."

"불기운이 그립군. ……가을이라 여겨지지 않는 한기야."

미마키의 벌판에서 강을 건너온 주종은 걷는 길에 물방울 흔적을 남기며 민가의 불빛을 찾고 있었다.

겐신이 문득 말을 멈추더니,

"아군이 아닐까? 누군가가 뒤쪽에서 부르며 오고 있는 듯한데."
라며 뒤를 돌아보았다.

말의 재갈을 쥔 채 사마노스케도 눈으로 신경을 집중했다. 하얀 달 아래를 춤추듯 달려오는 자가 있었다. 가까이 다가오자마자 그 자가 숨을 헐떡이며 말했다.

"나리, 나리십니까?"

"오오, 와다 기베에인가?"

"아아."

주군의 무사함을 본 순간 기베에는 그 자리에 주저앉고 싶은 기분이 들었다. 그도 부근의 강물에 젖으며 이쪽으로 건너왔기에 물에 빠진 생쥐 꼴이었으나 머리와 얼굴에 묻은 핏자국만은 그대로 남아 있었다.

"다른 자들은 어찌 되었는가?"

겐신의 물음에 다시 정신을 차리고 그가 대답했다.

"와다 효부는 뒤에 남아 수많은 적을 베다 마침내 최후를 맞이했습니다."

"효부도 목숨을 잃었는가?"

"그리고 우노 요고로(宇野余五郞)도……."라고 말하다 말의 재갈과 나란히 서 있는 사마노스케의 얼굴을 바라보며 기베에는 말끝을 흐렸다.

우노 요고로는 거기에 서 있는 사마노스케의 동생이었다.

"와다 나리, 요고로도 세상을 떠났습니까?"

그 형의 얼굴빛에 어쩔 수 없이 대답했다.

"그게, 난전 속에서 눈부신 활약을 펼치셨으나 온몸의 곳곳에 중상을 입어 괴로워하는 듯 보였기에 제가 부축하여 이 부근인 미마키 강의 여울목까지 데려왔습니다만, 강의 절반쯤 건넜을 때 저의 귓가에 대고 이렇게 말씀하셨습니다. ……어차피 주군의 뒤를 따라가도 이런 몸으로는 오히려 주군의 발목만 잡을 뿐, 제대로 모실 방법이 없으니 여기서 이만 작별을……."

"오, 해서?"

"아차……, 싶은 순간 저의 팔을 떼어내고 어깨에서 떨어져 격류 속으로 스스로 몸을 던졌습니다. 부르고 외쳐보았으나 이미 모습도 보이지 않고 목소리도 들리지 않았습니다."

"……그랬습니까?"

사마노스케는 얼굴을 비스듬히 든 채 달에게 답했다.

겐신은 말없이 고삐를 쥐었다. 오늘 새벽만 해도 1만 3천의 장병에 둘러싸여 있던 총사(總師)의 고독한 그림자가 겨우 2명의 가신과 함께 전장을 떠나고 있었다. 당시 주종의 감정은 과연 어떠한 것이었을까? 전장은 천지를 하나의 당(堂)으로 삼은 커다란 수행의 장이라고도 할 수 있다. 달빛을 받아 하얀 겐신의 얼굴에는 패했다는 빛이 추호도 보이지 않았다. 오히려 그 입가에는 한 가지 사업을 완수한 뒤의 후련하다는 듯한 편안함과, 다음 전쟁에 대한 구상에 여념이 없는 듯한 기운이 어려 있었다.

승냥이

"아, 불빛이 보입니다."

마침내 민가를 찾은 것 같다고 사마노스케가 걸으며 말 위를 향해 고하자,

"아니, 농가의 불빛은 아닌 듯하네."

겐신이 머리를 흔들었다.

듣고 보니 단순한 등불이나 농가의 밥 짓는 불이라기에는 불빛이 조금 큰 듯했다.

"그렇습니다. 말씀대로 커다란 모닥불을 피운 자가 있는 듯합니

다.”

길을 2, 3정쯤 더 간 뒤부터는 우노 사마노스케도 의심을 하기 시작했다. 와다 기베에가 살펴보고 올까요, 라고 묻자 겐신은,

“그럴 필요 없다. 이 부근에까지 다케다 군이 흩어져 있을 리 없으니, 짐작컨대 오늘의 전투를 노리고 낙오자가 지나는 길에 그물을 펴두었다가 등을 쳐먹으려는 얼치기 무사인 듯하구나.”

“얼치기 무사라면 많아야 이삼십 명, 그것도 실력이 뻔한 오합지졸입니다. 기베에 나리와 둘이서 길을 열고 올 테니 주군께서는 잠시 나무 아래에서라도 쉬고 계십시오.”

사마노스케가 서둘러 달려나가려 했으나 겐신은,

“그만 두어라, 그럴 필요 없다.”

라며 말머리를 돌려,

“조금 멀더라도 다른 길로 돌아가자. 기베에, 샛길을 찾아라.”

라고 말했다.

고슈 군 수천의 철벽을 짓밟고 그 깃발 아래의 본진까지 단신으로 달려 들어가기조차 망설이지 않았던 겐신이 길을 막고 있는 얼치기 무사의 모닥불을 보고는 말을 돌려 무사히 빠져나갈 길을 찾은 것이다.

그날 밤에는 호시나의 산길을 넘어 커다란 나무 아래서 잠깐 눈을 붙였다.

이튿날에는 다카이노(高井野) 마을에서 야마다(山田)를 넘어 사라시나로 내려갔다.

그날 밤에도 얼치기 무사들을 만났으나 피할 길이 없었기에 기베에와 사마노스케가 그들을 내쫓은 뒤 길을 지났다.

그러나 이들 한 무리의 얼치기 무사들은 겐신이 앉은 안장의 가치가 높은 것을 알고 어디까지고 끈질기게 뒤를 따라왔다.

저물녘, 야스다(安田) 나루터라 불리는 강가에 다다랐다. 돌아보니 약 1정쯤 떨어진 곳에서 웅성웅성 소리를 올리며 한 무리의 얼치기 무사들이 떠들어대고 있었다. 우습게도 더는 다가오지 못하고 있었다. 빈틈이 생기면 덤벼들려는 승냥이 떼와 다를 바 없었다.

"마침 잘 되었습니다. 저것으로 말을 끌어 건너면 되겠습니다."

맞은편 강가를 향해 이쪽의 둑에서부터 굵은 밧줄이 하나 걸려 있었다. 그 아래에 묶여 있는 뗏목에 말과 사람이 올랐다.

그 굵은 밧줄을 잡아당겨 뗏목이 강의 중간쯤 왔을 때, 뒤편의 둑 위에 다시 사오십 명쯤 되는 사람의 모습이 나타났다. 바로 뒤를 좇아온 얼치기 무사들이었다.

"뭔가 짖어대고 있습니다."

뗏목 위에서 기베에와 사마노스케가 웃음을 주고받은 순간 화살 두어 개가 힘없이 날아왔다. 화승총도 가지고 있는 것 같았으나 총알이 없는 듯했다. 그저 허연 이를 드러낸 얼굴만이 여럿 보일 뿐이었다.

뗏목은 유유히 강을 건넜다.

겐신이 말에 올라타며,

"사마노스케, 그 밧줄을 끊어버리게."

라고 명령했다.

사마노스케가 칼을 뽑아 굵은 밧줄을 베자 철썩 수면을 때린 그것이 커다란 곡선을 그리며 한쪽으로 흘러갔다.

허연 이네, 수세미 같은 머리네, 커다란 손이네 하는 것들이 맞은편 강가의 둑 위에서 저마다 다시 무엇인가 짖어대기도 하고, 욕설을 내뱉기도 하고, 발을 구르며 떠들어대고 있는 듯했다. 이제 이곳은 전장이 아니었다. 일반 세상이었다.

메밀꽃

겐신이 에치고로 향하던 도중, 이 야스다 나루터에서였는지, 다른 곳에서였는지는 모르겠으나 어둑해질 무렵 길을 가다,

"길 앞 저편으로 강이 2개가 있는 듯 보이는데, 지쿠마가와 줄기라면 2개가 있을 리 없다. 길을 잘못 든 것 아니냐?"

라고 말하자 와다 기베에가 웃으며,

"나리께서도 과연 지치신 듯합니다. 저 앞의 1줄기는 강이 아니라 메밀꽃이 피어 있는 것입니다."

라고 대답했다고 한다.

그런 이야기가 이 지방에 남아서 대대로 전해진 듯한데, 이는 무엇인가의 오류인 듯하다.

음력 9월 10일이 지나면 메밀꽃은 이미 저물기 시작한다. 이 전쟁 이후 가스가야마에 돌아오자마자 와다 기베에가 변사했기에 이런 구비가 생겨나 전해진 것이라 여겨진다.

돌아오는 길에 식중독이나 무엇인가에 걸렸던 것이리라. 가스가야마 성에 도착하자마자 기베에는 극심한 토사(吐瀉)를 일으켜 세상을 떠났다. 겐신이,

"딱하게도."

라며 손수 약을 먹여주기도 했으나 숨을 거두어버리고 말았다고
한다.

　그것이 누군가의 입을 통해서 와다 기베에는 피를 토하며 죽었다
고 전해졌고, 그 원인으로 겐신 정도의 대장이 메밀꽃을 강으로
잘못 보았다고 알려져서는 일대의 치욕이다, 세상에 알려져서는
천하의 웃음거리가 될 것이다, 라고 생각하여 성에 돌아오자마자
기베에를 살해한 것이다, 틀림없다. ―이렇게 알려진 것이다.

　어쩌면 다케다 가의 날조일지도 모른다. 어쨌든 근거 없는 비방
이었다.

　그러나 겐신 주종이 가와나카지마에서 에치고로 들어가기까지
의 길이 상상 이상으로 험난했으리라는 사실은 틀림없이 짐작해볼
수가 있다. 잠자리는 물론 먹을 것을 얻는 데도 어려움을 겪었던
듯하다. 그에 따른 각 지방의 전설이 여럿 있지만, 대부분은 메밀꽃
과 비슷한 것이라 여겨진다.

떠나는 새의 흔적

　젠코지의 남동쪽, 스소하나가와를 앞에 두고 나오에 야마토노카
미는 치중부대의 크고 작은 수레를 불러 모았으며, 또 여기저기
흩어져 있던 다른 부대의 병사들도 전부 받아들였다.

　대전 이튿날도, 그 다음날도 그 자리를 지켰다.

한편, 사이가와까지 물러나 남은 병사들을 불러 모으고 있던 아마카스 오우미노카미와도 긴밀하게 연락을 취하고 있었다. 그리고 합류하여 가와나카지마의 광야에서 부근 마을의 구석에까지 병사들을 보내 아군의 사체와 부상자, 부러진 깃발까지 남김없이 진중으로 옮기게 했다.

물론 주군의 안부에 대해서는, 사이가와의 상류에서 물러나는 부대의 후미를 맡았다고 하는 지사카 나이젠, 이모카와 헤이다유와 다른 하타모토들의 말에 의해서 무사히 귀국했으리라 추측하고 있었다. 하타모토들로서는 어디에 있는지는 모르겠지만 겐신의 뒤를 따라가야 한다고 말했으나,

"오히려 적에게 주군의 위치를 가르쳐주는 꼴이 되고 말 것이다."

라며 나오에 야마토노카미가 극력 그들을 말렸다.

태연자약 침착한 태도. 그것이야말로 이번의 퇴각에서 가장 중요하며, 또 다음 전쟁에 대한 대비이기도 하다고 말했다.

전쟁이 끝나고 난 뒤, 어제와 오늘.

이러한 모습을 멀리서 지켜보고 있던 고슈 군에서는,

"나오에, 아마카스 등이 이곳에서 가까운 스소하나가와에 여전히 머물며 패잔병을 불러 모으고 있습니다. 저희가 한 부대씩 병사들을 이끌고 가서 질풍처럼 그들을 들이친다면 살아서 에치고로 돌아가는 자가 하나도 없을 것입니다."

라고 오바타 야마시로노카미를 비롯하여 단단히 벼르고 있던 각 장수들이 모두 신겐 앞으로 나아가 이렇게 진언하기도 하고 출전을 희망하기도 했으나 신겐은,

"아니, 아니, 그만두게. 그토록 커다란 타격을 입었으면서도 여전히 유유자적, 우리 진 바로 앞에서 사흘이나 전장을 떠나지 않았다는 것은 적이지만 훌륭한 자일세. —섣불리 손을 내밀었다가 궁지에 몰린 쥐에게 물리기라도 한다면 그대들보다 이 신겐이 세상의 웃음거리가 될 걸세."

이렇게 말하며 허락하지 않았다.

사흘째에서 나흘째에 걸쳐서 에치고 군은 이 들판에 왔을 때와 조금도 바뀐 것이 없다는 듯 보부도 당당하게 북쪽을 향해 서서히 물러났다.

승리의 함성

에치고 군이 깨끗하게 떠나고 난 자리를 검찰하기 위해 말을 타고 한 바퀴 돌아보고 나서 돌아온 하지카노 덴에몬이,

"그 자리에는 휴대용 식량의 부스러기조차 떨어져 있지 않습니다."

라고 보고했다.

그 말을 듣고 신겐은,

"그것 보게. 그 정도로 조심스러운 적, 만약 섣불리 덤볐다면 적어도 그들과 같은 수만큼 아군도 피해를 봤을 걸세."

라고 좌우의 사람들에게 말했다.

그러자 각 장수들이 저마다,

"이렇게 마지막까지 하치만바라의 전장에 남으셨으니, 이번 전쟁은 필시 아군의 승리임에 틀림없습니다. 모쪼록 자리를 마련하여 승리의 함성을 내지르는 식을 거행하시는 것이 합당할 듯합니다."
라고 말했다.

거기에는 신겐 역시 이의가 없었다. 일족인 동생, 몇 명의 대장, 수천의 부하들을 잃었으며, 또 자신도 부상을 입었고 아들인 다로 요시노부까지 몇 군데 상처를 입은 참상이었으나,

"그는 흩어졌으나, 나는 끝맺음을 했다. 그는 떠났으나, 나는 남았다."
라고 믿을 수 있을 만한 사실에 바탕 하여 마음은 자신만만하게 승전을 자부하고 있었다.

"전장을 깨끗이 하라."

신겐이 그 준비를 명령했다.

가이즈로 물러났던 고사카 단조와 그 외의 장사들도 전부 참석했다.

식은 널따란 지역을 필요로 한다. 전군이 대오를 갖추어 엄숙하게 정렬했고, 중앙의 깨끗한 땅에 군신(軍神)을 모셨으며, 소금물을 뿌리고 생목으로 만든 제단에 비쭈기나무를 세우고 등불을 밝혔다.

그리고 휘하의 주요한 대장들이 다음과 같은 역할을 맡아 배치되어, 제단을 향해 엄숙하게 늘어섰다.

1. 가문의 깃발을 드는 기수 - 고사카 단조

1. 손자의 깃발을 드는 기수 - 야마가타 사부로베에

1. 오른쪽 궁수 - 오야마다 빗추노카미

1. 왼쪽 궁수 - 바바 민부쇼유

1. 큰북 - 아토베 오이노스케

1. 나각 - 나가사카 조칸

1. 징 - 오부 효부노쇼

1. 자개 장식 창 - 오바타 야마시로노카미

1. 박 - 아마리 사에몬노조

총사 신겐은 약간 떨어진 위치에 걸상을 놓고 일족과 하타모토들을 뒤로한 채 앉아 있었다.

오른팔에 붕대를 감고 있었다. 여기서는 그 하얀 천이 특히 눈길을 끌었다. 또한 고슈 무사의 가슴에 무엇인가를 무언중에 들려주고 있었다.

그 걸상 앞으로, 축하의 안주가 담긴 쟁반을 한 장수가 들고 와 공손하게 바치자 신겐은 황률(黃栗)을 집어들고 왼손으로 일월이 그려진 커다란 부채를 휙 펼쳤다.

그리고 자리에서 일어서자마자 하늘을 향해서,

"에잇, 에잇, 오오오……."

하고 외쳤다.

그 커다란 소리에 따라서 각 장수들 이하 전군의 병사들도 있는 힘껏,

"에잇, 에잇, 오오오……."

하고 개가를 외쳤다.

이를 3번 반복했다.

천하태평, 국토안온, 만민안전, 원적퇴산(怨敵退算).

남쪽 하늘을 향해 화살이 휙, 휙 바람을 갈랐다.

다시 천지가 진동할 듯, 에잇, 오오오—를 외치는 동안, 그것은 단순한 함성이 되었으며, 환성이 되어 온몸의 열기와 감동을 하늘로 내질렀고, 이후로는 자신도 모르게 뺨을 타고 흘러내리는 눈물이 되었다. 어떤 이유에서인지는 모르겠으나, 그것이 두 뺨을 적셨다.

세상의 여러 평가

가스가야마로 총퇴각을 하고 난 뒤에도 겐신 이하 우에스기 집안의 사람들은 모두,

"우리가 이긴 싸움이다."

"적은 신겐 부자까지 상처를 입었다."

"고슈 일족의 대장들은 머리를 나란히 하고 목숨을 잃었으나, 그에 반해서 우리는 단 한 명의 장수도 목을 적에게 빼앗기지 않았다."

라며 어디까지나 자신들의 대첩임을 믿어 의심치 않았다.

그러나 그와 마찬가지로 다케다 군 쪽에서도,

"고슈 군의 대승."

을 언제까지고 구가했으며, 하치만바라에 머물며 당당하게 승축식까지 행한 뒤 고후로 돌아왔다.

그렇다면 에이로쿠 4년(1561)의 이 가와나카지마 대전은 과연 고에쓰 어느 쪽이 참된 승리를 거둔 것인지, 무문은 물론 세상 일반

에서도 논의의 대상이 되었으며 어떤 자는 겐신이 이겼다고 하고, 또 어떤 자는 신겐이 이겼다고 하여, 당시부터 이미 떠들썩하게 시시비비가 오간 듯했다.

오타 산라쿠(太田三楽) 뉴도는 전국시대의 명장으로 적어도 다섯 손가락이나 일곱 손가락 안에는 꼽을 수 있는 병학가(兵學家) 가운데 한 사람인데, 그 사람의 평으로 다음과 같은 말이 전해진다.

"가와나카지마의 첫 번째 창(새벽부터 오전 중의 전황)은 그야말로 10 가운데 8까지 겐신의 승리였다고 말해도 과장은 아니리라. 그 진형만 봐도 우에스기 군의 선봉은 다케다 군의 3진, 4진까지 깊숙이 파고들어가 그들을 무너뜨렸다. 일찍이 그 본진까지 적의 발을 들여놓게 한 적이 없었다고 자부하던 신겐의 신변조차, 단기의 겐신에게 짓밟힌 것을 보면 다케다 군이 한때는 얼마나 위험한 궤멸 상태에 빠졌었는지를 쉽게 상상해볼 수 있다. 또한 유력한 대장들도 몇 명이나 목숨을 잃었으며 신겐 부자도 부상을 입었고 동생인 덴큐 노부시게까지 적의 칼에 쓰러졌으니 누가 뭐래도 참담한 패멸의 일보직전까지 내몰렸다는 것은 숨길 수 없는 사실이라 하지 않을 수 없다. …… 그러나 후반의 싸움(오후에서부터 저녁까지)에 들어서는 형세가 완전히 역전되어 10 가운데 7까지는 의심의 여지도 없이 신겐이 승리했다. 그 전환점은 사이조산의 부대가 새로이 가세하여 우에스기 군의 거친 숨결을 측면에서 친 순간부터 일변한 것인데, 우에스기 군이 어쩔 수 없이 총 패퇴(敗退)를 시작한 것은 수장인 겐신 자신이 진의 중추에서 떠나 속전속결로 단번에 승부를 결정지려 했으나 결국은 그 중간에 적인 고슈 군의 거센 반격을 받게 되었기 때문이니, 겐신의 더없이 비장한 각오를 생각한다면 그의 원통함에 대해서 한 줄기 비통한 눈물을 흘리지 않을 수 없다. 그러나 위와 같이 쌍방을 놓고 전체를 보자면, 이 일전은 승패 없는 무승부라고 하는 것이 공평할 듯하다."

오타 산라쿠의 평 외에 도쿠가와 이에야스(德川家康)가 훗날 슨푸에 머물렀을 때, 이전에 고슈의 사무라이였던 요코타 진에몬(橫田甚右衛門), 히로세 미노(広瀬美濃) 등과 같은 노병을 모아놓고 가와나카지마에 대해서 평판했다는 사실도 전해지고 있다.

이에야스는,

"그때의 일전은 고에쓰 모두 흥망부침의 갈림길에 선 것이었기에 가벼이 움직이지 못하고 신중한 자세를 취한 것은 쌍방 모두에게 당연한 일이라고 할 수 있으나, 아무리 그래도 신겐은 너무 신중한 자세를 취했다. 겐신이 위험한 땅인 사이조산에 자리를 잡아 일부러 목숨을 버리는 듯한 진용을 취한 것에 대해서 신겐은 자신의 지혜에 자신이 넘어간 듯한 모습을 보였다. 또한 9월 9일 한밤중부터 새벽에 걸쳐서 겐신이 사이조산에서 내려와 강을 건너는 도중에 그들을 치는 계획을 세웠다면, 에치고 군의 주력은 아마도 틀림없이 지쿠마가와에서 궤멸 상태에 이르렀을 것이다. 그런데 하치만바라까지 나가서 상대 군이 평야를 밟은 뒤 공격하는 자세를 취한 것은 신겐에게 어울리지 않는 실수였다. 다시 말해서 신겐은 겐신의 군대만을 보았지, 수장인 겐신의 심사를 읽는 것이 조금 부족했다."

라고 말했다.

다른 병학가들의 주장도 여러 가지가 있지만 대체로 산라쿠와 이에야스의 비평과 거의 비슷하다.

단, 여기에 현대의 관점에서 보아 한마디 덧붙일 수 있는 것은, 신겐은 어디까지나 물리적인 중후함과 노련한 상식으로 임했으나, 겐신은 어디까지나 적의 상식을 초월하여 학리나 상식으로는 생각할 수 없는 고도의 정신을 발휘하여 이 싸움을 그렇게까지 잘 이끌었다는 사실이다.

만약 겐신이 신겐과 마찬가지로 신중한 자세를 취하여 상식을 지키며 가와나카지마로 출진했다면 전쟁 전의 상황과, 또 주위의 정세 등으로 판단해보았을 때, 에치고 우에스기의 명예는 도저히 있을 수 없었을 것이다. 세상의 평이야 어찌 됐든, 겐신이 절대적인 길과 둘도 없는 전법으로 전투에 임했다는 사실은 틀림없이 스스로에게 흔쾌한 일이었을 것이다. 요컨대 그의 국방도, 그의 진격도 귀결점이라 할 수 있는 신념은 하나,

―죽음 속에 생이 있고, 생 속에는 생이 없다.

라는 오직 한마디 말이었다.

분실물

"덴에몬, 덴에몬."

신겐이 문득 그를 불렀다. 고후로 귀환하기 위한 행군 도중이었다.

하타모토들의 대열에서 하지카노 덴에몬이 말을 옆으로 내밀어, 부르셨습니까, 하고 곁으로 다가갔다.

신겐은 고개를 끄덕인 뒤,

"내 지금 생각이 났네만, 전장에 놓고 온 것이 있네. 어떻게 되었는지 갑자기 마음에 걸리기 시작했네. 자네가 서둘러 돌아가 놓고 온 것을 가져오도록 하게."

"놓고 온 것? ……대체 무엇을 놓고 오셨습니까?"

"사랑스러운 것일세. 그것은 아직 스무 살도 되지 않은 나그네 차림의 여자아이. 화살과 총알 속에서 방황하던 것을 병사에게 명령하여 하치만바라에 있는 신관의 집에 맡겨놓았네. 얼른 돌아가서 무사한지 보고 오게. 아니, 가져오도록 하게."

"감사합니다. ……어느 사이에 거기까지 눈길을 주셨는지. 과분한 행복, 그럼 말씀에 따라서."

"자네 한 사람만은 고후에 늦게 도착해도 상관없네. 그와 함께 천천히 개선하도록 하게."

그 한 사람만을 남겨둔 채 대군은 앞서 고후로 돌아갔다.

덴에몬은 주군의 은혜에 감사의 눈물을 흘리며 다시 어제의 전장으로 돌아갔다.

하룻밤 사이의 비에 온 땅의 핏자국이 깨끗하게 씻겼으며, 짓밟혀 쓰러졌던 풀잎과 꽃들도 사람의 그림자조차 없었던 며칠 동안의 아침과 저녁 안개에 전부 싱싱한 모습으로 다시 일어났다.

하지카노 덴에몬은 하치만바라의 숲 외곽에 말을 묶었다. 누가 말끔하게 쓸어놓은 것인지 신사의 경내에는 비질한 자국까지 가지런히 남아 있었다. 그처럼 아수라장 같았던 혼란의 흔적도 쓸려 없어져 거기서 보이는 것이라고는 적막한 가운데 단풍이 든 담쟁이의 잎과 삼나무의 푸르스름한 빛뿐이었다.

덴에몬은 살림집의 뒤편으로 걸어갔다. 언젠가 물을 뜬 적이 있는 우물 옆에서 신관의 아내가 갓난아기의 기저귀를 빨고 있었다.

"앗!"

별 생각 없이 돌아본 신관의 아내가 덴에몬의 모습을 보자마자 바로 얼마 전까지의 격전에 대한 공포가 일었는지 젖은 손 그대로 벌떡 자리에서 일어났다. 변한 얼굴빛이 심하게 떨리고 있었다.

이에 덴에몬도 행동거지에 신경을 썼으며, 특히 말투를 부드럽게 하여 물었다.

"쓰루나라는 젊은 여자아이가 이 댁에서 신세를 지고 있을 텐데. 나는 쓰루나의 가족일세. 고후의 덴에몬이 데리러 왔다고 전해주지 않겠는가."

"네. ……알겠습니다."

신관의 아내가 손을 닦으며 뒷걸음질 쳐서 그의 앞에서 떠났다. 그리고 부엌문을 통해 급히 안으로 달려들어갔다.

집 안에서 쓰루나의 목소리가 들려왔다. 쓰루나는 총에 맞은 상처가 아직 낫지 않아 자리에 누워 있었으나, 아버지 덴에몬이 왔다는 말을 듣고는 툇마루까지 몸을 굴리듯 나와 외쳤다.

"아버지!"

이날은 덴에몬도 이전처럼 무서운 얼굴을 한 사람이 아니었다. 성큼성큼 다가가 그 팔에 이 사랑스러운 딸을 힘껏 안고,

"얘야, 얘야……."라고만 했을 뿐, 한동안 아무런 말도 하지 못했다.

부녀가 주위의 눈길에는 신경도 쓰지 않고 거기서 서로를 끌어안은 모습을 안쪽에서 바라보며, 신관의 아내는 이상하다는 표정으로

옷깃을 풀어 갓난아기에게 젖을 물렸다.

오월(吳越)의 길

이튿날, 한 마리 말의 등에 부녀가 함께 올라 이른바 '신겐의 봉도'를 하지카노 덴에몬은 고후 쪽으로 향해 갔다.

몸에는 여전히 갑옷을 걸치고 있었으나 주군에게 허락을 받은 지금, 그는 온전히 쓰루나의 아버지였다.

하나의 성을 받거나, 하나의 군(郡)을 하사받은 것보다 그는 이것을 더없이 커다란 주군의 은혜라 느끼고 있었다.

"쓰루나."

"네."

"어머니의 얼굴은 기억하고 있느냐?"

"잊지 않았습니다."

"숙모의 얼굴은?"

"기억하고 있습니다."

"동생들은?"

"희미하게나마……."

"무정한 아비라 원망한 적은 없었느냐?"

"한 번도 없었습니다. 그저 전쟁에서 얼른 이기면 슬하로 돌아갈 수 있으리라, 그날만 기다리고 있었습니다."

"이제야 아비의 슬하로 돌아왔구나."

"언젠가 또 에치고로 가야 하는 건가요?"

"이젠 됐다, 됐어. 앞으로 가야 할 곳은 시집뿐이다."

서두를 것 없는 여행이었다. 가을은 더욱 깊었다. 쓰루나는 꿈을 꾸는 듯한 기분이었다.

그런데 고후도 얼마 남지 않았을 무렵, 맞은편에서 한 무리의 나그네들이 나타났다.

"아……?"

쓰루나는 아버지의 등에 매달렸다. 말의 등은 하나였다. 그녀만 달아나 숨을 수는 없는 일이었다.

"쓰루나, 왜 겁을 먹은 게냐?"

덴에몬이 뒤를 돌아보며 고삐를 늦추고 묻자 쓰루나가 겁먹은 꾀꼬리처럼 가만히 눈을 들고 말했다.

"맞은편에서 오는 사람들은 모두 에치고의 사무라이들이에요. 저 가운데 구로카와 오스미 나리도 계세요. 오스미 나리는 저의 주인이셨어요. 어제까지만 해도 저를 당신의 딸처럼 길러주셨던 분. 어쩌면 좋죠?"

"그러냐?"

하고 덴에몬도 맞은편으로 시선을 돌린 뒤,

"말 위의 2사람은 그 오스미와 사이토 시모쓰케인 듯하구나. 다른 사람들은 얼마 전에 에치고의 사자로 고후에 왔다가 전쟁과 함께 사로잡혔던 에치고 사람들. 그런데 어떻게 여기에 온 걸까?" 이상히 여기며 서 있는 사이에 10명쯤 되는 앞쪽의 사람들이 그의 눈앞으로 다가왔다.

"이거, 하지카노 나리 아니십니까?"

상대편에서 먼저 호쾌하게 말을 걸어왔다. 틀림없이 애꾸눈 사자인 사이토 시모쓰케였다. 그리고 구로카와와 그 이하의 수행원들이었다.

"오오, 시모쓰케 나리 아니십니까."

서로가 말을 가까이로 몰고 가 마치 오랜 친구라도 되는 양 다정하게 이야기를 나누었다.

"이미 저희 손에 붙들려, 이후 고후의 감옥에 계시던 일행이 어떻게 여기까지 오셨습니까?"

"이걸 좀 보십시오. 여기 이렇게 신겐 공의 증서까지 받아 검문소도 관문도 유유히 지나온 길입니다. 결코 감옥을 깨부수고 나온 게 아닙니다."

"물론 신겐 공의 허락 없이는 불가능한 일입니다만, 그렇다 해도 귀국하신 후 이렇게 바로 조건도 없이 풀어주시다니, 납득하기 어렵습니다. 어떻게 해서 귀국을 허락받으셨습니까?"

"하하하하."

평소와 다름없는 태도로 호탕하게 웃으며 사이토 시모쓰케는,

"이번 전쟁도 일단은 끝이 난 셈입니다. 허니, 저희처럼 밥만 축내는 자들을 언제까지고 고후의 감옥에 붙들어놓아 봐야 무슨 의미가 있겠습니까? 그렇다고 해서 목을 치면, 에치고에도 고후의 간자나 신겐 공의 일족이 몇 십 명이나 붙들려 있으니, 언제라도 그 자들의 목을 베어 앙갚음을 할 수가 있습니다. ─그러한 점에 있어서는 과연 현명하기 짝이 없으신 나리, 어제 저희의 오랏줄을 풀어주시고 서한 1통을 주시며 말씀하시기를, ─그대들을 풀어주어 고국으로 돌려보낼 테니 가스가야마에 사로잡혀 있는 고슈의

사람들도 그대로 풀어주기 바라네, 라고. 다시 말해서 적과 아군의 목숨을 서로 맞바꾸자고 제안하신 것입니다. ―저희는 애초부터 그다지 연명하고 싶지도 않은 목숨이었으나 기껏 살려주셨는데 함부로 거절하고 목숨을 버리는 것도 어떨까 싶어, 전쟁도 끝난 이제야 이곳을 지나 뻔뻔스럽게 에치고로 돌아가는 길입니다."

"아아, 말씀을 들으니 어찌 된 일인지 잘 알겠습니다. 무사히 돌아가시게 되었으니 축하의 말씀 올립니다."

"나리 역시 가와나카지마에서의 일전을 마치시고, 오랜만에 따님을 데리고 돌아가시게 되었으니 이보다 더 축하드릴 일도 없을 듯합니다."

"말씀하신 대로입니다. 딸을 대신하여 구로카와 오스미 나리께는 특히 감사의 말씀을 올리겠습니다."

서로 예를 갖춘 뒤, 고후로 돌아갈 자와 에치고로 향하는 자 일행은 동서로 발걸음을 향했다. 그리고 한동안 길을 가다 쓰루나가 뒤를 돌아보자 구로카와 오스미도 이쪽을 돌아보고 있었다. 개인적으로는 깊은 정과 은혜를 느끼면서도, 이 전국시대의 봉도에서는 이러한 작별과 이러한 인사가 조금도 어색하지 않게 오갔으며, 전쟁이 그친 날이라 할지라도 무언중에,

"그는 에치고 사람."

"그는 고슈의 사무라이."라며 분명하게 구니를 달리하여 서로 돌아보지 않고, 각자의 구니를 위해서 살고 각자의 구니를 위해서 죽기를 희망했다.

가을 풀 공양

도라지는 빛이 바랬고, 억새가 무성했다.

사이토 시모쓰케 일행은 가와나카지마를 비스듬히 가로질러 북국으로 향하는 가도 쪽으로 말을 몰아가고 있었다.

지쿠마가와 건너편으로 가이즈 성의 하얀 벽이 보였다. 지금도 여전히 고슈 군의 일부가 그곳에 가득 들어차 있는 듯했으나, 마치 언제 전쟁이 있었냐는 듯 성의 모습과 산천의 풍광은 이미 평화롭게 저물어가는 빛에 젖어 있었다.

"―고슈 군의 전사자 4천 6백여 명. 우에스기 군의 전사자 3천 4백 7십여 명. 아아……, 커다란 희생."

구로카와 오스미는 끝도 없이 솟아오르는 감정에 휩싸여 있었다. 정확한 것은 아니었지만 양 군의 전황이나 손해는 벌써부터 연도에 전해져 있었다. 여기에 오기까지, 일행은 그에 대한 소식을 상당히 자세하게 들을 수 있었다.

"잠시 쉬어가세."

시모쓰케가 말에서 내렸다. 그리고 가을 풀 가운데 앉았다.

지쿠마에서 갈라져나온 물이 부근을 졸졸 흐르고 있었다. 지난날의 대전투, 아군은 어디쯤에서 고전을 치렀을까. 고향의 지기, 친척, 누구의 형, 누구의 동생 등, 떠오르는 수많은 얼굴들은 어디서 싸우다 어디서 목숨을 잃었을까.

이런저런 생각에 잠겨 있자니 해가 저물어가는 줄도 몰랐다. 그러다 문득,

'여기에 뼈를 묻은 3천의 목숨을 헛되이 하지 않겠다.'

사이토 시모쓰케는 가슴에 맹세하지 않을 수 없었다. 그리고 가만히 앉아만 있을 수 없다는 듯, 말의 등 위로 돌아가 함께 온 사람들에게 말했다.

"모두들 길을 떠나기로 하세. 해가 저물기 시작했네. ……길을 서두르세."

사람들은 들판에 흩어져 있었다. 그 모습들을 둘러보니 어떤 자는 돌을 쌓아 탑을 만들고 있었으며, 어떤 자는 갑옷 조각이나 깨진 투구를 모아놓고 꽃을 꺾어와 공양하고 있었다. ─그러다 퍼뜩 원래의 모습으로 돌아와 돌도 버리고 꽃도 버리고, 모두가 각각 사이토 시모쓰케의 말 주위로 달려왔다.

고요한 밤

누구누구의 차남도 참으로 장렬한 죽음을 맞이했다고 하더군.

그 집안의 어르신도 비할 데 없는 활약을 하다 훌륭하게 전사했다고 하던데.

뒤에 남은 유족들도 틀림없이 자랑스럽게 여기고 있을 거야. 평소의 마음가짐이 어땠는지 알 수 있어. 다음 전쟁에서는 그를 닮고 싶어.

가와나카지마 전투도 끝나고 난 뒤.

가스가야마 성 아래에서는 사람과 사람이 만나기만 하면 한동안은 이런 이야기들만 주고받았다.

그리고 거의 매일 행해지는 전사자의 장례식과 유족의 조문을 위해서 대부분의 사람이 집에 붙어 있을 날이 없었다.

그리 넓지 않은 에치고노쿠니에서 단번에 3천여 명의 전사자가 나왔다. 전후의 이러한 모습은 비단 가스가야마 성의 아랫마을에서만 볼 수 있는 것이 아니었다. 촌락에서도 산간의 부락에서도 향의 연기가 피어오르고 있었다. 곳곳의 절에서 거의 매일 종소리가 들려왔다.

우에스기 겐신은 날을 정하여 성 아래에 있는 린센지에서 커다란 재를 올렸다.

이날은 가스가야마의 24장수 이하 집안사람들이 모두 참석한 것은 물론, 신분이 낮은 보병의 유족들까지, 명예로운 집안의 노소(老少)가 모두 자리에 임했으며, 겐신으로부터 친히 위로의 말을 들었다.

저녁이 되어 겐신은 성으로 돌아왔다.

평소와 다름없이 늦가을의 정원을 향해 조용히 앉아 있었다.

촛불이 들어왔다.

그 촛불을 놓는 위치조차 언제나 한 치의 오차도 없었다.

근시들은 늘 그처럼 엄격하게 교육을 받았다.

그에게는 아내가 없었다. 야식도 선승처럼 간소했다. 먹기를 마치면 바로 다시 거실로 돌아왔다. 거실을 그대로 연락(宴樂)의 자리로 만드는 경우는 없었다. 이곳으로 돌아와 앉으면 언제나 본래의 자신으로 되돌아갔다. 묵상이나 독서, 간혹 벼루를 당겨 무엇인가를 쓰기도 했다.

'······누구지?'

뒤를 보았다.

방의 바깥쪽 장지문이 조용히 열렸기 때문이었다.

안으로 들어서서 등을 보이며 문을 원래대로 닫는 자가 있었다.

겐신은 바로 기억을 해냈다.

'요시키요로군.'

저녁에 촛불을 가져왔을 때 근시가, 오늘 밤 무라카미 요시키요가 긴히 드릴 말씀이 있다고 합니다만, 이라고 겐신의 뜻을 물었었다. 언제든 상관없으니 들여보내라고 대답한 것을 까맣게 잊고 있었던 것이다.

"방해가 되지는 않았는지요."

요시키요가 멀리 떨어져 엎드렸다가 가만히 촛불 쪽을 엿보았다.

겐신이 거실에 홀로 조용히 앉아 있을 때는 대부분 선에 침잠한다는 소리를 평소부터 들어왔기에, 오늘 밤에도 혹시나 싶어서 조심조심 분위기를 살핀 것이었다.

―그러나 겐신 옆에는 드물게도 고금집(古今集)인지, 뭔가 일본의 시가집 같은 것이 읽다 엎어둔 채로 놓여 있었다.

"아니오, 괜찮소. 들어오시오."

겐신은 근시를 불러 방석을 권했다. 무라카미 요시키요는 우에스기 가의 유막에 가담한 지 오래 되었지만, 신하가 아니라 손님이었다. 다시 말해서 객장(客將)이었다.

시를 즐기는 마음

"간만에 학문을 즐기시는데."

"아니, 아니오. 무료함을 달래기 위해 잠시 책장을 뒤적여보고 있었던 것뿐이오."

"일본의 시가집인 듯합니다만."

"고노에 사키쓰구 경께서 보내주신 고금집이오. 내 스스로 시를 읊어야겠다고는 생각지 않으나, 병마를 움직이느라 바쁜 와중에도 시를 즐기는 마음만은 잃고 싶지 않소."

"시를 즐기는 마음이라면?"

"글쎄, 뭐라고 해야 좋을지. ……일본정신이라고 하면 그것과 얼마간 비슷한 것 같기도 하군. 조금 더 자세히 말하자면 강(剛)에 대한 유(柔), 살(殺)에 대한 애(愛), 찰나에 대한 유구, 동에 대한 정."

"조금은 알 것도 같습니다."

"매해 거듭되는 전쟁, 나날이 계속되는 전투. 마음은 저절로 한쪽으로만 치우치오. 그러나 이 전국의 끝도 없는 미래를 생각하면 마치 먼 길을 가는 것처럼, 높은 산에 오르는 것처럼, 호흡의 조절이 중요하다고 생각하오. 들숨과 날숨, 그렇게 오래도록 유지하여 흐트러짐 없는 호흡. 진심으로 생각하오. 그 중요함을."

"어제는 단기로 신겐의 중군까지 달려들어갔던 분이, 오늘은 고요한 밤에 그러한 생각을 하고 계셨습니까?"

"예를 들자면 거문고의 줄도 걸어둔 채로 두어서는 소리가 늘어지오. 활은 쏠 때 외에는 시위를 걸지 않는 법이오."

"벗겨두면 벗겨둔 대로 걸기를 잊고, 걸어두면 벗기기를 쉬이 잊습니다. 그처럼 마음을 바꾸는 것이 저희에게는 좀처럼 쉽지가 않습니다."

"바로 그렇기 때문에 범부인 우리는 날이 밝으면 병마를 보고, 등불을 밝히면 책을 가까이하고, 피비린내 나는 곳일수록 시를 즐기는 마음을 갖으려 하는 것이오. 쉽게 말하자면 하나의 몸에 문무(文武) 2가지를 함께 갖추는 것 지극히 쉬운 일이오. 허나 어렵소. ─말로는 이 겐신도 쉽게 할 수 있으나, 막상 실행을 하려면 말이오. ……하하하."

호탕하게 한바탕 웃자 낮은 대 위의 등불까지 밝아지는 듯했다. 마침 근시가 그곳으로 가져온 보리과자를 하나 먹고 차를 머금어 손님에게 편안한 모습을 보인 뒤, 마침내 그가 물었다.

"그런데 오늘 밤에는 무슨 긴한 일로 이리 오셨소? 들어봅시다. 요시키요 나리, 안색도 조금 어두운 듯한데, 무슨 일 있으셨소?"

궁지에 몰린 새

요시키요는 고개를 숙였다. 눈물을 흘리고 있었다.

"……."

촛불이 허옇게 주객의 침묵을 비추고 있었으며, 정원의 정적 속을 흐르는 샘물 소리가 졸졸 그 촛불을 적시고 있었다. 소나기가 내리는 것 아닐까 싶을 정도로 커다란 나무의 잎이 때때로 건물의 차양을 두드렸다.

"생각 끝에 찾아왔습니다. 요시키요의 소망, 참으로 방자한 듯합니다만, 모쪼록 들어주시기 바랍니다."

납작 엎드린 채 말했다.

그리고 여전히 눈물을 흘리고 있는 듯했다.

겐신은 짚이는 것이 없는 듯했다. 의아하다는 표정으로 듣고 있다가, 대체 그 소망이라는 것이 무엇이오, 라고 요시키요에게 다시 물었다.

요시키요가 흐르는 눈물을 닦고 마침내 자세를 바로 하여 오늘까지의 은혜에 정중히 감사의 말을 한 뒤, 이렇게 덧붙였다.

"모쪼록, 제가 9년 전에 나리를 의지하여 말씀드린 청은 없었던 것으로 해주시기 바랍니다. —즉, 오늘부로 무라카미 가에 대한 임협(任俠)은 그만두셨으면 합니다. 저 자신도 곧 인사를 드리고 고야산(高野山) 속으로라도 들어가 세상을 등질 생각입니다."

요시키요는 상당한 용기를 가지고 단숨에 말했다. 선량하고 조심성 많은 성품을 타고난 이 사람, 이 정도로까지 말하기에는 상당한 결의와 용기를 가슴속에 다졌을 것이라는 사실을 그대로 느낄 수 있었다.

"흠."

겐신은 그 커다란 눈을 한층 더 커다랗게 떴다.

"……이거, 무슨 말씀이신지? 그렇다면 조상 대대로 내려오던 땅, 옛 영지인 시나노로 돌아가 예전의 백성들을 다시 보겠다는 소망을 단념하시겠다는 말씀이오?"

"그렇습니다. ……오늘까지 9년 동안 나리를 비롯하여 에치고 사람들 모두의 원조를 얻었으나."

여기까지 말하다 요시키요는 다시 가슴을 무너뜨려 바닥에 두 손을 찰싹 대고 그 위에 얼굴을 묻어버리고 말았다.

머리카락이 떨리고 있었다. 그 머리카락에도 벌써 하얀 서리가 깃들기 시작했다.

지금이야 다른 집안의 식객이 되어 이렇게 겐신 앞에서도 스스로를 낮추고 있지만 이 사람의 몸속에는 참으로 고귀한 피가 흐르고 있었다. 세이와 겐지37)의 후예, 시나노의 명문가였다. 딱한 운명이라고, 겐신은 그 나이 든 모습을 볼 때마다 생각했다. 그리고 그 죄의 절반은 자신에게 있다고까지 생각하곤 했다.

지금으로부터 10여 년 전까지의 무라카미 씨는, 기타시나노(北信濃) 일원을 호령하며 사카키(坂城)의 부(府), 구즈노오38) 성을 중심으로 하여 선조인 진주후쇼군(鎭守府將軍) 요리요시(賴義) 일족의 후예로 모든 사람들이 우러러보는 영광스러운 위치에 있었다.

그런데 덴분 시절(1532~1555)의 중엽부터 가이의 다케다 씨에게 매해 잠식당했고 우에다하라(上田原) 전투를 마지막으로 본성은 떨어지고 일족은 흩어졌으며, 부인은 지쿠마가와에 몸을 던지는 등, 세상이 평온했다면 있을 수 없는 참담한 멸망을 고해버리고 말았다.

덴분 22년(1553) 8월.

요시키요는 패한 군대 속에서 거의 몸 하나만 빠져나와 이 에치

---

37) 淸和源氏. 세이와 천황의 자손으로 미나모토(源) 성을 받은 집안.
38) 葛尾. 일본의 사전을 찾아보면 '가쓰라오'라고 읽는 것으로 되어 있다. 책 뒤의 지도에는 '가쓰라오'로 표기했다.

고로 와서,

"도와주십시오."

라고 겐신에게 의지했다.

당시 겐신의 나이는 아직 스물 몇 살. 이 명족의 후손이 무릎을 꿇고 의에 호소하는 모습을 어찌 매정한 눈으로 볼 수 있었겠는가? 그때 그가 요시키요에게 한 대답은,

"알겠소. 걱정하실 것 없소."

명료한 승낙의 한마디였다. 변방의 작은 구니, 그것도 인구와 말이 많지 않고 산업도 왕성하지 못한 북국에서 일어난 겐신이 고슈의 강대한 다케다 집안과, 그 이후 거의 매해라고 해도 좋을 정도로 전운을 일으키며 대치하게 된 것은 실로 이 궁지에 몰린 한 마리 새가 에치고로 날아든 것이 그 단서였다, 계기가 되었다, 겐신 대 신겐의 상극은 여기에 그 원인이 있다고— 세상 일반도, 에치고 사람들도, 고슈에서도 모두가 믿고 있는 바였다.

이처럼 한 조각 의기(義氣)에서 시작된 전쟁이 오늘까지, 9년이라는 긴 세월 동안 계속되었다.

게다가 적은 강했다. 병사와 말이 날래고 사납기로 유명한 고후의 맹장용졸(猛將勇卒)들이었다. 거기에 온 천하에서도 몇 손가락 안에 드는 명장 다케다 신겐이 있었다.

요시키요의 소망은 아직 이루어지지 않았다. 요시키요의 옛 영토에서는 다케다의 침략군이 지금도 여전히 폭위를 휘두르고 있다. —이러한 상태가 결국은 이대로 계속되는 것 아닐까, 최근에는 요시키요도 조상 대대로 내려온 땅으로 다시 돌아가겠다는 꿈을 스스로 부질없는 소망에 지나지 않는다며 체념하기 시작한 듯했다.

그리고 오늘.

요시키요의 가슴을 통렬하게 때리며 괴롭힌 일이 있었다. 린센지에서의 대대적인 법요(法要)가 그것이었다.

요시키요의 고충

오늘의 대대적인 법요에는 요시키요도 물론 참석했다.

그는 가와나카지마에서 전사한 자들의 수많은 유족을 자신의 눈으로 직접 보았다.

나이 든 부모, 지금부터는 아버지 없이 살아가야 할 어린 아이들, 젖먹이를 안고 있는 하얀 얼굴의 아낙, 그 조카, 그 숙부, 그 사촌 등 수많은 식구들을 오늘의 법석에서 보았다.

이치야마(一山)의 덕이 높은 덴시쓰(天室)와 소켄, 그 외의 여러 스님들이 조동종(曹洞宗) 최대의 법화를 바치며 영혼들의 명복을 비는 동안에도 요시키요는 눈을 들어 그 단을 올려다볼 수가 없었다. 그리고 시선을 돌려 가람의 복도 위와 계단 아래에 가득 들어찬 유족들을 똑바로 쳐다볼 수도 없었다.

'이 모든 것이 결국은 내가 에치고로 도망쳐왔기에 생긴 일.' 하며 혼자 따지고 혼자 책망하고, 도저히 그 자리에 머물러 있을 수 없을 듯한 기분이 들었다.

일단 이런 자책감이 들자 이후부터는 귓가에 울리는 종소리도 전사자 3천여의 영혼이 소리 높여 자신을 원망하는 소리처럼 들려와 요시키요는 숨이 막혀오는 듯한 기분이었다.

사실 그는 린센지에 있을 때부터 이미 결심했다. 머리를 깎고 불문에 들어가자. 그리고 쟁투흥망의 권역에서 벗어나자. 동시에 예전의 영광을 되찾겠다는 꿈같은 소망을 버리고 모든 집착을 끊고 우에스기 집안으로부터 입은 오랜 은혜에 감사를 표한 뒤, 속세를 버리고 표연히 고야산으로 숨자.

그렇게 하면 이처럼 커다란 희생은 두 번 다시 일어나지 않으리라. 그리고 오로지 고인의 명복을 빌며 여생을 보내 지금까지의 속죄로 삼으리라. 사문(沙門)에 들어 그것을 사죄하자.

"……이렇게 결심했습니다. 오늘까지 이 외로운 떠돌이 방문객을 거의 식구나 다름없이 생각하시어 매해 커다란 군비와 장사들의 존귀한 피로 요시키요를 비호해주신 커다란 은혜는 죽어서도 잊지 못할 것입니다. 허나 이보다 더 많은 사람의 목숨을 잃게 하고, 유족들을 한탄하게 만든다면 이 요시키요는 어떻게 사죄를 해야 할지 모르겠습니다. 허니 다시 조상들의 옛 땅으로 돌아간다 한들, 마냥 기뻐할 수만도 없는 일입니다. 이 모든 것을 말로는 표현할 수 없으나 모쪼록 굽어 살피시어 저의 방자함을 용서해주시기 바랍니다."

요시키요가 마음속에 품고 있던 진심을 길게 늘어놓았다.

겐신은 한동안 눈을 반쯤 감은 채 듣고 있다가 그가 이 고충을 장황하게 늘어놓기를 마치자 비로소 눈을 번쩍 떴다.

"입을 다무시오. ……요시키요 나리, 그 입을 다무시오."

목소리는 낮았다.

그러나 그것은 반석으로 머리를 가만히 짓누르는 듯한 목소리였다.

대승소승(大乘小乘)

"네……. 네."

요시키요는 자신도 모르게 몸이 떨려왔다.

평소의 겐신 공은 마치 여성 같다고 모든 사람들이 말하곤 했다. 그 사람이 방 안에서 이처럼 매서운 눈으로 바라본 적은 지난 9년 동안 단 한 번도 없었다.

겐신은 결코 흥분하지 않았다. 소리를 높이지 않았다. 그러나 제아무리 조용한 목소리라 할지라도 그 안에 분노는 담을 수 있는 법이다. 그는 틀림없이 노여워하고 있었다.

"무슨 말씀이시오. 무슨 말씀을 하시는 게요? 가만히 듣고 있자니 나리께서는 전쟁이라는 것을 마치 사람이 좋아서 하는 짓이나 무료함을 달래기 위해서 하는 행동인 양 알고 계신 듯하오."

"마, 말도 안 됩니다. 부족하나마 이 무라카미 요시키요만큼 전쟁의 고통을 철저히 맛본 사람도 없을 것입니다. 전쟁의 참화는 뼛속 깊은 곳까지 전부 알고 있는 이 몸입니다."

"듣기 싫소."

"네……."

"나이도 지긋하신 분께서 어리석은 혓바닥을 함부로 놀리시다니. 전쟁은 일개 무라카미 요시키요가 겨우 구니에서 쫓겨난 정도로 속속들이 알게 되었다고 말할 수 있을 정도로 간단한 것이 아니며, 그처럼 의미가 작은 것도 아니오. 나리의 말씀에 의하면 나리는 그저 전쟁 속을 지나온 것에 지나지 않는 듯하오. 참된 전쟁이 무엇인지는, 아직 모르시는 듯하오."

"……그, 그럴까요?"

"혼란스러운 듯한 안색이시군. 이런 말을 듣고 나서야 비로소 참된 전쟁이 무엇인지 의문을 품으신 모양이오. 우습소. 나리께서는 이 겐신이 9년에 걸쳐서 신겐과 벌인 혈전을, 그저 나리의 청을 받아들인 의로운 마음 때문에 펼친 것이라 생각하고 계셨소? ……어찌, 그런."

겐신은 소리를 내지 않고 어깨로만 웃었다. 그리고 다시 묵직하게 말을 이어나갔다.

"생각해보시오. 오닌의 난 이후 각지에서 할거하는 호족들이 서서히 천하의 어둠을 알게 되어, 동쪽에서는 도쿠가와 · 오다가 일어났으며, 서쪽에서는 모리(毛利) · 오우치(大内)가 일어났고, 고슈에 신겐, 여기에 겐신, 사가미(相模)의 호조, 그리고 슨엔(駿遠)의 경계에 있던 이마가와 씨는 하루아침에 무너지는 등, 지금 일본의 움직임은 급류에 휩싸여 급격하게 대혁신의 모습을 보이려 하고 있소. 그러한 시대의 흐름 속에서 제아무리 시나노의 명문가라 할지라도, 일개 무라카미 요시키요가 흥하든 망하든, 죽든 살든 그리 대단할 것도 없는 일이오. 우리 일본의 움직임에 있어서는 대해에 떠도는 한 가닥 지푸라기에 지나지 않소."

특히 말끝에 힘을 주었다.

요시키요는 얼굴이 창백해져 있었다. 가만히 듣고 있는 그 귓불에도 핏기가 없었다.

"—그런데도 이 겐신이 어째서 신겐과 오랜 세월 싸워왔는가 하면, 겐신에게는 원래 겐신만의 신조가 있었기 때문이오. 나는 나이 스물셋에 비로소 구니 안을 평정하는 업을 이루었는데, 그 작은 공이 임금의 귀에 들어가게 되어, 황송하게도 서위 임관이라는 은총을 얻게 되었소. —미천한 몸으로 멀리 떨어져 있어서 아직 한 번도 알현하지 못했는데, 그보다 앞서 크고 깊은 은혜를 접하게 된 것이오. 황공하기 그지없는 일이었기에 그 이듬해에 바로 온갖 어려움을 무릅쓰고 교토로 상경하여 궐 아래에 엎드려 지척에서 배알하였으며, 또 술잔을 하사받았소. ……겐신이 무사로 태어난 기쁨을 알게 된 것도 바로 그때였소. 이 땅에서 받은 목숨이 다할 때까지 싸우고 또 싸우자, 전쟁의 존귀함, 전쟁의 커다란 의의 등과 같은 것도 동시에 명심하고 마음에 새겨 내 평생 궁궐의 계단을 지키자. 후회는 없으리라, 깊이 깊이 마음속으로 맹세하며 교토를 떠났소."

　"……."

　"그 이후 겐신의 병마는 그 외의 일로는 움직인 적이 없었소. 시간이 흘러 에이로쿠 2년(1559)의 초여름, 다시 상경하였을 때도 이전과 마찬가지로 황공하게도 윤지를 내리시어, 부근에 난이 있으면 이를 치고, 황토(皇土)를 어지럽히고 백성을 괴롭게 하는 구니가 있으면 평정하라고, 불초 겐신의 분에 넘치는 분부셨소. 무릇 신하 된 자로서 이러한 임금의 마음을 받들어 거기에 응하지 않을 자가 어디 있겠소? 이처럼 멀리 북국의 변방에 머물고 있지만 단 하루도 그 송구한 말씀을 잊은 적이 없었소. 하물며 병마를 움직이는 날에는—."

밤이 되어 소나기가 내리기 시작한 모양이었다. 홈통에서 넘쳐 떨어지는 빗물 소리가 처마 밑을 세차게 두드렸다.

선사 스님의 옷과도 같은 하오리, 녹갈색 두건, 집안에 아내도 없는 겐신이었으나 이러한 문제에 대해서 열렬하게 진정을 토할 때의 그 눈동자는 참으로 젊게 보였다. 하마터면 요시키요와 함께 눈물을 흘릴 뻔했다. 그러나 요시키요의 눈은 어디까지나 소승 · 소애(小愛)의 번뇌에 빠져 있었으며, 그의 눈은 대승의 바다와도 같은 만만한 눈물을 가득 담고 있으면서도, 우러러 보는 사람으로 하여금 어딘가 희망 찬 미래와 따스함을 품게 했다.

어젯밤, 비바람이 창문을 두드리다

"그렇게까지 마음먹고 계신 줄은 오늘 밤 처음으로 알았습니다. 작은 뜻, 한없이 부족한 몸, 그러한 요시키요는 그저 부끄러울 따름입니다. ……괜한 소인배의 번뇌를 들려드리느라 모처럼 맞으신 고요한 밤을 방해하고 말았습니다. 모쪼록 용서해주시기 바랍니다."

그는 진심으로 사과했다.

그리고 몽매함을 깨우쳐 겐신이 행해온 전쟁이 무엇을 뜻하고 무엇을 의미하는지를 비로소 분명히 알게 되었다.

그 사실을 알게 되자 매해 펼쳐진 고슈와의 전쟁이 일개 무라카미 요시키요 때문에 일어난 것이라 생각하고 있던 요시키요 자신이 부끄러워져서, 쥐구멍에라도 숨고 싶은 심정이었다.

겐신이 말투를 부드럽게 하여,

"아니, 아니. 나야말로 오늘 밤에는 나도 모르게 격한 말을 했소. 솔직히 말씀드리자면 이번 가와나카지마 대전에서 오래도록 보살펴오던 집안의 사람들과 사랑스러운 3천여 명을 잃었기에 이 겐신도 남몰래 품은 수심을 달랠 길이 없었소. 아니, 마음에 받은 이 상처에 대해서는, 나리보다도 다른 누구보다도 그 중책과 상심에 스스로를 깊이 채찍질하고 있는 이 겐신이오. 특히 오늘 밤처럼 전쟁 이후 한없이 고요하게 소나기가 내리는 밤에는 더욱."

이라며 낮은 대 위의 촛불을 가만히 응시하다 다시 말을 이어가려 했으나 요시키요의 참담한 마음을 생각하여, 또 너무 많은 말을 하면 오히려 뜻이 가벼워진다는 듯,

"……헤아려주시오. 나의 심중도."

"잘 알겠습니다. 깊이 헤아리겠습니다."

"그렇다면 이후, 설령 전장에 더 많은 전사자를 쌓고 이 에치고에 남편 없는 아내, 아버지 없는 자식들이 넘쳐난다 할지라도 그것을 한 개인의 탓이라고 생각해서는 안 될 것이오. 어느 한 사람 때문인 것처럼 좁은 생각에 시달려서는 안 될 것이오. 그보다는 나리의 목숨 하나, 겐신의 목숨 하나라도 살아 있는 동안 어떻게 크게 바칠 수 있을지 조석으로 도읍을 향해 생각해주시기 바라오."

이날 밤의 이야기는 이것이 전부였다. 그러나 무라카미 요시키요는 자신의 집으로 돌아가서도 밤새도록 겐신의 말을 생각하고 그 심사를 가만히 곱씹어보았다. 그리고 이래저래 지난 10여 년 동안 잊고 있었던 편안하고 쾌적한 잠을 잤다.

지금까지는 전쟁이라고 하면 그저 참담한 것, 과격한 것, 고통스러운 것, 희생을 내는 것이라고만 생각하고 있었으나, 갑자기 커다란 의의를 듣게 되어 이제는 폐단에서의 탈피, 미래를 위한 건설 등, 전쟁에 의하지 않고서는 이룰 수 없는 일본 전토의 개혁이야말로 전쟁의 의의이며, 그로 인해 흘리는 피도, 거기에 묻히는 백골도 전부 그 충성스러운 일에 귀착하는 것이라는 사실을 그도 깨닫게 되었다.

이후 요시키요는 잠을 잘 때도 편안하게 코를 골았으며, 깨어 있을 때도 쾌활했고, 또 싸움이 벌어지는 날이면 더욱 대범하게 선두에 서서, 나이 50을 넘어 더욱 용감해졌다고 한다.

대의대사(大義大私)

가와나카지마 대전 이후, 겐신의 도량을 보여주는 일이 하나 더 있었다. 사이토 시모쓰케, 구로카와 오스미 등 고슈에 사로잡혀 있던 사자 일행이 신겐의 관용에 의해 무사히 에치고로 돌아온 후의 일이었다.

그의 관용에 대해서 겐신도 물론 관대한 처치를 바로 취했다. 구니 안에 감금되어 있던 고슈의 첩자 수십 명을 가스가야마 성 밑으로 데려오게 해서,

"너희들도 주군의 명령을 받아 이 에치고로 숨어들었는데 허무하게 사로잡혀 감옥 안만 구경하다 돌아가게 된다면 주군을 볼

낯이 없을 것이고, 또 식구와 친구들에 대해서도 체면이 서지 않겠지? 에치고 안에는 이렇다 할 요해지도 없다만, 너희들이 보고 싶은 곳이 있다면 둘러보고 가거라."

라고 관원을 통해 전하고, 몇 개 조로 나눈 그들에게 감시역을 붙여 사흘 정도 곳곳을 둘러보게 한 뒤 여비까지 주어 구니 밖으로 송환했다.

"신겐이 우리 사자들에게 그 어떤 관대한 처분을 내렸다 할지라도 그들은 정당한 사자로 고슈에 들어갔던 것일세. 우리가 풀어준 자들은 전부 은밀하게 숨어든 적의 첩자들이야. 이번의 처치만은 너무 관대했던 듯해."

비난까지는 아니었지만 근심스러움에 집안사람들 가운데서는 이런 목소리도 조금은 들려왔으나, 에치고에서 풀려난 고슈의 첩자들은,

"이제는 틀렸어. 가스가야마 성 밑으로는 두 번 다시 들어갈 수 없을 거야. 사흘 동안 백주대낮에 그처럼 곳곳을 돌아다니며 성 밑의 아녀자에게까지 얼굴을 그대로 보였으니, 어떻게 변장을 한다 한들 다음에는 바로 들켜버리고 말 거야."

라고 말했으며, 또 겐신의 도량에도 두려움을 느껴 허둥지둥 고슈로 돌아갔다고 한다.

이 일만 보아도 겐신의 전쟁이 단지 자신의 원한이나 사리에 의한 침략이 아니었음을 알 수 있다. 그는 적의 병사조차 일본의 한 백성으로 보았다. 슬픔을 아는 병략가였다. 적이든 아군이든, 일본 안에서 흐르는 피는 전부 이 일본의 커다란 생명에서 흘러내리는 피에 다름 아니라는 사실을 깨닫고 있었다. 무라카미 요시키

요의 나약함을 질타한 것도 그 때문이었으며, 적의 첩자에게 연민을 느낀 것도 그러한 마음이 자리를 잡고 있었기 때문이었다.

그래도 그는 역시 병략가였다. 반드시 이기겠다는 맹세가 가슴에 있었다. 그랬기에 적의 첩자에게 그런 조치를 취했다 할지라도, 그것이 아군의 화가 되는 어리석은 행동은 결코 하지 않았다. 그가 취한 조치는 오히려 훗날 에치고의 국방을 더욱 강화하게 만든 듯했다.

그 외에도 49세를 일기로 이 세상을 떠날 때까지 그의 명령 하나, 말 한 마디, 만사 일상의 행동까지가 모두 전쟁에서 이기기 위한 것이었다.

이기지 못하면 내가 없다, 내가 없으면 이상을 실현할 수 없다. 자신을 사랑하는 일, 일상의 신중함, 몸의 양생에 이르기까지, 무장 가운데 그만큼 충실했던 사람도 드물었을 것이다.

그렇다고는 하나 그 자신은 그저 심상하기만 한 자신은 아니었다. 사리사욕을 탐하는 자아와는 달랐다. 겐신 자신은 이미 일개 겐신이 아니라 그가 생명을 받은 나라와 온전히 하나가 되어버렸다. ─이른바 공적인 의식을 품은 사람, 그는 공인으로서 본보기가 되는 사람이었던 것이다.

그가 젊은 나이 때부터 이미 이러한 대의대사에 도달했던 것은 누가 뭐래도 2번에 걸친 상경이 그 신념을 굳게 만들었기 때문일 것이다. 24세, 변방 에치고에서 멀리 교토로 올라가 임금의 얼굴을 지척에서 뵙고, 또 당년의 쓸쓸하고 황량한 궁전의 모습과 형해화된 조정의 의식과 막부의 무력함과 민심의 퇴폐 등, ─보고 들은 것에 젊은 가슴이 느끼는 바 있어, 실로 그의 커다란 뜻이 샘물처럼 솟아올랐던 것이다. 그때 우에스기 겐신의 일생은 이미 결정되었던 것이다.

산과 바다 사이의 미담

매해 전장은 바뀌었지만 가와나카지마 이후에도 전쟁은 끊임없이 이어졌다.

에이로쿠 5년(1562)에는 신겐이 고즈케(上野)로 침입했기에 겐신도 조슈 누마다(沼田)로 출마했다.

6년(1563)에는 사노(佐野) 성을 구하기 위해 간토로 출정했으며, 또 이듬해에는 다시 가와나카지마에 진을 펼쳤다.

이때 신겐이 이번에는 히다(飛騨)로 군대를 향하게 했기 때문이었다. ─8년(1565) 7월에도 그 신겐을 견제하기 위해서 에치고 군 역시 시나노로 들어갔다.

"고슈의 껑다리 나리(신겐을 말함)는 나이 들어서 다리가 더욱 길어진 듯하구나."

라고 겐신도 한번은 장난스럽게 말했을 정도로 신겐의 각 방면에 걸친 행동은 매해 예측을 불허했다.

그러한 가운데 이 껑다리 나리도 결국에는 그 긴 다리를 적에게 물려, 평생에 한 번 비명을 올린 적이 있었다.

에이로쿠 11년(1568)부터 겐키 원년(1570)에 이르는 긴 세월 동안 고슈에서는 소금 없는 생활이 이어졌다. 구니 안이 소금 공격을 받은 것이었다.

꺽다리 신겐이 스루가로 병마를 내었다가 적의 고육지책에 반격을 당한 것이었다. 이마가와와 호조 2집안이 서로 제휴하여,

"신겐의 세력권으로는 한 줌의 소금도 들여서는 안 된다."

라며 고신(甲信) 2개 구니와 조슈 일부에 걸쳐서 엄중한 유송 정지를 실행했고, 혹시 눈을 속여 한 줌의 소금이라도 적에게 파는 자가 있으면 참수형에 처하겠다고 영을 내렸다.

반년이나 1년쯤은 저장해둔 것으로 버텼다. 그리고 산 속이나 하천에서 소량이지만 암거래도 행해졌다. 그러나 햇수로 3년이 되자 천하의 신겐도 곤혹스러웠다. 지난 30년 동안 전쟁에서 단 한 번도 마음 약한 소리를 한 적이 없었던 그조차,

"어찌하면 좋단 말인가."

하고 매일 근심스러운 얼굴을 했다.

예전부터 고신과 조모(上毛) 지방은 소금뿐만 아니라 해산물 전부를 호조와 이마가와 가의 영지에 의존하고 있었기에 이 고통은 커다란 타격이 되었다. 백성들의 피부는 눈에 띄게 푸른빛을 띠었으며, 병에 걸린 사람들이 급격하게 늘기 시작했다. 그 가운데서도 된장과 절임류를 먹지 못한다는 사실이 백성들의 생활을 치명적으로 위협했다. 그랬기에 농산도 감퇴했으며 사기도 떨어져, 그토록 왕성했던 고후도 자멸의 길을 걸을 수밖에 없었다.

"지금이 아니겠습니까, 일거에 고후를 격파할 기회는."

소문은 삽시간에 번졌다. 에치고에서도 겐신에게 자꾸만 권하는 무장이 있었다. 그러나 그 기간 동안 겐신은 끝내 고신 지방으로 병마를 움직이지 않았다.

뿐만 아니라 이 소금 제재정책의 동맹을 요구하기 위해 이마가와 가에서 보낸 사자에 대해서,

"우리 집안에서는 이미 우리 집안으로서의 책략을 세웠으니 간섭하실 필요 없소."
라며 돌려보냈다.

그러나 같은 해에 미카와의 도쿠가와 이에야스와 고슈에 대항하기 위한 동맹을 맺어, 신겐에 대해서는 조금도 빈틈을 보이지 않았다.

고통을 잊기 위해서인지 신겐은 여전히 각 지방으로 군대를 내었다. 오로지 소금을 얻기 위해서였으리라. 우에스기의 영토인 조슈까지 침입해 들어왔다. 그냥 내버려둘 수 없다는 듯 겐신은 곧 미쿠니(三国) 산맥을 넘어 그들을 격퇴했으며, 그가 고후로 물러나자 자신도 에치고로 돌아갔다.

돌아온 지 얼마 지나지 않아서 겐신은 식량창고 담당자인 구라타 고로자에몬(蔵田五郎左衛門)을 불러,

"이번 출정 중에 고신 지방 백성들의 생활상을 들어보니, 소금이 없어 소문 이상으로 고통을 겪고 있는 모양일세. ─당장 수륙의 교통을 이용하여 우리 북해(北海)의 소금을 고신 지방에 보내기 바라네."
라고 명령했다.

고로자에몬이 귀를 의심하여,

"적국으로 말입니까?"
라고 이상하다는 듯 다시 물었다. ─그렇다며 겐신은 크게 끄덕여 보이고, 주의사항을 덧붙였다.

"허나 성 안의 소금창고를 열 필요는 없네. 성 밑의 상인들에게 영을 내려 고신 지방의 소금상인들에게 마음껏 소금을 팔라고 장려하기만 하면 되네. 단, 상대방의 결핍을 이용하여 폭리를 취할 우려가 있네. 가격은 전부 에치고에서 팔 때와 같아야 한다고 엄명을 내려, 그 가격을 넘는 일이 없도록 하게."

그대와 나는

국경을 넘어 끝도 없이 소금이 들어왔다고 한다.

고슈의 백성들은 생기를 되찾았다. 거리거리마다 술렁거렸다. 상인들은 활기 넘치는 눈빛으로 소금을 팔며 돌아다녔다. 소금을 본 자들은 그 하얀 것을 한 줌 쥐고는,

"이젠 살았다."

며 눈물을 흘렸다. 소금에게 절을 했다.

마을의 신사에도 소금이 바쳐졌다. 신사의 불이 휘황하게 밝혀졌다.

—이러한 상황을 자세히 듣고 쓰쓰지가사키의 관에 있는 신겐도 눈시울을 붉히지 않을 수 없었다. 그러나 그는,

"……그런가."

라고만 했을 뿐, 그에 대해서는 더 이상 어떤 생각도 감격도, 또 비판조차 입 밖에 내지 않았다.

"……?"

처음에 그는 오히려 고통과도 같은 표정을 지어 보였다. 뒤이어 그는 회의적으로 보였다. 마치 지난 에이로쿠 4년(1561)의 대전에 죽음을 불사한 전법으로 나선 겐신의 그 이해할 수 없는 사이조산의 진을 바라볼 때처럼 신겐은 마음속의 안개에 휩싸여 있었다.

그때 서한 1통이 도착했다.

가스가야마의 겐신이 보낸 것이었다. 신겐은 여전히 커다란 의혹을 가지고 그 서한을 펼쳐보았다.

글은 간단했다. 내용은,

〈춘추 몇 번의 성상, 그대와 나는 병마로 서로를 부르고 병마로 거기에 응했소. 싸우는 도구는 궁전(弓箭)으로 같았으나, 싸우는 마음은 서로 생각하는 바가 달랐소. 나의 이상은 그대의 이상이 아니었고, 그대가 원하는 바는 내가 원하는 바가 아니었소. 이에 매해 대치했으며 천하의 들판을 빌려 전쟁을 벌였소.

그렇다고는 하나 병가(兵家)의 싸움에 어찌 쌀이나 소금을 이용할 수 있겠소. 쌀이나 소금은 오로지 그대만이 먹는 것이 아니오. 백성의 생활 물자, 백성은 일본의 커다란 보물이자 또 공벌(攻伐)의 대상이 아니오. 이마가와와 호조 2집안의 하책, 천박하고 지저분한 심사, 미워하지 않을 자가 어디 있겠소.

지금 우리 영지 안의 상인을 통해서 귀국에 소금을 공급하는 뜻은 다른 곳에 있는 것이 아니오. 바라건대 근심 마시고 이를 취하시오. 그리고 그대 휘하의 병마를 더욱 날래고 용맹하게 기르시오. 전장에서 다시 뵙기를 바라겠소.〉

"……"

신겐은 두 번, 세 번 거듭 읽었다. 눈썹의 안개는 걷혔다. 그리고 아무런 의심도 없이 그는 겐신에게 감탄했다. 그 따스한 마음의 온기를 받아 신겐의 마음도 미화되어 있었다. 어딘가 흔쾌하고 맑은 호흡이 느껴질 뿐이었다. 승패에 대한 생각도 초월해 있었다.

정성스럽게 서한을 접어 옆에 있던 손궤에 공손하게 넣었으나 이때 역시 신겐은 어떤 감동의 말도 하지 않았다. 달리 할 말이 없었던 것이리라.

소금축제

지난 2, 3년 동안, 에치고와 가이는 여전히 숙명적인 적대국으로 서로의 국경을 굳게 지켰으나, 그 활동은 각자 다른 방향으로 향하고 있었다.

겐키 3년(1572)부터 이듬해인 덴쇼 원년에 걸쳐서 신겐은 도카이 지방을 목표로 미카타하라(三方原)까지 나아가 도쿠가와 이에야스 군을 격파하고 그의 본성인 하마마쓰(浜松)에까지 압박을 가하고 있었다.

같은 해, 겐신은 8월부터 엣추 평정에 나서 덴쇼 원년의 정월을 진중에서 맞았으며 3월에 도야마(富山) 부근에 대한 공략을 마치고 4월에 가스가야마 성으로 돌아왔는데 그 직후,

"가이의 하루노부 뉴도 신겐이 지난 3월에 세상을 떠났다고 합니다."

라고 아닌 밤중에 홍두깨 같은 보고를 들었다.

겐신은 그때 점심을 먹는 중이었다고 한다. 급히 달려온 전령의 보고를 측근의 신하를 통해서 듣고,

"뭣이, 가이의 뉴도께서 세상을 떠나셨다고? ……아아, 여러 해에 걸친 호적수와도 이제는 다시 맞설 수 없게 되었단 말인가."

젓가락을 들고 있던 손을 무릎으로 떨어뜨리고 눈물이 줄줄 흐르는 눈을 감고 있다가, 다시 이렇게 중얼거려 신하들의 마음을 다잡았다고 한다.

"─적이 없는 구니는 망한다고 한다. 어쩌면 이번 일로 인해 오히려 에치고의 창끝이 무뎌질지도 모른다. 허나 신겐처럼 커다란 기량을 가진 자를 적으로 삼아 그에게 지지 않으려, 그에게 이기려 끊임없이 자신을 갈고 닦아야 한다는 목표가 이제는 이 세상에서 사라져버리고 말았다. 안타까운 일이다. 참으로 쓸쓸한 일이다."

집안의 무장 가운데는 이 소식을 듣고,

'절호의 기회다. 고후의 숙장들은 틀림없이 어두운 밤에 등불을 잃은 것 같은 상실감의 밑바닥에 잠겨 있을 것이다. 지금 일거에 공격한다면 그의 영토 전부를 하루아침에 뒤엎는 것은 손바닥을 뒤집기보다 쉬운 일이리라.'

라고 생각하여 겐신에게 방책을 이야기한 자들도 있었다.

겐신은 웃었다.

"그만두게, 그만둬. 천하의 비웃음을 살 뿐일세. 사후 하루아침에 뒤집힐 고슈라면, 그 기둥이었던 신겐의 죽음을 애석해할 필요도 없을 걸세. 그러나 고후는 앞으로 3년 동안 이전보다 더욱 철옹성과 같을 걸세. 3년 뒤의 일은 아무도 모르는 법이지만."

그 후, 겐신은 가이즈 성까지 중신을 보내 신겐의 죽음을 깊이

조문케 했다.

그 조문의 사자가 돌아올 무렵, 신겐의 죽음에 대한 실상도 자세히 알게 되었다. 아니나 다를까 그의 죽음은 과연 그다워서, 사후 온갖 방책을 그 유막의 사람들과 일문에게 남겼기에 고후의 기치가 그의 죽음 때문에 급격히 쇠퇴하는 일은 없었다.

신겐의 병은 하마마쓰 성을 포위하여 마침내 미카와에까지 손길을 뻗치려던 전쟁 중에 발병한 것이었다. 그 죽음이 갑작스러웠고 시기도 시기였기에 여러 가지 이설이 나돌아 각 구니에서도 그의 죽음에 의문을 품었으나, 노다(野田) 성의 포위를 풀고 서둘러 고후로 돌아가던 도중에 마침내 중태에 빠졌고, 쓰쓰지가사키의 관에 도착했을 때는 이미 유해가 된 뒤였다는 것이 진상인 듯하다.

죽음에 임해서는 적손(嫡孫)인 노부카쓰(信勝), 가쓰요리(勝賴) 이하 일족과 각 장수들을 머리맡으로 불러,

"내가 죽은 뒤에는 굳게 지키기만 하고 군대를 함부로 움직여서는 안 된다. 특히 이웃 구니의 겐신은 너희가 믿음으로 의지한다면 배신할 인물이 아니다."

이렇게 유언을 남기고 다시 붓을 가져오게 하여,

〈대부분 다른 이의 기골(肌骨)로 돌아간다,

홍분(紅粉)을 바르지 않는 자신의 풍류(風流)〉

라고 마지막 노래를 떨리는 손으로 쓰고 나자마자 숨을 거두었다고 한다.

병에 걸린 뒤부터 숨을 거두기까지, 용지 800장에 자신의 수결(手決)을 적어두어, 사후에도 여전히 신겐은 죽지 않았다고 세상이 믿게 만들기 위한 준비를 해두었다는 한 가지 사실만 보아도, 그가

훗날을 위해서 얼마나 세심하게 준비를 했는지 엿볼 수 있다.

영웅의 마음은 영웅만이 알 수 있다. 겐신의 예상은 어긋나지 않았다. 또한 그가 말한 것처럼 가이 겐지 다케다 가는 신겐 사후에도 2, 3년 동안은 여전히 사린에 커다란 영향력을 행사하며 아무런 균열도 보이지 않았다.

그러나 나가시노(長篠)로 출진하여 오다·도쿠가와 양 군에 맞서다 한 번 참패를 당한 뒤부터는 갑자기 쇠퇴의 기운이 고슈의 기치에 짙어졌으며, 그처럼 사납던 병마도 그 면모를 잃기 시작했다.

이러한 정세 속에서 예측할 수 없는 인생의 마지막이 겐신에게도 찾아왔다. 신겐이 세상을 떠난 지 5년째 되던 해, 겐신도 역시 홀연이 세상을 떠났다. 두 영웅 모두 갑작스러운 죽음을 맞이한 것도 기묘한 일이어서, 어딘가 숙명적인 것이 느껴진다.

평소 겐신은 참으로 강건하고 기운에 넘쳤으나, 단지 술을 좋아했다. 그가 말 위에서 애용하던 술잔은 훗날까지도 유족들과 가신들의 눈물을 자아내게 했다. 평소 그가 쓰던 것으로 아직도 우에스기 신사에 남아 있는 술잔을 보면 놀랄 정도로 커다랗다. 안주는 특별히 가리지 않았으며, 때로는 매실장아찌 한 알로 말술을 마셨다고 하니 그가 얼마나 호쾌하게 술을 마셨는지 쉽게 상상해볼 수 있으리라.

〈예로부터 정해진 것처럼

세상으로 돌아가

다스리고 영화를 누릴

징표겠지요, 이 첫눈은〉

이것은 그가 오래 전에 지은 작품이다. 젊은 시절, 교토에 갔을 때 쇼군 요시테루와 하룻밤 눈 내린 풍경을 감상하며 지은 것이라고 한다.

하얗게 눈으로 뒤덮인 아름다움에 빗대어, 그때 이미 가슴에 품고 있던 복고의 정신을 토로하고 있다. 또한 눈보다 순수한 국가관을 노래했다.

요시테루는 그때 아직 19세에 불과한 어린 쇼군이었다. 과연 그의 이상을 읽어냈는지 어땠는지는 모르겠다. 그러나 겐신은 그 요시테루가 불행한 죽음을 맞이하여 요시아키(義昭)가 그 뒤를 이은 뒤에도 여전히 정의(情誼)를 바꾸지 않았다. 쓰러지려 하는 무로마치(室町) 막부를 은연중에 돕기에 커다란 힘을 쏟았다.

그랬기에 그는 노부나가와 대립했다. 노부나가는 그와는 전혀 반대가 되는 파괴자였다. 당연하다면 당연하달 수 있는 충돌이 외교적으로, 군사적으로 치열하게 전개되었다.

일본의 옛 행정구역명

도산도
40.오우미/고슈
45.미노/노슈
50.히다//히슈
57.시나노/신슈
63.시모쓰케/야슈
64.고즈케/조슈
67.데와/우슈
68.무쓰/오슈

호쿠리쿠도
39.와카사/자쿠슈
46.에치젠/엣슈
47.가가/가슈
48.노토/노슈
49.엣추/엣슈
65.에치고/엣슈
66.사도/사슈

산인도
19.이와미/세키슈
21.이즈모/운슈
25.호키/하쿠슈
28.다지마/단슈
29.이나바/인슈
30.오키/온슈
31.단고/단슈
32.단바/단슈

산요도
16.스오/보슈
17.나가토/조슈
18.아키/게이슈
20.빈고/비슈
22.빗추/비슈
23.비젠/비슈
24.미마사카/사쿠슈
27.하리마/반슈

도카이도
41.이가/이슈
42.이세/세이슈
43.시마/시슈
44.오와리/비슈
51.미카와/산슈
52.도오토우미/〇
53.스루가/슨슈
54.이즈/즈슈
55.사가미/소슈
56.가이/고슈
58.무사시/부슈
59.아와/보슈
60.가즈사/소슈
61.시모우사/소〇
62.히타치/조슈

기나이
33.셋쓰/셋슈
34.이즈미/센슈
35.가와치/가슈
37.야마토/와슈
38.야마시로/조슈

난카이도
12.이요/요슈
13.도사/도슈
14.아와/아슈
15.사누키/산슈
26.아와지/단슈
36.기이/기슈

사이카이도
1.오스미/구슈
2.사쓰마/삿슈
3.휴가/닛슈
4.부젠/호슈
5.분고/호슈
6.지쿠젠/지쿠슈
7.지쿠고/지쿠슈
8.히젠/히슈
9.히고/히슈
10.이키/잇슈
11.쓰시마/다이슈

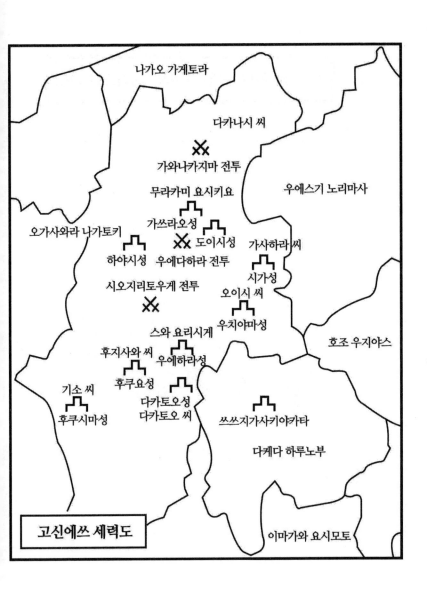

고신에쓰 세력도

가와나카지마 전투 이후의 세력도(1570)

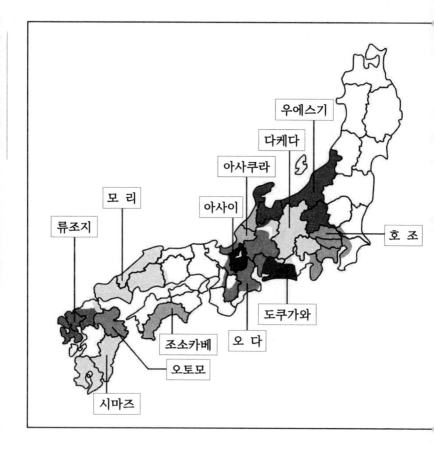

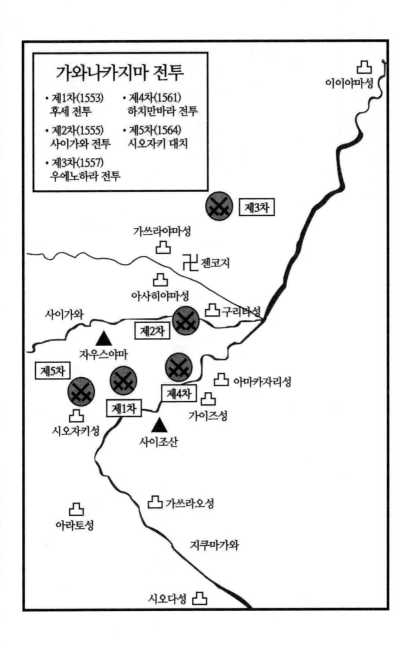

제
4
차
가
와
나
카
지
마
전
투

(1561)

대치
8월 15일 ~ 9월 9일

다케다 군

우에스기 군

젠코지

8월 15일
우에스기 군
착진

아사히야마성

구리타성

사이가와

8월 24일
다케다 군 포진

자우스야마

지쿠마가와

8월 29일
다케다 군
입성

가이즈성

사이조산

8월 16일
우에스기 군 포진

하치만바라 격전
9월 10일

아사히야마성

사이가와

구리타성

히치만바라

자우스야마

우에스기 겐신

다케다 신겐

아마카스
오우미노카미

가이즈성

고사카 단조

지쿠마가와

사이조산

일본 역사상 최대의
미스터리 사건인 혼노지의 변

지와 용을 겸비한 최고의 무장
아케치 미쓰히데(明智光秀),
그는 왜 주군 오다 노부나가를 배신했는가?

그렇다면 결심은 흔들림 없이 굳은 것이었으나 주군에 대해 모반을 일으킨다
는 사실에서 오는 윤리적 고민 때문이었을까? 양심의 가책 때문이었을까?
아니, 그것도 아니었다.
고민도 가책도 물론 없는 것은 아니었으나 그것은 한숨도 자지 못하고 괴로움
에 몸부림치던 니시노보에서의 밤이 새벽을 맞이한 순간 깨끗하게 털어버리고,
'천지를 둘러보아도 신명에게 부끄러울 것이 없다!'
고 느낄 수 있게 되었다.
그렇다면 무엇 때문일까?   ─본문 중에서

정가: 13,000원

옮긴이 **박현석**

나쓰메 소세키, 다자이 오사무, 와시오 우코, 나카니시 이노스케, 후세 다쓰지, 야마모토 슈고로, 에도가와 란포, 쓰보이 사카에 등의 대표작과 문제작을 꾸준히 번역해 소개하고 있다. 국내 최초로 번역한 작품도 상당수 있으며 앞으로도 국내에 잘 알려지지 않은 작가·작품을 소개하여 획일화된 출판시장에 다양성을 부여할 계획이다. 옮긴 책으로는 『나쓰메 소세키 단편소설 전집』, 『그럼, 이만…… 다자이 오사무였습니다.』, 『젊은 날의 도쿠가와 이에야스』, 『아케치 미쓰히데』, 『붉은 흙에 싹트는 것』, 『운명의 승리자 박열』, 『붉은 수염 진료담』, 『추리소설 속 트릭의 비밀』 외 다수가 있다.

우에스기 겐신

_____

1판 1쇄 인쇄 2021년 12월 10일
1판 1쇄 발행 2021년 12월 20일

지은이 요시카와 에이지
옮긴이 박현석
펴낸이 박현석
펴낸곳 玄人(현인)

등 록 제 2010-12호
주 소 서울시 도봉구 덕릉로 62길 13, 103-608호
전 화 010-2012-3751
팩 스 0505-977-3750
이메일 gensang@naver.com

ISBN 979-11-90156-24-0